勸你趁早喜歡我

葉斐然——著

-1-

你有成熟的是非观，爱憎分明
教给了我很多，让我意识到过去的自己
是多么狭隘自负，让我在基层看到了很
多的不同，你完善了我。所以即便是从这
个层面，现在这个版本的我，应该属于你。

在你面前，我没有优越感，因为我只有钱
钱是最空洞的东西，你却有很闪光的灵
魂

宁婉，现在这个版本的我，很想属于你

叶斐然

目錄
CONTENTS

第一章　稱呼一聲寧老師

寧婉拖著大包小包一路狂奔趕上高鐵的時候，離發車僅有五分鐘半。

作為一個律師本應處事從容，不該有這樣倉促狼狽氣喘吁吁的時刻，然而距離寧婉上次回老家已經隔了太久，以至於這次離家前，寧婉的媽媽又忍不住拉著她多說了幾句話，因此差點錯過高鐵。

好在寧婉穿了休閒的套頭衫、牛仔褲外加一雙白球鞋，狂奔起來也很輕鬆。

因為遇上過年返程尖峰，標準車廂的票全面售罄，她這次訂的座位是商務車廂，價格幾乎翻了一倍，好在一走進車廂，寬鬆的走道和安靜的氣氛還是多少寬慰了點寧婉滴血的心，雖然聽起來是高大上的律師，但她的收入並不高大上。

她在車廂前的行李架上放好了大件行李，循著車票座位號碼找到了自己的座位，商務車廂一邊只有兩個座位，寧婉的座位靠走道，而不出意外，她的鄰座已經坐好了人。

一個特別英俊的男人，是那種即便掃一眼也不容易忘記的英俊。

商務車廂前後座位之間的空間其實非常寬敞，然而這男人的腿這麼一擺，寧婉就覺得商務座也顯得有些逼仄了，他的腿太長了。

他倚靠在窗口，穿著肉眼可見的昂貴西裝，漫不經心地看著窗外，似乎對周遭一切都有種冷淡的不感興趣，車廂裡的人臉上多少還帶著點過年後喜慶的餘溫，他卻彷彿是游離在人群外的孤島，並且樂意享受這種不合群的安靜。

寧婉不得不承認，這個男人的長相非常出挑，她這個角度，僅能看到他的側臉，已經足以讓她忍不住看第二眼。

這第二眼大概看得太過明顯，這男人轉過頭，目光撞進寧婉的眼睛裡。

這下寧婉看到了他的正臉，客觀的評價，比側臉更加優異一點，是可能會讓她忍不住看第三眼的長相。

只是不是寧婉喜歡的類型，她並不喜歡這種過分的冷淡，總覺得帶著這種表情的人性格會過於漠然和高高在上。

列車快要發車，寧婉拿出紙袋裡的咖啡，又從包裡掏出電腦，商務車廂的好處終於彰顯，至少保證了她有一個安靜處理工作郵件的環境。

只是沒想到這份安靜很快就被打破了——

寧婉的前座發生了爭執。

她的前座此刻坐著一個臉露凶相的中年女子，而一個女生氣喘吁吁站在走道上，對著那中年女子道：「阿姨，妳這個座位真的是我的，妳真的坐錯位子了啊，妳看，這是我的車票……」

「別給我看什麼車票不車票，誰知道妳這車票是不是假的？何況這位子誰先看到誰坐，我先來先得。」

女生急了：「我剛才就坐在這了，東西都放在行李架上呢，就是走開上了個廁所，要說先到也是我先到的啊。」

可惜不論怎麼講，那中年阿姨就是不理睬。

小女生看起來是個返校的大學生，大概也沒想到遇上這麼蠻不講理的霸座人，很快叫來了乘務員求助，可惜乘務員多次禮貌的溝通也沒有任何功效。

那中年老阿姨打定了主意做個無賴，她目中無人地癱倒在座位裡，表情有恃無恐：「我年紀大了，我有心臟病還有高血壓，妳還是個年輕人，妳讓讓我能怎麼樣？現在的年輕人都不講禮貌和謙讓了？人家公車地鐵上還都知道讓座呢，妳一個小女生臉皮怎麼這麼厚？我要是在車上沒座位就這樣站著出事了妳賠不賠？妳賠得起嗎？！」

這老阿姨說著，聲音就歇斯底里高起來：「妳是不是想逼死我啊！我心臟病發作要是死了，做鬼也不放過妳！」

乘務員只能好言相勸：「這位女士，高鐵都是憑票入座的，您這樣的行為，以後會上鐵路運輸黑名單半年內不能乘坐高鐵的，甚至還會受到行政拘留。」

結果不說還好，一說，這老阿姨更趾高氣揚了：「還威脅我了？別給我搞這些有的沒的，我這輩子最不講的就是道理，你們嘰嘰歪歪這麼一通，能打我還是怎樣？還上黑名單？行！反正半年裡我也不去別的地方不用坐車，半年後我上車還繼續這麼幹！你們有本事斃了我！」

大媽還嫌不夠似的指著小女生的鼻子叫囂：「我和妳說，我就看上妳這座位了，妳買這座位就活該妳倒楣！」

雖然高鐵上都會配備一名鐵路警察，也有乘務員，但每每遇到這種霸座事件，還是好言相勸居多，畢竟人現在賴在座位上，就算想要採取強制措施，鐵路警察也很難把人從座位上拽走。

那小女生還妄圖爭取自己的權益：「阿姨，我是學法律的，妳這樣的行為……」

這中年老阿姨取得階段性勝利，更是口無遮攔直接打斷了小女生：「別和我扯什麼法律不法律，法律算個屁！法律就是狗屎！法律能讓我把座位讓給妳嗎？還學法律的呢？妳學法律了不起嗎？我看妳以後連工作都找不到！」

此刻這列車全部坐滿了，都沒辦法幫被占座的女生找到別的座位，眼見這女生又急又氣都快哭了，寧婉實在是看不下去了。

她挽了挽頭髮，站了起來，然後義正辭嚴地打斷了老阿姨：「阿姨，請不要再說了！」她清了清嗓子，「我作為一個律師，不能看妳做這樣的事！」

別說那老阿姨停了下來，小女生一臉期待地看向了寧婉，乘務員鬆了口氣，就連寧婉那位一直望著窗外的冷漠英俊鄰座，也因為她的這句話微微帶了點詫異地轉過了頭看向了寧婉。

這一刻，寧婉萬眾矚目，她彷彿看到自己的舞臺搭了起來，燈光就位，舞臺設計就位，音樂就位，劇本就位，只差自己粉墨登場，表演一齣用法律的武器將蔑視法律的霸座者繩之以法的閃亮劇情，把中年阿姨這樣的瘋魔反派啪啪啪打臉，讓所有遵守規則被欺負的壓抑普通人揚眉吐氣！

寧婉在所有關注期待信任的目光裡，深吸了一口氣，然後看向了那老阿姨，她字正腔圓道：「阿姨，我要告訴妳一件事！」

這個氣場，一百分，這個架勢，一百分，這個主播般抑揚頓挫的聲音，一百分！

所有人都目不轉睛地看向了寧婉，彷彿只等著她下一句「妳這樣的行為在法律面前是行不通的」，只可惜……

寧婉自我感動了一秒鐘，然後回歸了無情的現實，她在萬眾期待裡一下子變換了表情，從剛才的嚴肅變成了笑容滿面，她看向了老阿姨：「阿姨，我要說的這件事就是，法律真的不能讓妳把座位讓出來！」

「……」

「…………」

「………………」

行了，舞臺塌了，燈光師摔斷腿了，舞臺設計跑了，音樂設備壞了，寧婉的英雄主角劇本分分鐘變成了惡毒女配身邊連個名號都排不上的狗腿跟班……

不過她對加諸在自己身上的目光毫不在意，只是喜笑顏開地對老阿姨道：「阿姨啊，妳說得真的太對了，法律真的沒什麼用，學法律吧，真的是就業率最低的科系，就算勉強就業了，收入還特別低，真的，我媽當初要是像阿姨妳這麼有眼光遠見，我也不能上法律這條賊船啊。」

寧婉一臉心有餘悸道：「可惜啊，我當初就沒遇到像阿姨妳這樣的人，這麼一語點醒夢中人地點醒我。」

眾人完全沒想到這種發展，就是此刻被寧婉各種諂媚誇讚的老阿姨也沒想到，她皺著眉有些莫名其妙地看向寧婉：「妳剛才不是還叫我不許再說下去？不能看我做這樣的事？」

寧婉露出了淒涼的笑：「阿姨，我剛才那麼說，完全是因為覺得妳講得太有道理了，法律真的什麼都不是，也沒什麼用，妳那一番話，完全戳中了我不願意面對的血淋淋的事實，再聽下去，我實在太痛苦了，所以不想讓妳再繼續說下去，不想讓妳繼續一語點醒夢中人……」

「……」

她又吹捧了幾句那中年女人，才話鋒一轉道：「不過阿姨，妳也別和這些在校的學生一般見識，他們沒經歷過社會，不知道妳說的話多有道理，妳這樣的行為在社會上才吃得開。」

剛才一下子就歇斯底里嗓門很大的中年女子顯然有些情緒甚至精神方面的問題，別人講理對她反而是種刺激，倒是寧婉這番話，把她安撫了下來。

寧婉見對方情緒稍穩，便乘勝追擊道：「但是啊，阿姨妳還是把這個座位讓回給那個學生吧。」她沒給中年女人回答的時間，逕自繼續道：「妳看，她這個座位號碼是四號，多不吉利多晦氣啊，還有妳看看她這人，應該就是那種認死理的學生，這一路上妳不讓她，她死纏著妳，都能把妳煩死，要不然這樣，妳把座位還給她，來坐我這，我把我的座位讓給妳。」

這老阿姨轉了轉眼珠，看了站在自己身邊一臉不甘心的女學生一眼，覺得寧婉說得有道理，自己不讓位，這小孩成天站一邊和自己作對，也夠煩心的，現在有人主動讓位給自己，那不是挺好？

她斟酌了片刻，果真讓了出來，走到了寧婉身邊，寧婉看了還傻乎乎的女生一眼，有些沒好氣般道：「不都讓出來了嗎？還不快去坐！」

那女生瞪了寧婉一眼，低聲道：「真丟法律人的臉！」說完，才坐到了本屬於自己的座位上。

寧婉沒在意這些鄙夷，不管如何，老阿姨讓出了座位。

而就在對方站在寧婉身邊，等著寧婉兌現承諾，把座位讓出來時，寧婉一屁股重新坐回了自己的座位上。

老阿姨有些意外：「妳不是說讓給我？」

寧婉坐回座位，老神在在：「我不讓了。」

「……」

她如老阿姨剛才那般無賴道：「我突然腰痠了，不想讓了，座位本來就是我的。」

老阿姨這下變了臉色，她終於反應了過來：「妳……妳就是騙我！把我從座位上騙走！妳這個小賤人！」

寧婉懶得理睬，只對站在一邊目瞪口呆的乘務員和鐵路警察道：「現在人已經從座位上起來了，可以強制執行直接帶走了吧？」

剛才那老阿姨占的座位靠窗，想要拖走她還會影響坐在走道的乘客，且對方拒絕配合的話，從座位上拉起一個人確實相當有難度，可如今她站起來了，幾個乘務員配合著鐵路警察一起帶走就方便了。

老阿姨一走，寧婉剛打算享受片刻的清淨，結果沒清淨多久，她的手機就響了。寧婉一看號碼，是悅瀾社區委員會的季主任。

作為目前悅瀾的社區律師，見了季主任的電話，寧婉幾乎福至心靈地知道肯定沒好事。她的預感也確實成了真，電話接通後，季主任苦哈哈的聲音便傳了過來：『寧婉啊，張子辰跑了！』

又跑了？！

寧婉心裡咯噔了一下：「怎麼搞的？」

『過年啊，家人忙著宴請置備年貨，這兩天吃藥也沒留神，社區裡有人偷偷放鞭炮，嚇到他了，犯了病，人就跑不見了，查了社區門口的監視器，只知道人往西邊跑了，也不知道具體去哪了。』

季主任的聲音充滿了步步為營的老奸巨猾：『所以等等應該就要麻煩妳了啊，記住啊，好言好語安撫住，不要反駁，一反駁他犯病更厲害更瘋，順著他的話說，把人哄住，問清楚人在哪。』

他規勸道：『寧婉啊，妳想，妳這也是為了工作，不要覺得不好意思，情話該說還是要說啊，妳想，萬一人家被妳這冷淡一刺激，犯病更厲害搞出更多糾紛，還不是妳去善後嗎？』

「……」

寧婉頭疼地揉了揉眉心，掛了電話後深吸了一口氣。

張子辰是悅瀾社區裡的住戶，今年十七歲了，平時是個挺靦腆的男生，但是家族遺傳，有間歇性精神病，一旦受到刺激發了病，行為就完全不可預知了，為此犯病後在社區裡惹了好幾個糾紛，最後都是寧婉出面調解的，一來二去便也認識了。他吃了藥後是個講禮又溫和的男孩，然而一旦發病起來，就比較奔放了……以前是出門尋釁滋事，後來就演變成——

打電話給寧婉熱烈求愛……

寧婉正頭疼著，始作俑者張子辰的電話就來了。

寧婉看了手機一眼，先打開電腦，點開了《土味情話大全》，然後深吸了一口氣，視死如歸地接了起來。

傅崢自從上了高鐵後就後悔了，高遠本來說派了專車來接他，但他久未回國，挺想體驗一下國內的公共交通和生活氣氛，決定坐高鐵，標準座全部售罄，於是買了商務座。

一開始，車站熙熙攘攘的人群確實給他帶來了點煙火人間的新奇感，然而很快，這種感覺就變成了後悔，無窮無盡的後悔，說是商務車廂，但環境也沒有好到哪裡去，甚至還有不買票直接上車霸座的，好不容易霸座的走了，自己的鄰座又開始沒完沒了地講起電話。

「是是是，我當然是真的愛你，我什麼時候騙過你了？」

「子辰，不知道有句話你有沒有聽過？你的酒窩沒有酒，我卻醉得像條狗。」

「啊？你說你沒酒窩？怎麼可能！你有，就是有的不明顯罷了，對，肯定有，你那麼帥，怎麼可能沒有酒窩，我就喜歡有酒窩的男人，不信你找個鏡子照照？對了，你在哪呢？附近有鏡子嗎？」

「不不，我怎麼是哄你的呢？我這人最大的缺點，就是缺點你。」

「你知道嗎？我最近想買一塊地。你問我什麼地？哈哈，當然是你的死心塌地。」

「……」

傅崢覺得自己完全聽不下去了，如果不是高鐵，只是一般的轎車，他可能真的會考慮跳車。

幸而這時，他的手機響了。高遠的電話解救了他的尷尬。

『喂，傅崢，你到哪了？』

傅崢抿了抿唇，剛要回答，就聽到鄰座突然抬高了聲音，用一種扭捏做作的聲音嬌柔道：「你還好意思問我到哪了？死相，我當然已經到你心裡了啊！」

「……」

這聲音一五一十地傳進了傅崢的手機裡，傳到了對面高遠的耳朵裡。

高遠完全沒料到這個發展，當場愣住了：『傅崢，你還好吧？』

結果傅崢還沒來得及回答，只聽鄰座大聲道：「好的好的，當然好著呢，對，我和你一樣，最近忙著葉綠素合成呢，你放心吧，再過幾天我也要開花了！我們心連心，愛情永結同心，相約一起開花！你在哪呢，我去找你？」

「……」

要不是從對方的包裡看到了對方的律師證，傅崢打死也不願意相信這麼一個人竟然真的是個律師。

他只覺得自己再這樣下去真的要跳車了：「高遠，我現在不太方便，等等下車了打給你。」

傅崢掛了電話，板著臉，戴上耳機，把鋼琴搖滾開到最大音量，效果震耳欲聾，但傅崢覺得，聾了也比聽身邊那可怕的情話強。

好在車程很快，沒多久就到站了，傅崢迫不及待下了車，擺脫了自己那個渾身是戲、情話綿綿的鄰座。

高遠說好了來接站，傅崢走到出口的時候在人群中一眼認出了他，兩人是國內大學同學，雖然多年沒見，但關係很好。

高遠輕輕給了傅崢一拳算是打了招呼。

他為人熱情，一路上便積極跟傅崢講解：「總之，國內的法律環境和美國的完全不同，你雖然在美國執業多年，但美國那一套和國內大為不同，你就算通過了國內的司法考試，但沒在國內執業過一天，想要獨立從業還要在事務所裡掛一年實習，何況國內的司法實踐可能也完全不是你想的那樣。」

對於高遠的苦口婆心，傅崢並沒有當回事，他抬了抬眼皮：「所以你把我『流放』到社區基層去實習？」

高遠沒忍住翻了個白眼：「什麼叫『流放』呢？你可是我們事務所誠摯邀請馬上要新加盟的高級合夥人，還指望你拉高今年收入呢。」

「安排你去社區完全是我的一片苦心，雖然社區律師是很基層，但是越基層，越能接觸到最真實親民的法律環境，基層法律糾紛多，種類各式各樣，處理起來並不容易，是最快速的訓練場，我幫你安排了在悅瀾社區做三個月實習律師，能讓你以最快的速度適應國內的生活環境和法律環境。」

「哎？你可別那麼看我，這可是很難得的機會，雖然苦和累，但像打怪升級似的，能接觸最多的怪，何況你也要改改你這種性冷淡作風，你這套在國內當律師，要栽跟頭的，國內客戶的法律意識和成熟度，還遠遠沒培養起來呢，維繫客戶可不像在美國那麼簡單。」

「你當然可以直接進入我們所當合夥人，但是我建議你還是在社區歷練三個月，沒壞處，你剛回國，正好休整休整，阿姨那邊也可以多花點時間照顧。」

傅崢本來在美國從事金融法律業務，前途大好，從職業未來來說是不該回國的，但因為母親重病，他作為獨子，不想在親情上留有遺憾，還是回國了。

這點高遠可以理解，但有一點高遠不太明白：「我就搞不懂你了，雖然國內跟美國法律差距很大，但你完全可以做商業這塊，為什麼想嘗試做民事？」

「哦，在商事領域的法律糾紛對我而言已經沒有什麼挑戰了，既然調整了職業規劃選擇回國，那索性嘗試點新的領域，商業也繼續做，但也試試開拓做民事糾紛。」

這聽起來完全像是「在商事法律領域已經獨孤求敗，所以選擇新的挑戰」一樣欠扁，如果是別人說這話，那高遠一定認為是吹牛，但如果是傅崢說，那就真的只是在簡單陳述事實而已。

「那你去社區『微服私訪』就更有必要了，現在悅瀾社區是我們所的簽約社區，負責那的律師叫寧婉，我看社區對她評價挺高的，雖然人家年紀比你小，但人家大學畢業就工作了，基層經驗豐富，你跟著她應該也能學點東西，熟悉下國內手段。」

高遠笑笑補充道：「我怕說了你的真實身分，寧婉不自在或者和你交流起來會有隔閡，你端著合夥人老闆的架子也沒辦法從她那學到東西，所以替你隱瞞了下身分，你不介意吧？」

「不介意，不過我並不覺得能從她那裡學到什麼東西。畢竟誰放著總所不待，想去社區當律師？」傅崢嗤笑了兩聲，「能去社區的，肯定是你們所裡業務能力邊緣化的人了，你說說我跟著她能學到什麼？」

「你可別說，去悅瀾社區的機會還有人競爭呢，原本我們所裡一個年輕小夥子早早就申請要去社區跟著寧婉幹，我還算是橫刀奪愛內部操作才把這個機會內定給你的好嗎。」

「……」

「算了，不聊工作了，聊點別的，這次回國覺得怎麼樣？」

傅崢想到高鐵上發生的一幕幕，真心實意道：「不怎麼樣。」他皺了皺眉，「現在限制行為能力人都能當律師嗎？」

「啊？」

「精神有點障礙的人也可以通過司法考試嗎？」

「不能吧……」高遠思忖了片刻，聽完傅崢的遭遇後客觀地評價道：「一般來說，精神病人的思辨能力應該支撐不了考過司法考試，我覺得你鄰座那個女生大概還是在複習司法考試的過程裡瘋了。范進中舉知道吧？拿到律師證的剎那，情緒太過激烈，然後就瘋了？」

傅崢覺得他說得有點道理。

「對了。」高遠想起什麼似的，然後揶揄地看了傅崢一眼，「容市出美女，你今天一路上有見到什麼美女嗎？」

「一個都沒有。」

唯一一個長得不錯的，精神不太好。

「那你別急，去見見寧婉，寧婉真的漂亮，我們律所最漂亮的，人家根本不化妝，因為素顏太能打。」

而另一邊，被稱為素顏能打的寧婉拎著大包小包卻沒那麼好運了，如果她能聽到高遠一番話，大概是要嗤之以鼻的，長得漂亮又怎麼樣？能當飯吃嗎？

今天是節後返程尖峰，素顏再能打的她在寒風裡等了足足二十分鐘後，臉色也凍得煞白了，等終於排隊坐到了車，還沒來得及感慨今天這壞運氣終於到頭了，壞消息就又來了。

寧婉接到了陳爍的電話：『學姐，我這次沒辦法去社區幫妳忙了。』

寧婉皺了皺眉：「怎麼了？」

陳爍是寧婉的高中學弟，大學也是法學系，但學校比寧婉好得多，是國內 Top 1 那所，畢業後倒挺巧，也和寧婉一起進了精品小所的正元律所，自然，因為學校出身不同，他的待遇和在所內的發展比寧婉好得多。

一般律師對社區事務不會有任何興趣，此前寧婉也是被排擠才被分配去負責所裡簽約社區的法律事務，但不知道陳爍怎麼回事，表示很想去基層體驗，主動申請要來社區幫寧婉。

『本來都說好了，今年就是我過去幫妳一起，可不知道怎麼回事，今天突然通知我，說不用去了，所裡安排了個新入職的去社區，還是高 Par 親自內定的。』

陳爍心情很低落，寧婉也高興不到哪裡去，陳爍幹活熱情積極主動，為人可靠踏實，對於他能來社區幫忙，寧婉是非常期待的，然而如今……

「這個空降兵什麼背景？」

『不知道，只說是美國名校畢業的 J.D.（法律博士），年紀不小了，今年來我們所裡掛證，還在實習期，要在悅瀾社區幹三個月。』

在國內都沒任何執業履歷，就塞到急需實戰經驗的基層法律事務裡來，還是內定的，還只幹三個月，這明晃晃就是個來不幹事直接刷履歷的啊。

社區律師事多錢少，但也不是沒有人眼饞這個頭銜，就像申請國外名校除了 GPA 優異外，還要有一些展現社會責任感的實踐活動，不少沽名釣譽的合夥人甚至也會簽約成為社區律師，這些人不幹活，只是掛個名，底下的事情扔給手下的律師做，未來卻能發個新聞稿，彰顯自己是具有責任感不在乎錢的成功律師，還有像這一位，或許只是把在社區的經歷當成去其餘諸如NGO等平臺的跳板，又是美國名校畢業，要知道美國好的法學院幾乎都是私立，一年學費貴到無法想像，J.D. 又要念三年，這人大概是個少爺，還是寧婉最討厭的那種關係戶少爺。

「叫什麼名字？」

『傅崢。』

「行了，傅崢是吧？他死定了。三個月他墳頭草都三尺高了，我會讓他三天都堅持不下去。」寧婉把手關節捏得啪啪作響，「讓我給他貫徹一下愛與真實的邪惡。」

想在自己手底下刷履歷？做夢！自己手底下這種人只有四個字的結局——

給老子死！

寧婉趕回社區的時候，季主任已經一臉喜笑顏開地等在寧婉的辦公桌前了。

寧婉看了他一眼：「子辰找到了？」

「可不是嗎？找到了，送去醫院治療了。」季主任朝寧婉瞇了瞇眼，「我知道我知道，這多虧妳，我也不會讓妳白幹活。」他說完，變戲法似的從身後拿出了一大盒還冒著熱氣的炸雞，「妳最喜歡的，快趁熱吃吧。」

季主任四十出頭，是悅瀾社區委員會的一把手，管理著社區內悅瀾一期到六期六個社區，因為社區委員會辦公地點就在悅瀾社區內的便民大樓裡，和寧婉的社區律師辦公室緊靠著，一來二去，兩人便也很熟，平時寧婉都喊他老季。

老季「上供」完炸雞，便回去忙自己的工作了，社區律師辦公室便剩下寧婉一個，她為了趕車，還沒顧得上吃飯，此刻沒人，便索性直接提了一隻雞腿一邊啃一邊打開電腦翻閱春節期間堆積的法律糾紛和諮詢。

她聽到門口的腳步聲時，嘴裡正叼著只啃了一半的雞腿，兩隻手胡亂擦過後正飛速地打字回覆社區居民的法律諮詢，而幾乎是聽到腳步聲走近的剎那，寧婉就熟能生巧地把桌上一盒炸雞連帶嘴裡那隻雞腿全一氣呵成地塞進了抽屜裡，然後她調整了坐姿，擺出了最職業菁英的姿態，準備迎接年後的第一位客戶。

為了方便接待諮詢的居民，寧婉的辦公室從不關門，而等腳步聲終於走到門口，她微笑著抬頭，看到了一張沒多久前才看到的臉——

高鐵上那個相當英俊的鄰座。

對方顯然也愣了愣，然後他快速鎮定下來：「我找寧婉。」

寧婉打量了對方一眼：「我就是，你有什麼法律問題需要諮詢嗎？」

對方詫異了一分鐘，然後再次看向寧婉，模樣冷靜自若：「妳好，我是傅崢。」

傅崢？那個擠掉陳爍內定的關係戶？

這下換成寧婉驚愕了，自己竟然和傅崢同行了一路？

因為陳爍這件事，她這下再看傅崢這張臉，突然覺得全變味了。瞧瞧這張臉，一個男人，長成這樣，穿得和走T臺似的，像個律師嗎？別說律師，連個良家婦男都談不上，倒像是個隨時會搔首弄姿的小白臉……

低俗！

要不是他，自己不至於失去陳爍這個可靠的幫手，陳爍也不會失去一個期待已久的基層工作機會，社區也能因為陳爍的到來得到更好的法律服務，而不是來這個一看就是個菜雞的繡花枕頭，一個行走的麻煩和拖油瓶！

一想起這些，寧婉就惡從膽邊生，她決定給對方來一點下馬威，只是自己還沒開口，傅崢倒是先開口了。

他朝寧婉笑了笑：「妳剛才吃炸雞了？」吃個炸雞沒什麼，要是換作別人問，寧婉還能熱情地把炸雞拿出來一起分享，但傅崢這種階級敵人問那就不同了。

寧婉當即拉長了臉，義正辭嚴道：「我沒吃，我們雖然是社區律師，做的業務可能算不上高級，但是也要保持律師的專業形象，希望你也能時刻牢記，不要以為可以在辦公室裡吃炸雞這種有損形象的垃圾食品……」

雖然空氣裡隱約還有一些炸雞的味道，但對方絕對沒看見自己吃，死不承認就行了。

結果傅崢卻輕笑了一聲：「寧律師，妳嘴角邊，還沾著炸雞的脆皮。」

「……」

寧婉強撐著面子，僵硬地朝書櫃的玻璃櫃門上掃了一眼，從反光裡，自己嘴邊還真的沾著一粒該死的炸雞脆皮……

但事到如今，也只能硬挺，她避開了傅崢玩味的眼神，硬著頭皮堅稱：「你看錯了，我根本沒吃什麼炸雞，我嘴角邊的是一顆痣。」寧婉補充道：「一顆像炸雞脆皮的痣。」

寧婉覺得自己面子全失，急需找回場面，她決定不等傅崢再開口，自己要主動出擊，攻擊是最好的防守！

「傅崢是吧？我知道從年紀上來說，你比我還大好幾歲，但是你工作的時間比我晚，我們律師這行吧，不講年齡，講的是資歷和經驗。」寧婉露出不失禮貌的笑容，「你剛從美國回國，還在實習期，所以論資排輩，我是你前輩，還是你的指導律師。你平時可以叫我寧老師。」

「我這個人吧，沒什麼架子，但是呢，有些規矩還是要說清楚的。」

寧婉伸出一根手指，敲了敲桌面，擺出了一副老資歷的神態：「新人在我們這，得順從，有眼色。」

傅崢看了寧婉一眼：「哦？」

這態度，看起來不太服從管教啊，寧婉覺得自己不能說得那麼含蓄了，她咳了咳，也懶得再委婉，索性單刀直入了：「簡單來說，就是我挖坑呢，你就填土；我吃肉呢，你就喝湯；我往東，你就不能往西。」

「我知道你家裡可能有點背景或者人脈，但是，如果我們正元律所總所是京城皇都，那悅瀾這個社區律師辦公室就是偏遠的蠻荒之地。俗話說，天高皇帝遠，我就是爸爸，你要是不聽話，一天三遍打。」

寧婉說完，一臉好心般殷切地看向了傅崢：「你剛從美國回來，這段話可能沒聽過，但作為職場求生準則，我建議你要詳細朗讀並背誦啊。」

這話下去，果然傅崢臉色並不好看。一般來說，他這種有背景的少爺，面對這樣明晃晃的挑釁，或許當場就翻臉直接摔門走了。

只可惜眼前這位少爺倒是挺能屈能伸，他又看了寧婉一眼，最後竟然點了點頭，雖然面容還是冷淡，但語氣竟然已然十分平靜：「好的。」他笑了笑，然後一字一頓慢條斯理道：「不過叫寧老師就不用了，因為我想，以我的能力可以勝任這份工作，並不需要老師。」

傅崢這語氣不僅玩味，還帶了點隱隱的嘲諷。

行啊，這就是開戰了。

寧婉內心正想著給傅崢找點麻煩，結果這麻煩就送上門了。

「妳這嘴出來之前不知道用婦潔洗洗？說的是人話嗎？」

「我好得很，妳這賤嘴才該用潔廁靈沖沖！」

「臭婆娘！」

「死賤婦！」

兩個中氣十足的女聲由遠及近一路往寧婉的辦公室襲來，伴隨著各式各樣的精彩辱罵，一個龐大的輪廓朝著寧婉挪動而來，等到了辦公室門口，寧婉才看清楚，這是兩個扭打在一起的中年婦女。

「妳媽的給我放開妳的髒手！下賤胚子就知道偷襲抓人頭髮！」

「別張口閉口就帶著妳媽，妳那麼孝順妳怎麼不和妳媽一起火化升天啊？」

這兩人看起來都四十幾歲，一邊互相怒罵著對方，一邊廝打，妳抓我的頭髮，我撓妳的臉，妳踢我的大腿，我擰妳的手臂，應該是一路扭打過來的，因此臉上不是帶著指甲抓出的血痕，就是披頭散髮，衣著凌亂。

這場景寧婉見得多了，在社區糾紛裡十分普遍，要說這一次有什麼特別，那就是扭打中的一個女人一隻手拚命對戰，另一隻手抱著一隻公雞，她像是護著自己孩子那樣護著雞，寧可自己挨打，也絕對不讓對面的女人傷到雞一絲一毫。

只是相比寧婉的淡定，傅崢就不平靜多了。他顯然是第一次見到這種場景，整個人都愣住了，此刻微微瞪大了眼睛，皺著眉，不可置信地看著眼前的場景。然後寧婉看到他果斷掏出了手機，在撥號鍵盤的頁面按下了一一……

就在他馬上要按下〇的時候，寧婉制止了他的動作：「你要報警？」

傅崢理所當然地點了點頭：「是。」他看了還在辦公室裡扭打的兩位女性一眼，然後冷冷地瞥了寧婉一眼，「這種情況不報警難道像妳一樣看熱鬧不嫌事大，當一個無知的圍觀者？」

「報警真的大可不必。」寧婉不計前嫌地笑笑，「調解這類鄰里糾紛，就是我們社區律師的工作內容之一。」

傅崢皺起了眉：「都打成這樣了，怎麼調解？」

「什麼叫打成這樣了？我們社區的居民只是比較樸素，動手能力比較強而已。」

「……」

「何況你自己看看，稱得上輕傷標準嗎？稱得上打架鬥毆的標準嗎？這點破事你就放過警察吧，不要浪費警力資源了。」

寧婉說完，朝傅崢努了努嘴：「喏，你剛不是挺自信的嗎？說能勝任這份工作，也不需要我幫忙，那這案子交給你了。」

「……」

傅崢的臉色果然黑了，他自然不肯認輸，試圖努力叫停這場扭打，可惜他剛開口，聲音就完全被兩個對罵的中年女子蓋過去了。

他冷冷看了寧婉一眼：「這根本沒辦法調解，因為根本沒辦法讓她們停下。」想也不用想，他這樣的少爺，怎麼可能懂如何調解這種雞毛蒜皮的鄰里法律糾紛呢，這男人的模樣，怕是連活雞都是第一次見。

而這活雞大概是怕傅崢看自己看得不夠仔細，在扭打中竟然從主人的懷裡掙脫著飛了下來，又因為受驚，一路直衝著傅崢而去……

一時之間，對罵聲、扭打聲、雞叫聲，共同在寧婉的腦海裡譜寫出了一首命運交響曲，預示了傅崢此刻命運的坎坷。他剛才還冷淡高傲的臉上，終於如寧婉所預期的那樣，露出了絕望想死的表情，因為——

作為辦公室內唯一的雄性，大概是這場爭鬥引發了公雞對同性的攻擊性，那隻雞一下地，凶相畢露就開始追著傅崢啄，饒是傅崢腿長步子大，但礙於辦公室這一方小天地，怎麼跑也跑不出個花來，眼見著他那昂貴不菲的西裝褲上，已經被雞啄出了幾個小洞，順滑的布料上，已然黏著好幾根飄逸的雞毛，剛才還高高在上的有錢少爺，彷彿一下子變成了村口養雞場裡幫工的慘綠少年。

這雞大概受了刺激，連大小便都失禁了，一邊追傅崢，一邊拉，雞屎的攻擊簡直是核彈級別的，傅崢臉上的絕望越發濃烈，不用開口，他的臉上已經寫滿了「我想死」這三個字。

剛才不是還信誓旦旦地說自己能勝任社區工作嗎？不是挺自信挺驕傲的嗎？這就想死了？寧婉內心想，你真正想死的時候還沒到呢！

她搖了搖頭，雖說可以袖手旁觀繼續看傅崢出洋相，但寧婉最終還是有些不忍心，她最後還是衝過去俐落地把雞抓了起來，然後從口袋裡掏出髮圈，把這公雞的腳綁在一起，丟在了一邊。

收拾完雞，她才瞥了傅崢一眼，嘆了口氣，語重心長道：「以後多見見世面，學著點你寧老師。」

在傅崢的驚魂未定裡，她撩了撩頭髮，轉身從辦公桌的抽屜下面掏出了一個大聲公，打開開關，瞬間，她嘹亮又激情澎湃的聲音便響徹了整間辦公室——

「注意一下注意一下，都給我停下！寧律師有話說寧律師有話說！」

大聲公效果太好，寧婉抑揚頓挫的聲音又太過魔性，很快，那兩個剛才還扭打在一起的女人果然停止了對罵，在這高分貝的噪音裡不得不離開了彼此，用手捂住了自己的耳朵。

寧婉甩開大聲公，看了傅崢一眼：「看，這不是停下了嗎？」

「……」

沒理睬傅崢的反應，寧婉甩開大聲公，然後快步走到了兩個女人的中間，防止兩人再扭打在一起，語氣溫和道：「行了，兩位阿姨，妳們肯定罵口渴了，先喝點東西吧。」

寧婉說完，看了傅崢一眼，可惜傅崢沒任何反應。她不得不又看了他一眼，傅崢這下有反應了，他不太高興道：「妳看我幹什麼？炫耀妳把人分開了嗎？」

寧婉差點氣結，這男人倒是長著一張聰明英俊的臉，但怎麼能這麼不識相這麼沒有眼色：「我看你幹嘛你自己心裡沒點數？」她深吸了一口氣，放棄了暗示，沒好氣道：「去倒茶啊！」

「……」

傅崢顯然臉色狼狽且不善，但最終還是沒說什麼，幫兩個扭打的當事人以及寧婉都倒了茶。寧婉觀察著他倒茶的模樣，只在心裡哀嘆，這個傅崢是含著金湯匙出生的嗎？難道這輩子沒幫人倒過茶？怎麼連倒茶都能做得這麼生硬和笨拙，他是不是小腦有問題協調性不行啊？

不過很快，寧婉放棄思考傅崢，她很快把精力投入到了兩位當事人身上：「兩位阿姨，妳們到底怎麼回事？剛過完年呢，大家喜喜慶慶不好嗎？都是同個社區的人，也算是鄰居，遠親還不如近鄰吶，有什麼事不能好好說嗎？」

停止了扭打，這兩位中年女人看彼此的目光雖然還是充滿仇恨，但好歹平靜了下來，其中一個穿花格子大襖的率先開了口：「寧律師，那妳幫我評評理，我叫史小芳，住在十棟一二〇一室，她呢，叫劉桂珍，住我隔壁，一二〇二的，我們確實是鄰居。」

「千年修得當鄰里，史阿姨，妳們每天抬頭不見低頭見的，有什麼問題不能好好溝通，何必動手呢？」

寧婉與此前和傅崢說話吊兒郎當的模樣不同，對待這兩位當事人，她語氣和緩聲線溫柔，臉上的表情認真又專注，推心置腹般的神態也讓人很容易有親近感。

可惜就算這樣，也不足以撫平史小芳內心的怒火，她指著對面劉桂珍的鼻子，怒氣衝衝道：「寧律師，我女兒剛出月子，我最近每天忙著幫她帶小孩呢，要不是劉桂珍她沒素質，妳以為我有時間和她動手浪費嗎？」

一說起這，史小芳就一肚子火：「寧律師，你們社區律師，是不是能幫我們社區的小老百姓解決這些法律的事？我想告她！告她養雞噪音擾民！現在社區不是不能養雞嗎？她這樣養雞不是影響別人嗎？這雞身上萬一有個雞瘟病毒什麼的，傳染人怎麼辦咧？就算沒病毒，這雞養在公寓裡，也不適合吧？每天這雞屎都弄得臭氣熏天的……」

劉桂珍也不甘示弱：「我這雞好得很！牠打過禽流感疫苗！都有全套手續的！是隻很安全的雞！絕對沒什麼雞瘟病毒。臭氣熏天更是她空口白話，我看臭的不是我的雞，是她那張噴糞的嘴！我這雞養在陽臺，每天通風打掃，有雞屎第一時間就鏟掉了。」劉桂珍看向寧婉，「寧律師，我自己家裡一家幾口也和雞一起住著呢，要是不搞好衛生，第一個臭死髒死的豈不是自己家嗎？」

「行行行，就算妳這雞是雞中之霸，是品種雞，還有全套品質檢驗證書沒病沒災，可妳這雞大清早天還沒亮就開始打鳴可他媽的不是假的！」史小芳一邊說，一邊掏出了手機，「寧律師，妳聽聽，這是我錄的音。」

她的話音剛落，高亢嘹亮的雞叫聲便從手機裡傳了出來，史小芳又翻出了一個影片：「為了怕她賴帳說這錄音是我網路上找來的，我還特地拍了個影片，妳瞧瞧，這就是我家陽臺，鏡頭那邊就是劉桂珍家的，這雞叫聲就是從她家那傳來的。」

史小芳一邊說，一邊面露憤恨：「寧律師，妳說說，這像話嗎？妳看看這時間，凌晨四點！四點！這瘟雞就叫了！我女兒月子裡就因為這雞，根本沒休息好，現在才一個多月的小傢伙，也因為這雞每天被吵醒了哭鬧！既然今天來了妳這，我就想找妳替我解決這件事，劉桂珍養雞噪音擾民，我可以告她吧？公寓裡怎麼能養雞呢？」

「我這就幾聲雞叫！又不是什麼地鐵施工的噪音或者裝潢乒乒乓乓的噪音，怎麼還叫噪音擾民啊？史小芳妳就是窮瘋了想訛我的錢吧？還告我呢？以為用這種手段就能嚇唬人啦？」

「噪音擾民除了施工噪音和裝潢噪音外，不按正常的生活規律，比如在凌晨四點發出的雞叫聲，只要確實存在影響他人正常休息的，也屬於噪音擾民，確實可以追究侵權責任要求賠償。」

寧婉在這邊好言相勸，結果傅崢一番字正腔圓的官方說法一出，史小芳就彷彿找到了靠山，好不容易有些平息的怒火又燃起來了，她瞪向劉桂珍：「妳聽聽！妳這個不懂法的法盲，妳聽到沒？先不說公寓養雞就沒素養，妳這半夜雞叫擾民，就是違法！別說給我賠禮道歉了，妳聽這男律師說的，妳還要賠錢給我呢！」

「史小芳妳這個臭不要臉的，哪裡是因為我的雞吵，妳就是為了騙幾個錢！」

眼見著兩個人又要重新幹起架來，寧婉不得不立刻隔開了兩人：「這樣吧兩位阿姨，這有張情況說明表和糾紛受理書，妳們先別吵，先填上，這樣我們才能走流程。」

寧婉說完，從辦公桌裡抽出兩份資料，給了史小芳和劉桂珍一人一份，然後一把將傅崢拉到了辦公室外。

「我說你能不能不要幫倒忙？」寧婉簡直氣壞了，「你沒瞧見我好不容易才讓兩個人情緒平穩下來嗎？你要是不來那麼一下子，可能剛才順著話頭繼續，我就能調解結束這件事了。」

結果始作俑者一點羞愧也沒有，甚至很理直氣壯：「社區律師的案子可能是比較小，但妳至少得記住自己是個律師，妳應該用法律的手段來處理問題，而不是用管委會大媽的思緒什麼事都想著調解。在社區內飼養家禽，本來就違法，干擾了他人正常生活，自然是侵權了，我說的哪一句錯了？」

這雞一收，傅崢就又變回了高高在上的菁英氣質，他顯然已經重新整理了衣著，此刻褲管上的雞毛也沒了，衣服的褶皺也都撫平了，剛才臉上「我想死」的表情彷彿只是寧婉的錯覺。

明明是個菜雞新人，結果大概是仗著比自己大幾歲，看自己的眼神總是充滿了上位者般的睥睨和冷淡，一點自知之明也沒有，要不是寧婉心裡清楚他的斤兩，甚至覺得他不是來社區蹭履歷的，反而是什麼主管來微服私訪指點基層呢！瞧瞧這語氣，倒像是上級訓下級的陣仗呢！

長得是挺英俊，但每個毛孔裡彷彿都寫著欠打。

「你說的自然是沒錯，但是傅崢，能通過司法考試當律師的人，背法條不是什麼特殊才能和成就，你就算能把國內所有的法律一五一十背出來，也不是什麼本事。」

「理論是理論，實踐是實踐，這兩者之間的差距很多時候就是買家秀和賣家秀的區別，對，雞叫噪音擾民確實是違法的，但是在這個案子裡，雖然一定程度上影響到了史小芳的正常生活，可是沒有造成什麼實質損害。」

「如果因為雞叫睡不好，長此以往導致神經衰弱，史小芳多次去看病，那麼為此產生的誤工費、交通費還有看病治療的費用，這些才叫實質性的損害，才是可以要求對方賠償的，但即便是這樣，為了這麼點錢去起訴，也不實惠。」

「如今這種情況下史小芳只是因為雞叫沒睡好，都沒有到神經衰弱或者需要看病的地步，那麼在司法實踐裡是比較難說是構成侵權的，只能是雙方盡量協商，你鼓吹的起訴，在這裡也根本行不通，除了浪費史小芳的時間、律師費和精力外，她想要解決的雞叫問題得不到解決，她也不會勝訴，別說得到賠償，就是律師費交通費都只能自己掏錢。」

可傅崢對寧婉的一席話顯然並不買帳：「就算沒有造成實質性的損害，不能以侵權論，但也同樣是違法的，《治安管理處罰法》裡明確寫了，飼養動物，干擾他人正常生活的，可以處警告；警告後不改正的，還能罰款[1]，法律並不是只有侵權法一個門類，多的是法律可

1 本書法律條款皆源自於中華人民共和國，非中華民國。

以制裁養雞擾民。」

傅崢的表情仍舊不鹹不淡，他顯然並不覺得這事有多難處理：「再不濟還有《城市市容和環境衛生管理條例》，市區內是禁飼養家禽的，市容環境衛生主管部門或者受委託的物業都可以讓劉桂珍限期處理掉雞或者直接予以沒收再處罰款。妳根本沒有窮盡法律的救濟，沒有去找找別的法律裡是不是有支援處理這種養雞問題的條款，也根本沒嘗試去做，怎麼知道法律不能約束？調解有用的話這世界還要法律和警察幹嘛？」

對於寧婉這種處理方式，傅崢是不屑的，正如他不認同寧婉在高鐵上處理霸座行為一樣，她根本沒有按照一個律師的邏輯處理問題，而是投機取巧似的用小聰明快速敷衍掉一些事，這根本沒有律師的尊嚴。

依據侵權法不能勝訴，那不能用別的法律嗎？

「這案子不是說了交給我嗎？」傅崢看了寧婉一眼，「那就我來處理，妳就不要插手了。」

這可真是天晴了雨停了雞被抓起來了，你覺得你又行了。

「可你要是處理不了或者搞砸了要我來擦屁股呢？」

傅崢冷淡道：「妳放心，不會有這一天。」

「萬一呢？」

「我不對不會發生的事做假設或討論，除了浪費時間以外，沒有意義。」

行啊，嘴巴挺硬啊。

「一切皆有可能沒聽過？未來還沒來呢，你怎麼知道不會發生？你不願意假設，那我替你假設，要是你來找我擦屁股，你就好好給我敬茶端水，誠心地向我拜師，以後都叫我寧老師。」

傅崢用一種「妳真的病得不輕」般的表情看了寧婉一眼：「隨妳，少做做夢倒是真的。」

呵呵。

雖然寧婉好心提醒，但既然傅崢擺著陽光道不走，一心要上絕路，那寧婉也只能祝他一路走好了。

她看了傅崢兩眼，有些似笑非笑：「行，那你處理吧。」

太美的承諾是因為太年輕，傅崢這種人，還是結結實實挨兩頓社會毒打吧。

寧婉想了想，也決定不再操心，她意味深長地拍了拍傅崢的肩：「既然你全權處理，那我就先走了。」

「等一下。」

就在寧婉轉身離開之際，傅崢倒是又有些在意般地叫住了她：「剛才那隻雞……」

寧婉回頭笑了下：「不用謝。」

「不是。」只見傅崢抿了抿唇，皺著眉道：「妳剛才摸過那隻雞以後，是不是沒有洗手？」

「？」

他看了寧婉一眼，再看了自己的肩頭一眼，雖然什麼也沒說，但那表情，分明清清楚楚傳遞了一個意思——下次沒洗手之前，麻煩不要碰我。

「……」

雖說寧婉討厭眼高手低刷履歷不做實事的關係戶，宣稱要讓他三天就痛哭流涕夾著尾巴逃走，但如果傅崢能夠稍微謙遜一點，她並不是個真的愛為難人的人，只可惜……

只可惜有些學院貴族派少爺真的是一點都不討人喜歡。

寧婉氣呼呼地往外走，走到一半才想起來自己還漏了一份資料在辦公室裡，外加這辦公室裡還有雞屎沒處理，她拍了下腦袋往回走，結果正遇上傅崢了解完情況後把史小芳和劉桂珍兩位送出一樓的大廳，他正俯身和兩人說著什麼，並沒有看見寧婉。

兩位阿姨大概得到了什麼承諾，雖然彼此之間還是不對付，但好歹暫時停戰。劉桂珍重新抱了雞，和史小芳互相瞪了以後各自走了，就剩下傅崢一個人在原地。

寧婉有些糾結，不知道自己等等要怎麼自然地和傅崢打招呼，她剛才情緒上頭有些生氣，現下平靜了，覺得不論怎樣，自己沒洗手去碰了別人確實不對，想著怎麼開口找個臺階下跟傅崢含蓄的道個歉，然後幫他把那件西裝乾洗了。

不過很快，寧婉就知道她不需要糾結如何道歉了，因為她看到傅崢又看了自己的肩頭一眼，然後滿臉嫌棄地脫下了那件昂貴的西裝上衣，動作毫無停頓冷漠無情地走到了樓外的垃圾桶邊，然後逕自扔了進去。

「……」

好一個無情無義的資產階級。

至於雞屎，還是留給他體會民間疾苦自己掃吧。

雖然寧婉多次強調社區法律工作並不容易，但傅崢其實並沒有放在心上，比起他以往經

手的幾千萬美金目標額的案子，這種雞毛蒜皮的民事小糾紛他辦起來簡直覺得沒有任何挑戰。

他一邊翻看史小芳和劉桂珍的陳述以及提供的一些證據資料，一邊就開始後悔起自己決定拓展民事領域的決定，因為民事領域看起來比商事更毫無吸引力，一馬平川到連一點起伏都沒有。

傅崢想起寧婉最後那番挑釁，更是忍不住冷笑出聲，真是夏蟲不可語冰，十足的井底之蛙。

他不是沒見過寧婉這種人，守著自己丁點大的地盤，就覺得是全世界全宇宙最珍貴的寶座，別人都眼紅著覬覦了。這種人根本不知道人外有人天外有天，或許這輩子也不知道自己根本看不上她這一畝三分地，也虧得高遠還說她在社區口碑好，可見人民群眾真的太好糊弄，大概她這種兩面三刀的和稀泥大法，反而深得人心吧。

其實客觀的說，寧婉長得是不錯，但心胸狹隘為人斤斤計較，品行根本襯不上她的外貌，傅崢只覺得自己在這個社區待三個月都嫌長，他考慮順利辦完這個案子就直接以合夥人身分回律所總部算了。

因為自己用了份假履歷，看起來像個沒經驗的新人，她就論資排輩上了，還使勁排擠自己，看起來像是給自己提醒，但不就是以為自己沒經驗，所以誇大辦社區案件的難度「恐嚇」自己嗎？

傅崢就不知道，這種案子能有多難？就算沒有實質性損害構不成侵權，也可以尋求物業的幫助，物業解決不了，那還有市容環境衛生主管部門。

傅崢以為這種小事，大約就是止於物業了，連找主管部門的必要都沒有，然而等他真的聯絡了社區物業，才發現並不是這麼回事……

「不好意思啊，律師，你別和我說什麼法律規定不規定的，就這麼說吧，如果是在社區的公共區域裡養雞，我們物業當然有義務處理，但現在這隻雞，養在人家自己房子裡，我們怎麼管得著啊？總不能手伸那麼長連人家私人產權房裡養什麼都管吧？何況我們也沒有執法權啊，就算是養在公共區域的，我們也只能勸誡說服人家。」

「……」

傅崢在物業碰了壁，也沒氣餒，很快，他又找到了市容環境衛生主管部門，不管如何，在公寓社區內養雞就是違法的，一旦向這些主管部門投訴了，是必須要處理的，養雞的劉桂珍要是不配合執法，那主管部門就得強制執行撲殺雞。他對寧婉那套調解不買帳，他只信奉依法辦事，法律白紙黑字規定的事，難道作為律師還走歪門邪道嗎？

果不其然，他一投訴，主管部門給予的答覆完全如他所料——

「對於這種在社區裡養雞的，根據規定是要強制撲殺的。」

工作人員推了推眼鏡，給予了肯定的回答，只是傅崢還沒來得及高興，就聽到對方繼續道——

「但是吧，雖然我們有執法權，遇到真的特別不配合的居民，撲殺工作也會很難推進，畢竟如今是法治社會，我們也不能暴力執法啊，我們要是帶著撲殺工具去敲門，對方不開門，我們也不能破門而入，而且就算開門了，我們說明來意後，對方不同意不許我們進門，我們也不能強行進入人家私宅，現在這些事很敏感的，我們也非常注意在法律範圍內辦事，一旦撲殺過程裡真的和居民出現推搡或者肢體衝突，被拍了影片上傳，那可是大事。」

對方看向了傅崢：「你是律師，這道理肯定懂，就像法院的強制執行，也不是所有案子都能進行的，什麼撫養權啊贍養啊這類，人家要是真的不願意，也沒辦法逼人家做，或者遇到無賴，直接躺平，也是沒辦法。」

「……」

對於傅崢來說，民事法律工作無外乎就是法律條款上寫的那些，他是萬萬沒想到到實踐裡，竟然還有這麼多門道。

他原本在美國執業做的一來都是商事，合約條款白紙黑字，辦起案子來乾淨俐落；二來就算涉及到執行細節問題，那也是自己手底下的助理律師去盯著。現在一下子經手這種基層案子，沒想到一隻雞都那麼難搞，可以說是聞所未聞，還真是有點水土不服。

這工作人員真誠建議道：「所以說，我勸你還是先說服對方，能主動配合我們主管機關的工作。」

傅崢抿了抿唇，他有些頭痛，要是能說服劉桂珍，自己何必跑來這裡呢？只是執行無門，他不得不重新回了社區律師辦公室。

傅崢有點想不通，寧婉是烏鴉嘴嗎？自己兜兜轉轉繞了一圈，最終的解決方法或許還真的得是她最初說的調解……

一想到這裡，傅崢就忍不住看了寧婉一眼，此刻這女人正坐在辦公室裡，一臉歲月靜好早知如此般地看著傅崢來來回回打電話兜兜轉轉奔波，彷彿早就預見了他的失敗，她喝了口茶，笑咪咪地問傅崢：「如果你真的解決不了的話，也不用害羞，打個寧老師熱線就行了，沒什麼的嘛，男人要能屈能伸，不就敬茶拜師嗎？我又不是要你磕頭……」

傅崢冷冷地看了她一眼，想讓他低頭？呵，不可能。就算調解，自己也有辦法解決這個案子，畢竟只要能用錢解決的事，都不叫事。

他直接上門找了劉桂珍，對方剛開門，傅崢也懶得虛與委蛇，逕自掏出錢包，抽了五張紙鈔遞給劉桂珍：「現在活雞通常一百多一隻，我出五百，能不能把妳的雞賣給我？」

他自己倒貼錢，買下雞，直接解決雞叫擾民問題，總好過被寧婉嘲笑。

劉桂珍愣了愣，但隨即便拒絕：「不行，這雞真的不行，這雞是……」

傅崢面無表情，又從錢包了抽了五張人民幣出來：「那一千能賣嗎？」

「這不是錢的問題……」

傅崢從沒想過自己有朝一日竟然會在這裡為一隻雞討價還價：「一千五，一口價。」

他的底線其實是五千，但傅崢樂觀地覺得，兩千就能全部搞定了。他甚至都計畫好了，等買到了雞，就送到高遠推薦的那家私房菜館，叫廚師幫自己殺了燉了。

只可惜他到底失算了，沒想到劉桂珍竟然完全不為所動，甚至還很生氣，轉身從家裡把掃把舉出來，一個勁把傅崢往外趕：「說了不行就是不行，一個兩個的都以為用錢就能擺平人啊？少瞧不起人了！誰還差那一兩千塊的錢啊！就算給我一萬塊我也不賣！人活在這個世上，最重要的不是錢，是守信！你和史小芳一樣，就是看不起我是外地人，覺得我們就是見錢眼開，給點錢就和哈巴狗似的了，滾！下次別讓我見到你！」

「……」

傅崢沒想到自己是被打出來的，他陰沉著臉回到了辦公室，根本不知道自己到底哪個細節出了問題，然而屋漏偏逢連夜雨，辦公室門口，史小芳正臉色不善又焦慮地候著自己，等傅崢一進辦公室，她幾乎就快貼到他臉上般迎了上來。

「傅律師，事情搞定了吧？你昨天答應我說今天能解決讓我先回家的，劉桂珍把雞處理掉了嗎？」

傅崢眼前是史小芳殷切的目光，而另一旁，寧婉饒有興致又目光炯炯地看著他，彷彿一隻母老虎，在等待最恰當的時機，只要傅崢給出否定的答案，她就準備一口咬死他……

傅崢硬著頭皮向史小芳解釋：「我沒有承諾過今天能夠結案，法律糾紛也沒辦法承諾辦理結果……」

這本來是業內眾所皆知的道理，在美國，傅崢的客戶都是成熟的企業或者富有的個人，受過良好的教育，擁有成熟的法律理念，對此心照不宣，可惜在國內，尤其在社區這樣的基層……

史小芳當場炸了：「你這什麼人啊！你怎麼做事的？！是不是嫌棄我的案子雞毛蒜皮，根本沒上心啊？！看你穿得人模狗樣，原來是個繡花枕頭！」

史小芳這樣的中年女子，嗓門奇大中氣十足，戰鬥力也是頂天的，要求沒有達成，立刻就變臉了，逮著傅崢就是一頓「淨化心靈」式怒罵，傅崢這輩子沒經歷過這種陣仗，他除了耳膜微微發疼外，甚至恍惚地覺得自己是不是來到了溝通靠吼的原始社會，那時，人類文明還遠沒有開始……

「行了行了，史阿姨，我們傅崢是新來的，還沒那麼有經驗，但為妳可真是跑上跑下掏心掏肺了，他就是不太會說話，但妳放心，我保證明天他就幫妳解決那雞叫。」

最後傅崢在史小芳的國罵裡快要懷疑人生了，寧婉終於嫋嫋婷婷地站了出來，她柔聲細語地安撫了下史小芳：「阿姨妳呢，現在先趕緊去超市吧，今天店慶打折呢，滿五百折二百五，去得晚，東西都要被搶光了。」

史小芳本來正在氣頭上，得了寧婉的保證，當即緩和了下來，又聽超市這麼大力度打折，一時之間一點心思也沒有了，當即告辭轉身就往超市趕。

於是辦公室裡只剩下寧婉和傅崢了。

寧婉臉色猶如玫瑰花瓣一樣紅潤，傅崢卻臉色鐵青，以往最複雜最疑難，所有人都覺得他穩輸的案子，他都能反敗為勝，沒想到如今面對一隻雞，竟然遭遇了人生之恥。

「你去找劉桂珍談用錢買她的雞了吧？」

面對寧婉的問題，傅崢抿著嘴唇，不想回答。

寧婉卻一點沒顧忌他的情緒，只是輕飄飄地嘆了一口氣，語重心長道：「傅崢啊，金錢是真的買不到快樂的。」

傅崢有些咬牙切齒：「妳怎麼知道我用錢買不到快樂？」

寧婉一臉惋惜地搖了搖頭：「你這個人辦案，怎麼一點都不貼近當事人呢？你但凡打聽打聽劉桂珍那隻雞是為什麼養的，你也不至於花錢上門討罵啊。」

傅崢冷冷地看著寧婉。

寧婉也不賣關子：「那雞啊，不是劉桂珍自己養的，是她替她的僱主養的，僱主出國度假了，才把雞交給劉桂珍照顧。她跟著這個僱主幹了十幾年了，她是從外地來容市的，容市在地人有些排外，當初她一口外地口音，丈夫遭遇了車禍，小孩又生著病，還沒什麼文化，沒人願意給她一份工作，就她那個僱主，覺得她可憐，讓她替自己打掃衛生，給的薪水比當時市場價還高一倍，最後她一家人轉危為安，在容市安頓下來，都是靠這份工作，所以她特別感激，把這個僱主當恩人，這僱主關照她做的事，她說什麼也會做好。」

「你可能覺得劉桂珍沒文化看起來又挺窮，錢一定會讓她動心，一千不夠那就兩千。你這種家境好的人可能不知道，像我們這樣的窮困小老百姓，也是很有骨氣的好嗎？」

「就算買不了那隻雞，我也能借助執法部門強制撲殺，雖然執行難，但也不是一定不行，畢竟在社區養雞就是違法的。」

可惜傅崢這一番話，一點沒引來寧婉的贊同，她咯咯咯笑起來：「傅崢，你這個人怎麼一點好奇心也沒有呀，你都不問問劉桂珍這個僱主養這隻雞幹什麼？」

傅崢面無表情道：「這關我什麼事。」

「當然關你的事，劉桂珍的僱主是個藝術家，開了個畫畫工作室。」寧婉眨了眨眼，看向傅崢，「如果你再好奇一點，去查查這位藝術家的名字，就會發現對方還挺有名的，特長就是畫雞，最近在工作室裡開設的課程就是如何畫雞，所以需要一隻活雞模特，這門課程分為一和二，去年的課程一剛教完怎麼畫雞頸和上覆羽、背部還有雞翅和尾羽，今年的課程二裡要繼續教怎麼畫腹部、雞大腿和雞爪呢，他信奉為了讓學生更好地畫出雞的神韻，必須有活體參照物。」

「所以這隻雞他養來既不是吃的，也不是作為寵物的，而是作為教學用途的。」寧婉笑笑，「就像是人體寫生模特一樣，課程一畫的是這隻雞，課程二裡自然不能改了模特，還得保證是同一隻雞，所以劉桂珍是怎麼都不願意把雞處理掉的，她不能辜負自己僱主的一片信賴，而你……」

寧婉看了傅崢一眼：「也沒辦法求助環境衛生主管部門，因為雖然《城市市容和環境衛生管理條例》裡規定了市區不准養雞，可有一個例外，因教學、科研以及其他特殊需求而飼養的除外，很不幸，和你槓上的這隻雞，是隻高貴的模特雞，這藝術家僱主還挺遵紀守法，交給劉桂珍之前還特地去辦理過備案，人家劉桂珍還正經是合法養雞。」

「……」

傅崢做夢也沒想到，這竟然是一隻有故事的雞。

可既然是合法養著的教學雞，劉桂珍又態度堅決不為錢所動，解決雞叫擾民的問題顯然進入了死局。

傅崢黑著臉抿著唇沒說話，寧婉卻是一臉春風得意，她瞥了傅崢一眼：「走投無路了吧？你可以選擇求我。」

傅崢冷著聲線：「騙我求妳就算了，這種情況，妳也不可能有辦法。」

「我要是有辦法呢？」

「妳要是有辦法，別說叫妳一聲寧老師，叫妳爸爸都行。」傅崢看了寧婉一眼，有些不自在道：「妳要是沒辦法，明天史小芳妳招架。」

「行。」

只是嘴上這麼答應著，寧婉的態度看起來卻一點也沒上心，傅崢看著她應完聲就繼續盯著自己的手機，不停傳著什麼訊息，像是在和誰聊天。看她全神貫注等待回覆的模樣，八成是在和她那個男朋友繼續土味情話的濃情蜜意。

這種敷衍的工作態度，能辦得成事才怪了。

傅崢今天第三次後悔來社區的決定，他覺得自己不是來歷練，是來歷劫的。

好在這時，寧婉終於結束了她的聊天大業，她笑了笑：「那有件事先確認下，這是你的案子，我只是幫你擦屁股，所以辦案經費……」寧婉咳了咳，暗示地看向傅崢。

傅崢抿了抿唇：「辦案經費我報銷。」他倒要看看寧婉能有什麼辦法。

「那走吧，跟我來。」她起身朝傅崢招了招手，示意他跟上。

傅崢不明所以，但還是起身跟上了寧婉，可惜即便這個時候，她好像還沒有任何緊迫感，竟然沒有直奔劉桂珍家，反而跑到了社區外的水果店。

「這個草莓不錯，弄兩斤給我。」

她又試吃了一顆櫻桃：「這個甜還新鮮，也給我兩斤。」

「……」

傅崢就這麼看著寧婉東挑西選了一堆時令水果，然後她招了招手：「傅崢，來付錢。」

「……」

自己確實說了辦案經費可以報銷，但寧婉假借辦案名義薅自己羊毛就說不過去了。

傅崢忍著頭痛，面無表情地付了錢：「妳辦案需要水果？」

「需要啊。」寧婉理所當然地看了傅崢一眼，「不然你等等空手上劉桂珍家門？人家憑什麼幫我們開門願意和我們溝通？就憑你沒多久前才用錢侮辱了人家嗎？」

寧婉說完，看了傅崢一眼，才突然後知後覺地反應了過來：「你以為我假公濟私侵吞你的辦案經費買水果給自己吃啊？」她瞇著眼睛笑了笑，「我寧婉，才不屑於做那種靠坑蒙拐騙吃水果的事好嗎。要吃也吃你自願感恩戴德上供給我這個老師的水果啊。」

傅崢抿了抿唇，沒說話，只覺得寧婉在說大話。他仍不覺得寧婉靠幾盒水果就能改變什麼。

只是等他跟著寧婉上了劉桂珍家，才發現寧婉說得沒錯，伸手不打笑臉人，雖然劉桂珍並不待見社區律師上門，但見到這麼多水果，也實在沒好意思把人趕出去，好歹板著臉讓人進了屋裡。

確實如劉桂珍自己所言，她是個愛乾淨的人，家裡打掃得一塵不染，根本沒有因為養雞產生什麼異味。

只是傅崢剛這麼想，寧婉那邊就已經付諸實踐了，她毫不吝嗇溢美之詞地誇讚了劉桂珍家裡的乾淨清爽，又看著劉桂珍家裡掛著的相片聊起了家常，從菜市場的整頓到地鐵公車的路線，聊了快半小時，寧婉卻還是沒切入正題，還在和劉桂珍聊她孫子的教育問題。

「劉阿姨你們家小毛正好高三呢，這可是衝刺的關鍵時刻，要特別注意睡眠，對了，我聽說你們這棟公寓裡也有幾個高三的孩子，他們家長投訴樓下每晚八點跳廣場舞的音樂聲音太大打擾到孩子念書了呢，妳家樓層住得高，不知道是不是沒這個影響？」

這女律師看起來雖然年輕，但又是提水果跟自己道歉，沒一上來就居高臨下地和自己講什麼法律條款要自己處理掉雞，還能耐心又平易近人地和自己扯家常，劉桂珍的心情平復了不少，也願意開口了，對方一說起這個廣場舞，她立刻也感同身受起來。

「雖然我們在十二樓，可這聲音也不知道怎麼回事，直往樓上衝，她們廣場舞那音樂又特別響，我家小毛也沒辦法安生念書，害得孩子八點多開始就常常被那音樂搞得分心，不得不把作業拖到半夜安靜了寫，早上也很早起來念書，一直沒睡好。」

講到這裡，劉桂珍嘆了口氣，開始抱怨起物業：「都投訴幾次了，也不處理，又不是不讓她們跳舞，音樂開輕點妳說能死嗎？平時收物業費的時候可積極了，要他們幫我們居民做點事，就推三阻四踢皮球……」

寧婉喝了口水，正準備繼續，結果一抬頭，發現對面傅崢正板著張臉瞪著自己，這位少爺顯然耐心就快告罄，如今支撐著他繼續坐在這裡的原因，大概就是看自己如何翻車。

只可惜……

寧婉不僅不會翻車，如今已是胸有成竹，她看著劉桂珍笑了笑：「劉阿姨妳放心，這件事很多居民向我們社區律師辦公室投訴，說廣場舞音樂噪音擾民，我這兩天就會把這件事處理掉，這八九點的廣場舞音樂雖然算不上是非正常時間的噪音，但大家平時在家裡，誰還不想清淨點妳說是吧？」

劉桂珍一聽說寧婉要幫忙解決這個問題，當即眼睛都亮了：「那太好了，謝謝妳啊寧律師。」她也不傻，自然知道寧婉這次來訪的目的，語氣有些尷尬，「但是妳要我把雞殺掉處理掉，我是真的沒辦法，而且這雞其實是養著用來……」

「我知道，劉阿姨，妳是個講信用的人，這雞妳是替郭老師養的，因為是用來教學的，所以也不屬於撲殺的範圍，這我都清楚。」

劉桂珍本來總覺得社區律師就是史小芳請來的幫凶，但寧婉這一番話，她倒是有些動容，沒想到眼前的律師還特地去調查了，沒直接先入為主地覺得自己就是自私自利為了口吃的養著雞擾民。

寧婉見時機成熟，聲音和緩道：「妳的苦衷我清楚，但是設身處地想想，史阿姨的苦處也還請妳理解，小毛起得早，雞叫對他沒影響，但也因為廣場舞噪音的影響都睡不好複習不好，史阿姨一家，尤其是剛出生沒多久的小外孫女，卻因為凌晨的雞叫休息不好，我們換位思考，您這事也確實不占理，而法律上來說，就算是教學用的雞不會撲殺，可確實也造成了雞叫擾民的結果，長久以往對方睡不好真的病了，您這就是侵權，肯定要負法律責任。」

「可我……」劉桂珍臉上有些羞愧，繼而是不知所措，「可寧律師，我答應人家的事，可怎麼辦啊，郭老師這次旅遊兩個月，我還得幫他繼續看兩個月的雞呀。」

「要不然這樣吧。」寧婉笑了笑，「我剛才來之前，也在社群上找到郭老師的帳號和他聯絡過了，郭老師要畫雞，只要雞活著，外觀沒有什麼大的變化，別受傷就行，那我們完全可以在保證郭老師需求的情況下，解決掉雞叫的問題呀。」

劉桂珍詫異地抬了頭，傅崢也微微皺著眉看向了寧婉，原來她出門之前並非在和男朋友傳無關緊要的訊息，而是在緊急聯絡那位真正的雞主人郭老師……

寧婉給了傅崢一個「好好看著」的眼神，頓了頓，接著振聾發聵道——

「那我們把雞閹掉就行啊！」

「……」

傅崢沉默了，遲疑了，以為自己聽錯了。

寧婉卻沒去管傅崢的表情，她逕自道：「因為是公雞才會打鳴，只要把雞閹了，以後沒有雄性激素，牠直接變成了雞公公，就不會打鳴了！郭老師畫雞也不受影響，他又不畫雞蛋蛋！」

劉桂珍愣了片刻，臉上終於露出恍然大悟的表情：「是是！我怎麼沒想到！可……」

「妳放心吧，我徵求過郭老師的意見了，他同意了，不信妳可以打電話給他再確認下。閹割這個妳也不用擔心，我們容市郊區有個養雞場，那裡的師傅閹雞手法一流，他們養雞場上萬隻公雞，全是他閹的，一隻都沒出現過術後感染，人我都幫妳聯絡好了，他明天就有空，我們一起去？無痛閹雞，隨治隨走，雞好我好大家好。」

「……」

雖然傅崢完全被事情的魔幻走向驚到了，但寧婉確實三言兩語就搞定了雞叫擾民，她和劉桂珍約好了明早一起去閹雞，一點沒有傅崢想像裡和對方唇槍舌戰大打出手的場面，最後劉桂珍不僅感恩戴德，甚至還把家裡剛炒的一袋栗子塞到了寧婉手上。

傅崢聯想到初次遇見寧婉張口就來的土味情話和精神不太正常的聊天方式，一時之間發自肺腑地理解了什麼，莫非真的是弱智兒童歡樂多，精神病人思緒廣？寧婉這個思緒，確實挺野的……

等出了劉桂珍家門，寧婉剛才那種溫柔和緩就收了起來，她得意洋洋地看了傅崢一眼：「怎麼樣？輸得心服口服吧？」

「……」

雖然很恥辱，但傅崢確實輸了。他想了想，剛準備坦誠地向寧婉認輸，就聽到她哈哈哈哈笑起來——

「我沒想到我突然有了一個比我還大的兒子欸，哈哈哈哈。」

「……」

等笑夠了，她才促狹地看向傅崢：「喊我爸爸就算了，你這樣的兒子我消受不起，我這人信奉棍棒教育，你這樣的，大概要打到我心梗搭橋，犯不著犯不著。」

「……」傅崢冷著臉，並不想理睬寧婉。

只是寧婉倒是挺興奮：「不過爸爸不用喊，寧老師還是要喊的，來，喊一句我聽聽。」

「……」傅崢憋了半天，「不喊寧老師，別的要求隨便妳提，妳想買什麼都行。」

「不行。」寧婉眨了眨眼，「我就這一個要求。你要是堅持不喊我寧老師的話，那我也勉為其難接受你喊我爸爸。」

傅崢這輩子順風順水，從沒被人這樣逼到絕境過，一時之間，他氣得眼睛都要發紅，他第四次深切地後悔來社區體驗生活，這真是虎落平陽被犬欺。

但君子一言駟馬難追，在寧婉得意的眼神裡，傅崢只能壓制著情緒，乾巴巴地隱忍道：「寧老師。」

「哈哈哈哈哈哈哈哈哈哈哈。」

迎接他的，果然是寧婉小人得志般喪心病狂的笑聲。

她笑夠了，剝了一顆栗子扔進嘴裡，像是小松鼠似的鼓起一邊腮幫子吃栗子，一邊叮囑道：「那明天你跟我一起去執行一下。」

傅崢愣了愣：「執行什麼？什麼案子的執行？」

「就這個啊。」寧婉看白痴般地看了他一眼，「明天跟我一起去養雞場幫那隻雞執行一下切蛋蛋啊。」

養雞場，光提起這三個字，傅崢感覺自己已經聞到了一股撲面而來的雞屎味……

他當即拒絕了：「只是幫雞閹割而已，沒必要傾巢出動，我留在辦公室裡坐鎮，妳去養雞場處理那雞吧。」

「明天上午不用值班，辦公大樓上午要做整體消毒清潔，辦公室關閉上午半天。」寧婉笑咪咪地看向傅崢，「所以沒得商量，你跟我去養雞場。」

「……」

「還有，以後說話注意點。」寧婉語重心長道：「要講文明，不能粗俗。」

「什麼？」

「說雞不說吧，文明你我他。」

「……」

第二章　喜歡粗暴的女人

事不宜遲，第二天大清早，寧婉就叫上傅崢，然後和抱著雞的劉桂珍接上了頭，三個人攔了車朝郊區的養雞場一路而去。

寧婉事先和養雞場的師傅聯絡好了，這一路十分順暢，唯一的變數是要進去閹雞時，劉桂珍突然不願意了。

「我……要不然我先走吧。」

寧婉急了：「劉阿姨，妳這……」就差臨門一腳這問題就解決了，怎麼反悔呢？

「不不，寧律師，我願意讓你們把雞閹了，但我……我就不進去了……」她連連搖頭道：「我這個人看不得血，平時在家連殺魚也不敢，讓我去看著這雞被閹掉，我怕……」

聽她這麼一說，寧婉鬆了口氣，她大方道：「那阿姨妳先四周轉轉，養雞場西邊有個農貿市場妳可以逛逛，等好了我們叫妳。」

「那這雞……」

「妳把雞給傅崢就行。」

劉桂珍一聽，立刻就把大公雞往傅崢懷裡一塞，然後就高高興興轉身走了。

傅崢自從進了養雞場後，就戴上了口罩，可惜還是被養雞場裡的味道熏到差點就地升天，而就在他覺得一切已經到了最糟糕的低谷時，生活對他又一次重錘出擊，告訴他，還能有更糟糕的……

他正生無可戀地妄圖閉氣，結果天降橫禍，傅崢還沒反應過來，一隻熱烘烘沉甸甸帶著一股新鮮雞屎味的雞屁股就被不容分說地塞進了他的懷裡……一瞬間，傅崢覺得自己的心理健康和生理健康都受到了巨大的衝擊。

寧婉顯然沒有在意傅崢的心理健康，她逕自走進了閹雞師傅的工作間，然後就回頭對傅崢喊起來：「愣著幹嘛？進來啊！」

「……」

傅崢深吸了一口氣，看了自己懷裡探頭探腦精神抖擻的雞一眼，小心翼翼地抱著挪進了工作間，他努力做著自我心理建設，沒事，傅崢，放輕鬆，等這雞打了麻藥上了閹割臺，這個惡夢就結束了，堅持就是勝利……

只可惜理想很豐滿，現實很骨感。

「來，把雞按住，按緊了啊，等等閹的時候這雞可能會掙扎。」

傅崢抬起了眼看向寧婉：「不是會打麻藥？」

「打什麼麻藥啊傅少爺，你以為閹雞和閹寵物貓貓狗狗一樣啊，還打麻藥這麼精緻呢。」寧婉翻了個白眼，「你知道一個養雞場有多少公雞嗎？你知道人家師傅一天要閹多少隻雞嗎？」

「你大概都不知道為什麼養雞場要閹公雞。」

「我知道。」傅崢抿了抿唇，鎮定道：「為了防止大面積雞叫擾民。」

「哈哈哈哈哈。」寧婉都沒辦法掩飾自己的嘲笑，她揶揄地看向傅崢，「你還真的是個少爺。」

「養雞場閹雞，哪裡是為了杜絕雞叫啊，你自己看看這養雞場多偏僻，周圍就沒什麼社區，閹雞單純是為了讓公雞沒了雄性激素，性格變得更加溫順，不再那麼有攻擊性，不愛活動，導致雞的肌肉減少，脂肪增多，體型也變得更大，以至於能做一隻更合格的肉雞！」

「……」

「行了行了，趕緊的，把雞按住！要是農場自己的雞，都是小公雞時就閹了，師傅自己一隻手按住就行了，但現在這隻雞又大又凶，師傅一隻手肯定按不住，你幫忙一起按，記住啊！牢牢按住啊！不然幫雞切蛋蛋的時候，這雞要是掙扎著起來啄你，我可救不了你！」

「……」

自己堂堂一個時薪八千的大Par，一個複合型綜合人才，一個全球稀缺性資源，一個以往別人預約了都看自己心情才決定見不見客的高級律師，結果眼前這個女的竟然暴殄天物讓自己去按雞？？？傅崢一瞬間覺得自己都快要窒息了。

可惜寧婉並沒有注意到這一點，她轉了一圈，拿來了一個圍兜：「來，把西裝脫了，穿上這個吧。」

傅崢看了不太乾淨的圍兜一眼，明確表示了拒絕：「不需要。」

一個優雅貴氣的男人，不能穿這種有失身分不衛生的衣著，傅崢堅信，即便自己因為生活所迫不得不做出按住雞這麼不文雅的事，他與生俱來的氣質和內涵都能讓他即便是狼狽不堪的工作也做出格調，體現出優雅和與眾不同。

只是另一邊，寧婉雙手合十，正對著雞開始輕聲念叨，像在幫雞做臨閹前的心理建設：「雞兄啊，以後你雖然不是個完整的男人了，但少了那麼一點點，卻保全了生命，這完全是值得的犧牲。」

此刻她的聲音漸漸變輕，傅崢微微走近了一點，然後終於聽清楚了她後一句在說什麼——

「還有，冤有頭債有主，你記住，按住你要閹你的是這個男的，不是我，等等不要啄我，拜託拜託……」

「……」傅崢覺得氣著氣著已經麻木了，這寧婉也過分囂張了吧？自己站在這裡可沒聾呢。

等最後從養雞場出來時，傅崢覺得自己彷彿已經死過一次了。

寧婉這女的有一點沒說錯，這公雞又大又凶，一開始抱在自己胸口還左顧右盼，結果一被按上了閹割的工作臺，大概是覺察出危險，這公雞就開始了絕地反擊，一時之間，雞毛亂飛，尖銳雞叫，一應俱全，傅崢一開始還在意形象，執著於優雅，認定即便一個家教良好的人，身處養雞場這種逆境，也不能失了架子，冷靜沉著，才是一個優雅男人應該做的。

只是，最後的現實是——

「寧婉！快幫我一起把這雞按住！」

「寧婉！！！快幫幫我！！！寧婉！！妳人呢？！」

「雞要跑了！！！」

「幫我擋一下，這雞想要啄我！」

「寧婉！！！！！」

「……」

整個閹雞過程其實只有十幾分鐘，然而傅崢覺得自己彷彿經歷了一個世紀的等待。

難怪那麼多神經兮兮的文藝殺馬特[2]要說等待是最初的蒼老，傅崢覺得，這些殺馬特或許確實有大智慧，因為就這十幾分鐘，他覺得自己已經老了十歲。

累。

真的累。

做幾千萬美金目標額的案子，連軸轉一個月也沒有這麼累。

想毀滅一個人，不要打擊他的肉體，毀滅他的精神就可以了，這話一點也沒錯。傅崢看著自己又一次沾滿雞毛和雞屎味的西裝外套，覺得自己差不多是要被毀滅了。

帶著雞和劉桂珍回社區的路上，寧婉看了身邊的傅崢一眼，這個精緻少爺此刻一臉有事燒紙的寂滅表情，全程一句話也沒有說，臉上生動地詮釋了一句話——有的人活著，但已經死了……

2 殺馬特，即一種次文化。外觀上受哥德次文化或視覺系影響，以誇張的髮型為主要特點。

寧婉雖然看不慣傅崢的少爺做派，更厭惡這種為了刷履歷靠關係空降的內定選手，但看著傅崢這個慘遭蹂躪的模樣，一時之間也有些不忍，等把劉桂珍和新晉雞公公送走，寧婉想了想，還是良心發現開了口。

「官腔一點說，社區律師的主要工作內容，其實就是駐點值班，向社區居民提供電話和當面的法律諮詢，調解社區裡產生的法律糾紛，引導社區居民合法和諧地解決糾紛，然後開展法制宣傳，定期舉辦一些法治講座，幫社區裡的居民普及法律。」

傅崢面無表情地看了寧婉一眼，似乎覺得她又要拋出什麼花招。

寧婉沒在意他的不善目光：「這種形容聽起來是不是還行？可實際你也看到了，社區律師很多案子就是雞叫擾民這類，又小又雞毛蒜皮，雖然還是需要運用法律去處理，但很多時候，單純靠死板地搬法條根本解決不了，理論和實踐完全是兩碼事，法律雖然是準繩是底線，但很多社區基層裡的法律糾紛，真的得靠調解。」

「最重要的是，社區法律糾紛和別的法律糾紛有很大的不同，因為產生糾紛後，很多鄰里還是得繼續生活在同一個空間下，未來還是低頭不見抬頭見的，所以處理的方式不能像商事法律糾紛一樣剛性和按部就班，除了當下的糾紛，你還要考慮糾紛處理會不會有什麼嚴重的後遺症。」

寧婉看了傅崢一眼：「錯誤的操作甚至還會因為起訴激化鄰里之間的矛盾，比如現在這個案子，你要是一條路走到黑，窮盡各種法律途徑，在耗費了大量時間精力後，或許也能強制把劉桂珍的雞弄走，但這樣以後呢？除了雞叫問題外，可能還有新的問題產生，以後這兩個鄰居之間，是別想有和平共處的機會了，矛盾和糾紛只會越來越多。」

「做基層案子太看重律師和客戶的溝通，你要了解客戶的核心需求，史小芳的要求其實很簡單，她只想要順順利利的生活，劉桂珍呢，好好和對方聊聊，好好調查下這個案子的背景，你會發現她也不是真的蠻不講理的人。」

寧婉頓了頓，真心實意地規勸道：「你看，社區就是這些案子，社區律師也不是你想像裡那種菁英律師的形象，社區基層的工作，你可能根本看不上眼，真的有點像是管委會大媽。」說到這裡，寧婉含蓄地看了傅崢一眼，「就算不缺錢，你也不能每天扔掉一件西裝吧？」

傅崢冷冷道：「那件西裝髒了。」

「你怎麼不說你自己髒了呢？」

「……」

「社區律師的工作很雜壓力很大，需要的是實實在在能幹活，又踏踏實實親民的人，這裡並不是少爺公主們體驗生活的玩鬧地。每個人都該在屬於自己的位置裡，如果走錯了位置，不僅自己痛苦，別人也跟著受累，是不是？」

寧婉覺得自己這樣推心置腹一番話，明示暗示得都很到位了，如果傅崢不是憑藉關係擠掉了能踏實幹活的陳爍，寧婉對他其實沒有意見，她並不仇富，對傅崢這種有錢少爺頂多是不喜歡，畢竟平時大家根本不是同個世界的，彼此井水不犯河水。

只可惜自己一番好言好語，不僅沒能引起傅崢的覺悟，剛才還一臉寂滅的男人，聽完寧婉的話，反而整個人起死回生了……

「不存在走錯了位置，因為我能勝任任何位置。」

傅崢活到這麼大，生活還從沒有對他說過「不行」，他一開始確實看不太上社區律師的工作，也確實太過輕敵，但寧婉這番話讓他不舒服了，她竟然說他不行！

他的字典裡，沒有「不行」。

傅崢恢復了一貫的冷靜自持，他抿著唇看了寧婉一眼：「這案子是個意外，以後的案子不會出現這種事。」

寧婉對這個發展簡直目瞪口呆，此刻她也顧不上委婉了：「這位少爺，你沒辦成這個案子我並不覺得是個意外，我們面對的當事人是社區的居民，很多人年紀大文化層次不高，比起法律，更在乎情理，結果你竟然空著手直接跑到劉桂珍家裡想花錢買下那隻雞，就算劉桂珍噪音擾民是錯的，嚴重的話要承擔侵權責任，但你一上門劈頭蓋臉就跟人家說一頓法律，人家能和你好好溝通嗎？」

「直接和人家說法律條款，人家也不理解，你要用更通俗易懂的方式把法律規定告訴人家，把法律理念傳遞過去，就像雞叫擾民這個，從廣場舞擾民的角度切入，讓她設身處地，再和她溝通噪音是侵權行為，她就好接受好理解多了。」

「做社區律師，你要學會放低你的姿態，好好聆聽雙方當事人的聲音，而不是高高在上。你現在要是在總所接客戶，那行，只要有足夠競爭力，你確實可以擺出菁英律師的那套，客戶愛來不來；但這是在社區，社區律師更多的是一種義務勞動和服務。」寧婉眨了眨眼，「所以，我並不覺得這是一份少爺們可以勝任的工作，因為每個案子，都需要彎下您高貴的腰。」

「我不是少爺。」

「精神病人也都說自己不是精神病啊。」

「……」

寧婉繼續補刀道：「你是不是以為自己現在特別偉大啊？不食人間煙火的善良仙子下凡

普渡眾生？但需要我提醒你嗎？下凡的仙子最後都是什麼結局？七仙女知道吧？就去洗個澡，結果被一個偷看她洗澡還偷她衣服的流氓逆襲成功威脅著在一起結婚了，仔細想想，這不就是被脅迫的婚姻嗎？」

傅崢皺了皺眉糾正道：「我是男的。」

「現代社會，難道男人就安全了？這世界上也有女流氓啊！」

「……」

傅崢努力抑制住快要氣炸的心，冷冷道：「妳不要再說了，我只是以前沒做過這塊業務，但我上手會很快。」

呵呵，瞧瞧這語氣，寧婉都想把它錄下來，說的好像以前做過別的業務似的，從傅崢的履歷來看，他可是個一點工作經驗都沒有的菜雞啊！一個菜雞就該有菜雞的覺悟！

「行啊，那你現在也經歷過第一個社區案子了。」寧婉笑嘻嘻的，「雞叫擾民結束了，那廣場舞擾民這個，你看怎麼處理？」

傅崢頓了頓，然後道：「可以先溝通教育，因為在社區裡使用高音廣播喇叭是違反《環境雜訊汙染防治法》的，如果反覆溝通無效，又確實干擾了社區內居民生活，可以處兩百以上五百以下罰款的。」

他看了寧婉一眼，語氣越來越順暢：「這次不像是撲殺雞，罰款不存在執行難的問題，而且罰款的手段很有威懾力，因為跳廣場舞的主要人群就是老阿姨，以她們的消費觀來說，這樣的罰款會讓她們印象深刻，不會再犯。」

傅崢大概覺得自己這次的回答很可圈可點，他看向寧婉，等待她的臉上出現意外並且肯定認可的表情，可惜沒有等到。

「噪音汙染處罰需要走技術鑑定的舉證程序，麻煩死了，你有那個時間和精力，不如直接讓廣場舞團換個地方，你知道悅瀾西邊有一塊空地吧？周邊是社區會所，旁邊是停車場，就算跳廣場舞，也不會擾民。但廣場舞團為什麼放著那麼好的一塊空地沒去，偏要跑到社區樓下跳呢？」寧婉笑笑，「我之前混進去跳了三天廣場舞，人家老阿姨告訴我，那片空地沒有照明燈，黑燈瞎火的怎麼跳舞啊。」

「所以我和社區、物業協調過了，業主委員會也同意了，準備幫那片空地裝好照明路燈，專供廣場舞團活動，不就全解決了？」

「可妳根本沒有用到法律，既沒有走訴訟，也沒有用法律去調解……」

寧婉好整以暇地看了傅崢一眼：「雖然我們是社區律師，但社區裡所有的糾紛也不是都要用法律解決的，很多糾紛除了法律外有更好的處理方式，完全可以交給別的相關部門，比如這種，明明借助社區物業的力量就可以解決，並不需要浪費法律資源啊，雖然社區法律工作涉及到各種雞毛蒜皮，但你也不要有盲點，覺得什麼雞毛蒜皮都要我們處理，雖然社區律師和管委會大媽偶爾看起來有業務重合，但我們到底不是管委會啊。你看，你這不就是典型的學院派慣性思考嗎？我們學法律的也不能認為法律萬能啊，還跟老阿姨要罰款呢？你知道人家的戰鬥力嗎？在說什麼天書？你是想死嗎？」

「……」

「現在只是個開始，不是我說你，你這種大寫的傻白甜，行走的菜雞，放在宮鬥劇裡，大概連個慘死的鏡頭都不配有，做社區律師幾天就會懷疑人生。」寧婉憐憫地看了傅崢一眼，「這位少爺，你一定要堅持的話，給你個忠告，趁著沒瘋，先幫自己買份保險吧。」

「……」

雖然被寧婉訓了一頓，但傅崢內心明顯不服，他板著張臉回到了社區律師辦公室。

寧婉聳了聳肩：「行了，今天不好過不重要，反正明天也不好過，所以開心點，去坐著吧。」

傅崢瞥了她一眼，準備就坐，結果剛彎下腰，寧婉就急急忙忙開口制止了他——

「在想什麼呢？這是我的座位。」她指了指那張辦公椅，「你的座位。」寧婉努了努嘴，「在那邊。」

循著她的目光，傅崢看到了自己的座位——那是張塑膠椅子，沒有靠背，塑膠看起來也很劣質，一根椅腳上好像還有裂痕，看起來像上個世紀八十年代的「遺物」，收破爛的都不會看第二眼的那種。

這麼一張破椅子，此刻正擺在寧婉辦公椅的旁邊，分享著辦公室裡唯一一張辦公桌。

傅崢只覺得自己額頭的青筋都跳了一跳，以往他從來不會坐價格低於一萬的人體工學椅，如今本想著屈尊坐一下普通辦公椅也不是不行，結果寧婉給了他一張破爛塑膠椅？

傅崢不可置信地看向寧婉：「妳認真的？我好歹是新同事，妳就讓我坐這種椅子？」

「社區今年預算吃緊，沒錢添置辦公用品了，你這張椅子還是我和季主任打麻將贏了才逼著他買的好嗎？你看看這顏色，我親自幫你挑的，時尚典雅地中海藍，低調奢華有品味！」

傅崢看著眼前廉價又鄉土的藍色，不知道哪一點和時尚典雅扯得上關係，他咬牙切齒道：「多少錢？」

寧婉眨了眨眼：「整整二十鉅款。」

這個瞬間，傅崢覺得自己有必要買一份保險了，因為他很可能隨時被寧婉氣死。

始作俑者卻絲毫不知，她捧著杯茶，一派怡然自得：「何況你是新人，那就更應該擺正自己的位置了。美劇看過沒？新囚犯入獄都要先被老囚犯打一頓的，第一天就和你說過了啊，新人在這要識相，我們這條件確實比較艱苦，你都有張椅子坐了還想怎樣啊，我都沒打你。」

只是傅崢剛要開口，就被一道中氣十足的聲音打斷了——

「寧寧！」

寧婉一聽到這熟悉的聲音，當即眼睛都亮了，她一抬頭，果然看到了邵麗麗，立刻回以情深意切的呼喊：「小麗！」

邵麗麗和寧婉都是正元律所的，兩人同期進正元所，都是二流法學院畢業的，和所裡其餘 Top 5 大學畢業或者留學背景的完全不可比，要不是當年正元所擴招，應該都輪不上她們進所，因此作為正元所唯少的兩條鹹魚，兩個人十分惺惺相惜，只不過邵麗麗沒有被外調到社區駐紮，跟在一個中級小合夥人的團隊裡做點邊角料的活，在總所艱難苟且偷生，比寧婉的境地稍微好了那麼一點點。

邵麗麗是個身高馬大十分豪爽的人：「我今天去城東法院立案，正好路過，過來看妳一下。」

寧婉激動道：「妳可他媽來了！給我帶所裡最新的八卦了嗎？」

在社區成天調解這個調解那個，寧婉都感覺自己真的是個管委會了，她需要一些新鮮八卦的滋養。

一說起八卦，邵麗麗的臉果然亮了，只是她掃了寧婉辦公室一眼，看到了傅崢，然後她愣了愣，探尋地看向寧婉，「這個是？」

寧婉的介紹言簡意賅：「哦，傅崢，實習律師，新來的。」

礙於禮節，傅崢剛想起身向邵麗麗客套地做個自我介紹，結果就聽寧婉逕自繼續道——

「他不重要，妳當他不存在就行了。來，快點跟我說說所裡有什麼最新八卦？」

「……」

邵麗麗是個爽快人，講起八卦都不帶鋪墊的，當即單刀直入道：「我聽說我們所馬上要來一個新的合夥人！美國回來的！」

「！！！」

別說寧婉，就是傅崢也忍不住從冷漠裡剝離出來，微微抬起了頭。

寧婉的眼睛都跟著亮了起來，如今正元所裡共有十位合夥人，其中三位是高級合夥人，但不論是高級合夥人還是中級合夥人，這些合夥人都已組建成熟的團隊，簡言之，除非有人離職，否則團隊裡不可能有新的空缺位置讓人去填補，而已有的合夥人旗下的團隊都很穩定，寧婉沒有任何機會能加入其中一個，但如果新來一個合夥人，那他勢必會需要組建新團隊，也就是說……

自己是有機會的！

寧婉的手指都忍不住高興的顫抖起來：「美國回來的話，應該沒有帶人一起來吧？」

「沒有。」邵麗麗也同樣激動，「他一個人回來的，會在我們所裡重新組建團隊，會要三個人。」

「什麼背景？」

「肯定是直接加入做高級合夥人的，名字不知道，沒問出來，只聽說在美國做併購這些商事業務，我猜回國肯定也是繼續做這塊吧，我聽高 Par 講起來的，說特別特別厲害，業務能力基本可以吊打目前國內商事市場上的大 Par，特別厲害……」

寧婉認真地聽著，不經意轉頭，才發現傅崢竟然也認真聽著，一邊聽一邊臉上還露出了淡淡的微笑，看起來像人家在誇獎他似的。

寧婉看他這表情，就有些來氣了，這關係戶不是聽到了這八卦後蠢蠢欲動，也想投機取巧進新來這位 Par 的團隊吧？又想靠關係擠占一個名額了？

「傅崢，你不許笑。」寧婉板起了臉，「一個男人，莊重點，笑什麼笑，誇人家和你有關係嗎？你聽了怎麼還好意思笑呢？同樣是男人，同樣是美國回來的，人家這麼厲害，你呢，你也老大不小了，還是個掛實習證的菜雞，你不覺得羞愧嗎？」

傅崢沒說話，只微妙地看了寧婉一眼。

寧婉義正辭嚴道：「總之，不要笑了，做人要腳踏實地，自己努力，做事要公平競爭！」這樣點到為止，給足了傅崢面子，希望他好自為之不要靠關係又搶占名額！

自己訓完，傅崢倒是沒反駁，只是嘴角的笑意更重了些，這次笑的意味倒是變了，像是看好戲似的看著寧婉。

寧婉懶得理他，催促邵麗麗道：「小麗妳繼續。」

邵麗麗清了清嗓子：「不過聽高 Par 的暗示是，這個 Par 雖然是業界大神，但脾氣似乎不是太好，就妳懂的，特別有能力的老闆，對下屬也會比較苛刻，會要求高吧，聽說生活特別精緻，有些吹毛求疵的精緻，比如辦公桌上不能有一絲塵埃，不能接受屋內有任何異味，吃穿用度都講究最好最奢華的，只過百分之一的上流人生……」

傅崢臉上的笑漸漸淡了，高遠這廝……

傅崢想著自己和高遠的塑膠友情可能是要破滅了。

邵麗麗還在繼續：「總之，為人很強勢，說一不二，堅決不能忍受下屬頂嘴，就比較霸道吧，他說什麼都是對的，不接受反駁，很少爺做派，業務能力是強，但不太好相處……」

傅崢看了寧婉一眼，等著寧婉劈頭蓋臉的批判和對少爺做派的嘲諷，果然，他看到寧婉一臉激動地站了起來，然後義正辭嚴道——

「小麗，這就是妳的不對了！人家從小可能就是接受菁英教育長大的，家裡可能也有錢，過的理所當然就是那種生活，又長期在美國生活，怎麼能叫少爺做派呢？人家那叫貴族！」

「……」

傅崢從沒有見過人能雙標得這麼義正辭嚴，不禁也有些佩服。

寧婉完全被大Par要加盟的消息吸引住了：「小麗，妳能打聽到，這個馬上要新加盟的大Par喜歡什麼樣的下屬嗎？妳說我要不要提前先去搞好關係？到時候組建團隊，說不定第一個把我調過去？」

邵麗麗搖了搖頭：「其餘資訊沒怎麼打聽到，好像說三個月後會正式加盟吧，但我趁著高Par喝醉，跟他要到了一個私人郵箱，想著來給妳，妳要是能被調進他的團隊，就不用再在社區蹉跎了！」

邵麗麗說到這裡，就沒忍住感慨：「其實當初金 Par 不是挺想招妳進他團隊的嗎？他也是做商事的，盤子做得也挺大的，妳為什麼不願意去啊？去年聽說他給他們團隊的律師年終紅包都是三十萬打底……」

寧婉刻意忽略了邵麗麗的後半段話，打了個哈哈帶過了話題。

邵麗麗對她好，她是知道的，她和邵麗麗因為學歷問題，在名校林立的正元律所可謂是邊緣人物，別的同事基本都和自家校友湊在一起，彷彿有出品血統驗證的高貴品種貓，自動就會找到同類，就她們像兩隻沒人要在外流浪的土貓。這種境地下邵麗麗還能想起自己，寧婉內心相當感謝。

她覺得自己更加不能辜負邵麗麗的好意，邵麗麗一走，她就望著那個郵箱地址，開始構思寫一篇什麼樣的自我介紹能讓這位大 Par 印象深刻。

可是想來想去，想不出。

「傅崢，如果你是老闆，你會想要什麼樣的下屬？」

傅崢看都沒看她：「妳死心吧，反正不是妳這樣的。」

寧婉不樂意了：「別把自己的情緒代入行不行？你就是一個新人，還能知道老闆怎麼想了？我覺得我自己挺好的，業務能扛，專業過人，靈活變通，處變不驚，這不正是成功律師應該有的特質嗎？」

傅崢瞥了寧婉一眼：「妳有商事領域的經驗嗎？」

說到這，寧婉也有點喪氣：「沒有。」

因為二流法學院的學歷在總所實在是很邊緣化，她根本接觸不到這些核心業務，其實她的商事法律學得相當不錯，也自信能處理好這類法律糾紛，只是每次一有合夥人選團隊成員，寧婉的履歷送上去，然後就沒有然後了……

一開始她還能幫自己打氣，像自己這種剛畢業的法學生，老闆選人時看什麼？當然看學校出身啊，自己一個二流法學院畢業的，都沒有經驗的情況下，當然都選名校的了！不過好事不怕晚，自己先好好努力累積幾年工作經驗，有了經驗的加持，一定就能補足自己非名校的瑕疵了。

正元律所每年會招聘一批應屆畢業生，這些應屆畢業生一開始都會進入一個 talent pool——人才池。

在這個人才池裡度過半年到兩年不等的時間，在此期間，一旦有哪個合夥人的團隊出現空缺，就會從人才池裡挑選，被挑選走的，以後就有隸屬的固定團隊了，沒被挑走的，則留在人才池裡，供正元所其餘律師調度使用，有點類似一個全所的助理律師的角色，什麼活都幹，沒有專精的方向，哪個團隊哪個案子臨時缺人了，就調派過去臨時搭把手。

寧婉在這個人才池裡待了兩年，向每個合夥人都遞了履歷，但從來沒有被選上，拒絕的說辭也很委婉——在相關領域的工作經驗不夠。

可是這能夠嗎？在這個人才池裡，根本接觸不到專業程度高的大案，根本沒有辦法擁有漂亮的履歷，完全是一個惡性循環。

當然，這期間也不是沒有合夥人願意接納寧婉，如邵麗麗所言，金建華確實三番幾次對寧婉發出了邀請，只是……

總之，最終寧婉得罪了金建華這位大Par。

正值此時，正元律所和悅瀾社區簽了合作法律顧問協議，缺個駐點的社區律師。社區法律工作雞零狗碎又沒什麼錢，因此這工作本來該是簽約律所裡的律師們輪流駐紮的，但所裡誰也不願意去，而寧婉又得罪了人，於是她被「流放」到了社區來。雖然總所還點名了另外兩個律師一起輪崗，但這冷宮的活其實只實質性地落在了不受寵的宮女寧婉的身上。這麼一「流放」，都快兩年了……

自然，社區律師並非全職工作，一週時間裡也不需要一直待著，很多律師只偶爾有空稍微去社區辦公室晃一下刷個存在感，寧婉完全可以在時間空閒時接其餘正常案子，然而她一沒人脈二沒帶教律師，去哪接案子？能接到的也就社區裡引流來的這些小案子，真的是剛剛夠她糊口飯吃，索性就長期駐紮社區了。

不能再這樣下去了！

她想了想，傅崢話糙理不糙，自己確實沒有商事領域的經驗，要讓這位新加盟的大Par看上自己，看來要另闢蹊徑了。

「除了工作能力外，老闆在選團隊員工時，肯定很看重員工的合作溝通能力吧？」

寧婉咬了咬嘴唇，她覺得自己得多寫點品行上的優點，畢竟好的團隊成員，如果只有業務能力，卻沒有職業道德和素養，那也是個災難。

寧婉想了半天，終於把一封自薦信寫完了——

在介紹了自己辦理的一些案子，強調了自己基層工作經驗豐富後，寧婉羅列了不少優點：為人誠懇熱情，工作積極主動，抗壓能力強，具有協作精神，能向有資歷的同事學習，同時能關愛新人，團結友愛，尊師重道，與人為善，性格開朗，思緒開闊，語言溝通能力強，善於談判，為人有原則……

雖然這封自薦信其實很短，但寧婉左右斟酌了老半天才在忐忑中點擊了傳送。

因為完全處在緊張期待的心情裡，寧婉並沒有注意到，自己的郵件剛傳送，傅崢的手機就傳來了「叮」的一聲郵件提醒。

傅崢點開了郵件，每年向他自薦的人很多，他們會寫很多廢話，美化包裝自己，語氣恭敬用詞漂亮，但傅崢其實從來都不會點開看，因為他認為，真正有能力的人根本不需要自薦，懷才和懷孕一樣，時間久了，總是能看出來的，他對那些形形色色的自薦信一點興趣也沒有。

然而他今天破例點開了寧婉的這封郵件。他很想看看，寧婉會寫出什麼樣的自薦信，結果越看，傅崢越想怒極反笑。

關愛新人？

傅崢看了自己坐著的搖搖欲墜廉價塑膠椅子一眼。嗯，二十塊鉅款，真的很關愛新人。

協作精神？

之前閹雞的時候，自己都快按不住那雞了，她在幹什麼？哈哈大笑著掏出手機幫自己拍照片說要留念。

尊師重道？

是，就憑她要自己給她敬茶拜師這一點，確實很尊師重道。

語言溝通能力強？

是挺強，說雞不說吧文明你我他，教訓起人一套接一套。

為人有原則？

唯一的原則就是雙標。自己那叫少爺脾氣，大Par那叫貴族。

思緒開闊？

那倒是真的，連把雞閹掉都能想出來。

寧婉並不知道傅崢心裡所想，她還沉浸在期待之中，只是沒過多久，又懊惱起來：「我應該傳一份有照片的履歷！」

剛才一直埋頭看手機的傅崢此刻終於抬頭看了她一眼，然後寧婉聽到他聲音嘲諷道：「妳就是傳一份PPT他也不會選妳的。」

寧婉翻了個白眼：「你這個菜雞不要發言，人家大Par的想法和你能是一個層次的嗎？」

寧婉努力忍了忍，才憋住了心裡那句「你懂個屁」。

傅崢平靜道：「妳的業務和他的不匹配不相同，妳也沒有相關商事領域方面的經驗，他不會選妳。」

寧婉卻不信：「你怎麼知道他不會選我？」她振振有詞道：「很多時候老闆選員工也看第一印象，我真的應該放張照片，就算業務不相關，萬一這位大Par覺得我漂亮看起來也機靈，放在團隊裡賞心悅目提高平均顏值呢？說不定人家就喜歡我這類型呢？」

傅崢一言難盡地看了寧婉一眼，然後認真糾正道：「不，妳不是他喜歡的類型。」

寧婉這下真的忍不住了，她白了傅崢一眼，終於把剛才堪堪憋住的那句話振聾發聵地說出口了：「你懂個屁！」

「……」

寧婉傳了自薦郵件，輾轉反側等了一天，然而並沒有等來任何回覆，由於每隔半小時看一次郵件，直接導致她沒能睡好，第二天頂著兩個黑眼圈去了社區律師辦公室。

自己一臉心力交瘁結果傅崢倒是容光滿面，今天的他看起來倒是上道安分了不少，此刻安靜地坐在那塑膠椅子上，臉色平和，彷彿接受了命運的安排和生活的暴打，決定乖巧聽話地度過餘生。

唉，連傅崢都一夜之間長大懂事了，可自己的郵件還是沒人回覆！

寧婉內心一邊哀嘆，一邊開始工作，等她接到今天第十四通法律諮詢電話時，隔壁老季聲如洪鐘地跑進了辦公室。

「小傅是吧？」他笑咪咪的一臉和善，「我是悅瀾社區的社區委員主任，你叫我老季就行，還要麻煩你寫一段兩百字左右的自我介紹給我，然後給我一張兩寸照片。」他解釋道：「為了方便社區居民來諮詢，我們社區公告欄和網站上都會公示合作的社區律師，正好馬上要更新，你正巧來了，趕緊把你的資料一起上傳一下。」

老季說完，看了寧婉一眼：「寧婉啊，妳幫忙把小傅的照片電子檔和自我介紹傳到我們宣傳口的工作郵箱！」老季一邊說，一邊看著手錶往外跑，「不說了，我會議要來不及了，這事就交給妳了！」

「來吧，加個通訊軟體好友。」寧婉沒什麼誠意地掏出手機，「你掃我一下。」

寧婉至今仍覺得傅崢不可能在社區久待，要不是礙於老季的拜託，以自己和傅崢的塑膠同事情她覺得根本沒必要互加聯絡方式。

當然，傅崢可能也是這樣想的，因為他非常不情願地掏出了手機，表情勉強地掃了寧婉的 Qr code，看起來像是被逼良為娼的貞潔女子，讓寧婉懷疑這男人可能傳完照片就決定過河拆橋刪除封鎖自己，彷彿自己不配待在他高貴的聯絡人列表一樣……

不過今天的寧婉因為沒收到郵件回覆，對什麼事都意興闌珊，並沒有和傅崢計較，她甚至都不想理睬傅崢，夏蟲不可語冰，這種空降的關係戶懂什麼職業規劃行業前景？

只是等傅崢把自己的簡介和證件照片電子檔傳來後，寧婉看著傅崢那張辨識度過高的照片，還是忍不住了：「照片重新找一張吧。」

傅崢抬起頭，微微皺起眉，用和照片裡一樣好看的眼睛盯住寧婉：「這張不合格嗎？」

不是不合格，是太好看了，雖然客觀來說，這證件照比起傅崢本人，還是略微遜色，但證件照拍成這樣，已經是完完全全的犯規了，看起來倒不像證件照，像相親照。

金玉其外敗絮其中，雖然是個關係戶，但長得確實可圈可點，專業能力不行，靠臉吃飯倒是應該沒問題。

寧婉一邊忙著接電話，一邊言簡意賅好心建議道：「找張醜點的。」

可惜聽完這話，傅崢的臉色就臭了：「我沒有醜的照片。」

「那找張稍微醜一點的。」寧婉真心實意道：「或者普通一點的。我真的是為你好。」

「我沒有那種照片。」結果傅崢一點沒有體會到寧婉的好意，他想也沒想，冷豔高貴地拒絕了寧婉，「就用這張。」

為自己好？傅崢差點氣笑了，寧婉這女的戲是不是太多了？不僅這麼丁點大的社區還喜歡搞內鬥這一套各種排擠自己，連一張證件照都不允許自己用好看的？這是什麼狹隘的心理？難道在這種細枝末節的問題上，都要強壓過自己一頭才心理平衡？竟然妄圖讓自己找一張醜照用……

「你確定？」被詬病心裡狹隘的當事人卻渾然不知，她朝傅崢眨了眨眼：「可是……」

「沒有可是。」傅崢當機立斷打斷了寧婉，冷冷道：「不過是一張照片，妳就算自己動手幫我P一張醜的，也不能讓我本人變醜，在這種細枝末節上做文章，有意思嗎？」

「……」

寧婉磨了磨牙，傅崢這傢伙真是狗咬呂洞賓不識好人心啊！

好心提醒你不聽，那就別怪我無情無義！

她看了傅崢一眼，然後笑了笑：「那你用好看的，只要你能勇敢承擔後果就行。」

對於寧婉的話，傅崢自然嗤之以鼻，還威脅上了？後果？不就一張照片嗎？能有什麼後果？不過是多幾個看著自己的照片誇讚的人而已……

只是兩個小時後，傅崢就懂了寧婉話裡的深意和她口中所說的後果——以一種非常痛苦的方式。

「小夥子，你今年多大了？家在哪啊？是在地人嗎？」

「沒結婚吧？」

一開始，傅崢對這些老阿姨並沒有戒心：「沒。」

「沒結就好沒結就好，那有女朋友嗎？」

「也沒。」

只是沒想到，自己隨口的兩個回覆成了一切的導火線……

「哈哈哈，小夥子現在有想換工作嗎？要不要考個公務員？你們學法律的考警察局、檢察院、法院很好的啊，穩定又體面！」

「在本地有房沒？駕照考了沒？」

「……」

在自己的證件照連帶個人簡介發布後兩個小時，社區律師辦公室的門突然被絡繹不絕的中年老阿姨拍爛了……

原本電話諮詢居多，實地諮詢居少的社區律師辦公室，突然像是菜市場一樣熱鬧了起來，開始是一個老阿姨，然後是第二個、第三個、第四個……第二十個……

辦公室內斷斷續續湧來了一大撥探頭探腦滿臉喜色的老阿姨，然後這些老阿姨根本連看也沒看寧婉一眼，逕自越過她，衝向了傅崢，那見了自己以後發亮的眼神以及充滿殺氣的志在必得互相推搡，讓傅崢恍惚間覺得自己是一塊等著眾位得道老妖分而食之的唐僧肉……

此刻，傅崢完全被圍剿了，他努力平靜地試圖自救：「這位女士，請問妳來這裡是有什麼法律問題諮詢嗎？我們是社區律師，只解答法律問題。」

可惜這樣的話一點作用也沒有……

傅崢低估了人民群眾急中生智的能力，對面的老阿姨當機立斷地製造了一個法律問題給他：「啊，這樣啊，那我問問你啊小夥子，我大姐家鄰居的二姨的兒子的同學結婚以後又找了小三，現在小三也有孩子了，原配把這個小三打流產了，這種因為小三有錯在先，是不是不用賠錢啊？」

「……」太刻意了，阿姨……

傅崢還沒來得及窒息，就聽到那老阿姨話鋒一轉道：「小夥子，剛才我要問的還沒問完，你們現在這個工作，一個月能有多少錢啊？我女兒今年二十五，頂尖大學畢業的，現在是個高中老師，你知道的，老師穩定，能顧家，未來小孩的教育問題也都能搞定，討老婆就要找當老師的，我女兒的聯絡方式是……」

「……」

「張春華，妳夠了沒有？講不講公德心啊？我們每個排在隊伍裡的也就問兩三個問題，妳呢？一個人拉拉雜雜講了這麼久，我們都等妳等多久了？沒完沒了了啊！」

隊伍後面響起了另一位老阿姨怒不可遏的聲音，而排在傅崢面前這位叫張春華的老阿姨也不是省油的燈，當即轉頭大嗓門吼了起來：「叫什麼叫？陳芳，妳以為我不知道妳那點心思啊！可妳那姪女都三十二了！能和人家小夥子配對嗎？比人家年紀還大呢！」

「都現代社會了，妳這個鄉巴佬！姐弟戀還不行啊？！」

一來二去，這兩個老阿姨竟然隔著長長的隊伍爭執了起來……

「……」

傅崢被人群包圍到呼吸不暢，只覺得腦子邊有一百隻鴨子踩在自己頭上跳舞，他艱難地妄圖突圍，此時此刻，他已經顧不上別的，求生欲讓他放下了一切架子，悲慘而狼狽地向寧婉求救──

「寧婉，幫幫忙，能幫我分擔一點人流和案子嗎？」

每個排隊的老阿姨都信誓旦旦號稱自己確實有法律問題要諮詢，因此於情於理傅崢都不能把人家趕走，只是說是有法律問題諮詢，每每排到隊伍前，老阿姨們就開始轉移話題熱情地詢問起傅崢的私人資訊……

可惜寧婉還沒答覆，老阿姨們就抗議了：「不行啊，小夥子，我們就想諮詢你，你看起來比較可靠！」

「……」

傅崢一邊應付著戰鬥力驚人的老阿姨們，一邊覺得自己又一次不好了，這一刻，他沒有別的想法，只想活著……

「寧婉！妳幫幫忙！」

寧婉看了傅崢一眼：「我聽不清。」

即便良好的教養讓傅崢從來沒有如此大聲說話過，但絕境下，他還是拋棄了一貫以來的原則，努力抬高聲音道：「寧婉，幫幫忙！」

可惜回答他的是寧婉意味深長的聲音：「哦，我怎麼還是聽不太清。」

「……」

傅崢咬牙切齒地看了這個趁火打劫老神在在的女人一眼，知道她在等什麼，但傅崢不想開口，她不就是想看自己低頭嗎？！自己怎麼可以讓她得逞！

只是……

最終，求生欲戰勝了羞恥觀，五分鐘後，傅崢硬著頭皮低聲下氣道：「幫幫忙，寧老師，算我求妳。」

哈哈哈哈哈哈哈哈哈。

這還差不多。

寧婉忍著內心的狂笑，然後起身再次掏出了她的大聲公：「各位阿姨！有正經法律問題的可以留下！想幫我們傅律師介紹女朋友的回去吧！」

寧婉清了清嗓子，一字一頓中氣十足宣告道：「因為這個男的，我預訂了！」

別說一群老阿姨被這番霸道發言震懾住了，當事人本人的傅崢也呆住了，他覺得有一點錯亂，彷彿穿越到了什麼霸道社區律師愛上我的狗血戲碼裡，他這輩子沒想過自己竟然成了這種羞恥度爆表的臺詞裡的當事人……

當然，這樣的宣告，老阿姨們是不服的，下面立刻有人七嘴八舌講起來——

「小寧啊，妳怎麼能這樣呢？好不容易來一個適齡的單身男青年，不能先讓給我們社區居民內部解決嗎？」

「小寧，雖然妳是單身，小傅也是單身，但不是單身就一定要在一起的啊，萬一小傅對妳這類型不來電呢？我姪女也是單身，大家都同一起跑線公平競爭嘛。」

寧婉面無表情地提起了大聲公：「妳們又不是第一天認識我？我寧婉講公平競爭嗎？當然不講！」

「就算我良心發現講公平競爭，我和傅律師近水樓臺先得月，還是同行有共同語言，妳們家裡誰競爭得過我啊？！」

老阿姨們哪有這麼容易撤退——

「我女兒身材挺好的，一百六十五呢……」

寧婉笑笑，看向傅崢：「傅崢，告訴她們，我多高！」

傅崢愣了愣，然後看了寧婉一眼：「一百六十八。」

判斷這麼精準，寧婉倒是有些意外，只是很快，她收斂了表情，換上了一副得意洋洋的神色，轉頭對老阿姨道：「看到沒？人家傅崢早就已經暗中關注我了，都能這麼準確無誤地說出我的身高！我們兩個在一起不是水到渠成的事嗎？」

傅崢平白無故被扣了這麼一頂帽子，然而礙於場面，還不能反駁，只能緊緊抿著唇，努力做自我心理疏導。

很快，又有別的老阿姨不服了，當即掏出了手機：「傅律師，妳看看我外甥女的照片，很漂亮的，說不定你看了覺得很有眼緣呢。」

寧婉也不阻止，逕自拿過手機，直接把照片擺到了自己臉旁邊，然後轉向傅崢：「傅崢，我和這女生，你覺得誰漂亮？」

「妳。」

雖然這個回答是情勢所迫，但不得不承認，這確實是句實話，高遠有一點沒說錯，寧婉確實挺漂亮，只是傅崢沒想過，一個長得這麼漂亮的女人，思緒怎麼能這麼清奇，作風怎麼能這麼一言難盡……

只是老阿姨越戰越勇：「小寧，不是我自誇，我姪女不僅身高高，還前凸後翹呢！」

傅崢轉過頭，就見寧婉挺起胸膛，擺出了不服來戰的姿態：「阿姨，我見過妳姪女，身材確實不錯，但是她胸沒我大腰沒我細。」

「……」

「小寧，我親戚家女兒脾氣特別好，溫柔和善能給傅律師紅袖添香……」

寧婉面無表情道：「我脾氣特別差，能做守護在傅律師身邊鎮宅的母老虎。」然後她看了身邊的傅崢一眼，「傅崢，你大聲地告訴她們，你喜歡溫柔的還是粗暴的女人？」

傅崢心如死灰，望向虛空，乾巴巴地回答道：「我喜歡粗暴的。」

「……」

老阿姨們戰鬥力強悍，可擁有大聲公在裝備上更勝一籌的寧婉殺傷力更大，她一開口，老阿姨們竟然沒有還嘴的招架之力。

眼見勝局已定，寧婉單方面宣告了這場搶奪戰的結束：「行了行了，沒事的都回去吧，傅律師妳們別想了，自己兒女親戚孩子的婚姻大事也別操心了，兒孫自有兒孫福，找對象和結婚也不一定就幸福了，一切順其自然！都別在這湊熱鬧了！」

雖然不甘不願，但一群老阿姨眼見要聯絡方式無望，外加想想讓孩子相親這事確實孩子不急自己瞎著急，又說不過寧婉，只能戀戀不捨像看超市裡沒搶到的特價豬肉似的看了傅崢兩眼，然後悻悻地走了。

「不聽老人言，吃虧在眼前。」

寧婉本來還想再痛打落水狗，再給傅崢來那麼兩下，結果看了臉上劫後餘生般的傅崢一眼，才發現這趾高氣揚的少爺如今一臉憔悴和懷疑人生，看起來竟然有一點可憐。

寧婉最終沒忍住：「行了，怎麼像被生活踐踏蹂躪了一樣，多大點事啊，你換張醜點的照片吧。」

傅崢表情難看地看了寧婉一眼，語氣有些一言難盡：「都這時候了，妳為什麼還執著於跟我要醜的照片？我長成這樣得罪妳了嗎？」

「傅崢我說你這人腦子怎麼這麼死板不轉彎啊，難道剛才那些老阿姨還沒給你上一課嗎？男人長那麼招蜂引蝶不安全！她們都怎麼來的？還不是因為你那張證件照在社區裡公示了嗎？」

傅崢皺著眉一臉懷疑地看向寧婉。

寧婉忍不住白了他一眼：「『千里姻緣紅娘牽』是容市最大的公益相親群組，就是我們悅瀾社區發源的，如今做大做強都成品牌了，別的社區老阿姨加盟還要經過面試考察呢。」

「就算通過層層筆試面試能夠正式入群的老阿姨，也面臨很大的業績考察，每個人每月必須至少推薦一名優質單身女青年和一名優質單身男青年，一年必須促成一對年輕人結合，否則實行末尾淘汰。」寧婉說到這裡，瞥了傅崢一眼，「你那照片一經網站、社區公共帳號還有社區公示，以我的經驗來說，半小時內就已經被傳進相親群組了，大家都積極完成KPI呢，你這種姿色的『貨源』也確實少見，當然發了瘋一樣準備來『驗驗貨』，只要沒有照騙，就要對你下手了。」

「……」

傅崢突然不知道自己該說什麼好，此時此刻，他的腦海裡只有一首歌循環播放——城市套路深，我要回農村。

他突然覺得自己身為一個資深律師，見識只配去農村種地……

而也是此刻，傅崢才終於理解了寧婉之前要求自己提供一張醜照的深意，自己竟然真的錯怪她了，她確實是出於好心……

寧婉不知道傅崢內心的複雜情緒，她看了傅崢一眼，催促道：「快點呀，找張醜的傳給我，否則你那照片也不知道要招蜂引蝶到什麼時候。」

「……」

傅崢找了半天，最終找了一張照片出來傳給了寧婉。

結果寧婉一看當即就拒絕了：「你這不行，不夠醜，得再醜一點，有沒有那種沒洗頭拍的？或者眼神沒聚焦的？嘴角歪的？」

「……」

傅崢努力心平氣和地又找了找，激烈的內心鬥爭後，把自己一張可謂黑歷史的證件照傳了過去。

可惜……

「不行不行，你這張還是太好看了。」寧婉皺著眉看向傅崢，「你這個人到底想不想從相親紅娘手裡解脫出來啊？找張醜的！那種真正的醜！」

傅崢差點氣死，難道自己長得帥還犯罪嗎？這女人嫌棄的眼神是怎麼回事？

他心裡憋著氣，但礙於面子，只能乾巴巴道：「我說過，我真的沒有醜的照片，沒有騙妳。」

行吧，寧婉也放棄了：「自己動手豐衣足食，關鍵時刻，讓你見識一下四大邪術之一。」

傅崢愣了愣，忍不住湊過頭去，只見寧婉捧著手機，開了個不知道什麼軟體，然後——

「來，把你眼睛P小一點，你想要三角眼還是三白下垂眼？」寧婉笑嘻嘻地看向傅崢，「尊重當事人的意願，你自己選一個？」

「……」傅崢抿了抿唇，艱難道：「三角眼吧……」

「行，那就三角眼，我再幫你拉開點眼距，這樣看起來就不太聰明。」

「……」

「鼻子呢？想做奸邪之徒必備的鷹鉤反派專用鼻還是牛魔王一般的大鼻子？」

「……鷹鉤鼻吧……」

「嘴巴幫你P大一點吧？鯰魚嘴要不要？男人嘴巴一大就顯得很土。」

「……」

「招風耳要一對嗎？」

不要了吧……

可惜寧婉看起來已經放飛自我了，她不再徵求傅崢的意見，自顧自開始熱火朝天地P起圖來。

「再幫你加一顆媒婆痣，痣上幫你搞個毛，雖然P醜了，但身體健康還是得要的，長毛的痣都是良性的，我很醜但我很健康……」

我可謝謝您了……

寧婉逕自P了半天，終於大功告成般伸了個懶腰：「好了，搞定了！你要看嗎？」

傅崢知道這種時候，作為一個成熟穩重的男人應該處變不驚，不要對這些雞毛蒜皮的事產生好奇，因為這樣很low，可他的腳不聽大腦的控制，等傅崢反應過來時，他已經走到了寧婉的身後，俯下身看向了她的手機。

他當然不low，因為這和他沒關係，他的腦子清楚得很，是他的腳病了，是這腳自己忍不住朝寧婉走過去的。

「……」

「…………」

「……………」

只是不看不知道，這一看，傅崢就移不開眼睛了……

「寧婉，我上輩子是不是和妳有仇？」傅崢死死盯著寧婉的手機螢幕，一時之間又產生了一種快要升天的恍惚感，到底是什麼樣的仇恨支撐著寧婉把自己P成這麼醜？

雖然從避免麻煩的角度，把自己P醜一點確實是對的，可……也不用這麼醜吧？

何況這看起來已經不是醜的問題了，這賊眉鼠眼的三角眼，這超大的眼距，這淫邪的鷹鉤鼻，這能耳聽四面八方的招風耳……

傅崢沒忍住，他按了按額頭的青筋：「這看起來怎麼像個弱智？像個唐氏症？」

「有嗎？」結果寧婉睜大了眼，又細細看了自己的P圖成果一眼，「我覺得挺好的啊，絕對憑實力勸退，看了第一眼不想看第二眼。」她拍了拍傅崢的肩，「你放心，這照片一出，沒人會想透過你的外表挖掘你的內涵了，你安全了。」

傅崢忍著頭疼：「那我是不是要謝謝妳？」

「當然啊，要不然今晚你請我吃飯吧？」寧婉卻一點沒意識到傅崢這是在反諷，高高興興道：「而且雞叫擾民那個案子，我幫了你，你說好了拜師的，今晚既當感謝宴又當拜師宴，還幫你省了一頓飯呢！」

這麼替我著想，傅崢想，那我可謝謝妳了。

這天下午難得沒有太多諮詢電話，寧婉見傅崢默許了，便拿出手機開始搜尋晚上吃什麼，在徵求了傅崢的意見後，寧婉最終選了一家悅瀾附近CP值很高的日常湘菜館。

臨近下班，寧婉收拾好東西，就準備拉上傅崢往湘菜館走，結果還沒出門，就差點迎面撞上人。

「寧寧！」

寧婉一抬頭，才驚喜地發現來人竟然是邵麗麗：「小麗，妳怎麼來啦？」

邵麗麗面帶疲憊地打了個哈欠：「前幾天一份法律意見書deadline，要出雙語版的，結果負責英文翻譯的崔靜說臨時有事，讓我頂上做掃尾工作，結果我連續兩天兩夜沒睡，就稍微瞇了一下，剛坐公車準備回家，結果公車在這路口拋錨了……」邵麗麗一臉生無可戀道：「最後一車人全被趕下來了，這裡離最近的月臺還要再走二十分鐘，我又睏又餓，想著離妳近，就來找妳蹭個飯。」

邵麗麗這樣，寧婉說不心疼是假的，崔靜是什麼風格她不會不知道，說是讓邵麗麗做掃尾工作，那份法律意見書，恐怕崔靜一個字都沒翻譯，邵麗麗八成要做的根本不是什麼掃尾而是徹頭徹尾的翻譯活，這才緊急加班了兩天兩夜……

她看了傅崢一眼：「我帶我朋友去吃個飯，你的飯別請啦。」寧婉有些不好意思，「其實本來叫你請客拜師也是開玩笑的。對不起啊，今天只能爽你的約了，下次我請你吧。」

雖然寧婉不喜歡空降來的關係戶少爺，但看來傅崢一時片刻也不會離開社區，那一味牴觸也沒有意義，都是抬頭不見低頭見的關係，因此她決定改變策略，至少在傅崢還杵在社區的這些日子裡，兩個人能井水不犯河水，和平相處，互不侵犯主權，反正在寧婉的預期裡，傅崢在社區堅持不了多久，一兩個星期是極限了，寧婉也不用忍受這少爺多久。

只是之前和傅崢爭鋒相對，要寧婉自己低頭找傅崢吃飯，那實在有點沒面子，因此才尋了個由頭逼迫傅崢請自己，實際上寧婉是決定AA的，只是如今邵麗麗這個情況，她不能放著不管，只能向傅崢道歉了。

結果傅崢看了寧婉兩眼，倒是沒有順水推舟地自行離開，反倒是平靜道：「一起吧。說了我請。」他抿了抿唇，不太自在道：「今天照片的事誤會了，是要謝謝妳，叫上妳朋友一起去就行了。」

於是最終，寧婉邵麗麗和傅崢一起坐在了湘菜館的小包廂裡。這小飯館雖然並沒有多高級，但勝在乾淨整潔，充滿煙火人間的溫馨氣息，飯菜可口，飯館的老闆娘也一直笑盈盈的。

寧婉嗜辣，本來還挺開心，邵麗麗也因為飯菜提起了精神，兩個人聊著所裡的八卦，傅崢雖然不參與話題，但在一邊安靜聽著，氣氛挺融洽。

只是寧婉難得的好心情，最終被一通電話破壞了。

飯吃到一半，寧婉接到了媽媽的電話。

她和邵麗麗傅崢打了個招呼跑到門外接聽，然後聽到了自己媽媽努力抑制哭腔的聲音……

寧婉在半小時後回了小包廂，邵麗麗本來和傅崢氣氛融洽地在聊著什麼，見了她回來，忍不住吐槽：「怎麼去了這麼久啊？」她抬頭看了寧婉一眼，愣了愣：「臉色怎麼這麼難看？」

「是不是妳媽媽的電話？」邵麗麗轉了轉眼珠，小心翼翼道：「妳爸是不是又回去了？」

對邵麗麗的問題，寧婉打了個哈哈，很快繞開了話題，雖然臉上一派興高采烈，但寧婉心裡想著剛才自己媽媽那通電話，只覺得心火難滅，也是此刻，她看到了桌上放著冰塊的紅色果飲……

邵麗麗循著她的目光，解釋道：「今天搞活動，老闆娘剛送的，說是新品，新鮮榨的西瓜草莓……」

寧婉心裡煩躁，根本沒聽完，逕自拿起這杯冰果汁一飲而盡。

邵麗麗卻猛地跳了起來：「寧寧，吐出來！吐出來！」

寧婉躲開了邵麗麗的手，有些莫名其妙：「怎麼了啊？妳也想喝嗎？妳想的話再點一杯啊。」

「不是！」邵麗麗急得臉都紅了，「我他媽還沒說完，這是一杯西瓜草莓果酒啊！有酒精！有酒精！」

這下寧婉也急了：「妳不早說！叫妳以後說話別鋪墊那麼多！」她說完，就跑到了一邊妄圖催吐，可惜手法不嫻熟，沒成功，幾次下來，終於絕望，臉上露出了聽天由命的表情，「妳等等……好好拉住我……」

「……」

傅崢一開始不知道為什麼寧婉和邵麗麗之間畫風變得這麼詭異，但沒多久後，他就理解了這兩個女生之前如臨大敵是什麼原因——

寧婉醉了。

雖然醉了，但其實從她的臉色裡完全看不出來，這女人還是面若敷粉唇紅齒白，表情還特別正常，唯獨眼睛比平時更……更帶了點濕漉漉的無辜感。

傅崢不是沒見過喝醉的人，但第一次見到寧婉這樣的……

這女人先是在包廂裡來來回回轉了十幾圈，說是自己的尾巴弄丟了，要找自己的尾巴；然後突然開始和包廂電視機裡的新聞播報員吵架，人家說一句，她就反駁一句；接著拉著窗戶邊的窗簾說要共進一曲華爾滋……

「她一杯倒。」邵麗麗一邊抹汗試圖拉住寧婉，一邊向傅崢好心解釋道：「不能沾酒，一滴也不行，一沾酒她不羈的靈魂就衝破封印了……」

「……」

傅崢見過酒品差的，但真的沒見過酒品這麼差的……他眼看著寧婉又是單口相聲又是高歌一曲，直到半小時後，對方似乎終於累了倦了，才消停下來，回到桌前坐下。

只是沒坐多久，她一眨不眨地看了傅崢兩眼，突然從自己包裡掏出一支筆，又從桌上拽了一張乾淨的餐巾紙，行雲流水地在上面寫了一行數字，接著硬塞給傅崢：「帥哥，這是我的號碼，你收好了。」她說著，咯咯咯地笑了笑，「記得回去打電話給我。」

「……」

難怪說醉酒後的人都是很誠實的，傅崢想，可見面對自己這樣的長相，雖然嘴硬，但寧婉的內心其實早已做出了正確的回答，即便喝醉了這麼瘋的情況下，還不是妄圖搭訕自己嗎？這點來說，這女人至少審美是不錯的……

傅崢正這麼想著，接著聽到寧婉脆生生繼續道——

「有離婚、結婚、抓姦取證、爭遺產之類的法律糾紛業務，都可以找我。」寧婉認真道：「今晚限時促銷，十二點前打電話給我的話，幫你打十二折！」

「……」

留號碼給自己就為了推銷法律業務？？？這女人到底多缺案源？都和發傳單似的推銷了？而且十二折？！十二折這叫折扣？？？

只可惜喝醉酒的人無法理喻，傅崢就算被氣個半死，也不能和寧婉理論。

一頓飯畢，邵麗麗又是拉又是拽，終於堪堪把寧婉架到了身上，只是計畫趕不上變化，她剛準備把寧婉送回家，她的老闆就打電話給她了……

「我們有個案子出問題了，馬上要召開緊急電話會議，我必須馬上趕回所裡。」邵麗麗一臉為難地看了看傅崢，「能麻煩你把寧婉送回家嗎？她家就在這附近，我給你地址。」

「……」

於是最終，傅崢掏錢吃了頓飯，然後吃出了一個歷史遺留問題——他不得不扶著帶了醉意的寧婉，然後把這個燙手山芋送回家。

好在寧婉剛才在包廂裡放電充分，此刻電量看起來不太足了，雖然還是不清醒，但不羈的靈魂已經溫順了很多。

很快，她就能自主行走了，不再需要傅崢扶著了，但傅崢走了幾步，回頭卻發現寧婉沒跟上來，等他走回去，才發現寧婉正盯著一個郵筒發呆。

「寧婉，回家了。」

可惜傅崢這話下去，寧婉也只是傻乎乎的模樣。

但不得不承認，喝醉了的寧婉確實可愛不少，她變得沒什麼攻擊性，她呆呆的抬起腦袋，反應很慢地用漂亮的眼睛看了傅崢一眼，整個人看起來完全不在狀態，看起來只要傅崢把她扔在原地，她就會立刻被賣掉的模樣……

傅崢沒有辦法，只能深吸了一口氣，然後伸出手，拽住了寧婉外套的衣袖，一路拉著她往前走，可過馬路時人太多，好幾次人群差點把寧婉衝散，傅崢最終不得不牽住了寧婉的手。

好在全程寧婉都挺安靜，她乖乖地讓傅崢牽著，一路走到了她的社區。

傅崢把她送到了家門口，跟寧婉要了鑰匙，幫她開了門：「好了，送到家了，我回去了。」

寧婉迷迷糊糊的，也不知道有沒有在聽，但不管怎樣，她走進了房間，試圖闔上門，傅崢見她安全返家，盡了應盡的義務，剛準備轉身離開，結果就聽到身後撲通一聲。

這個時候傅崢本可以離開，但最終沒忍住，他轉身走回去，然後看到了正一臉茫然坐在自家門口長毛地毯墊上的寧婉，在傅崢走後，她甚至都沒有關門，她大概是不小心被門口的鞋子絆倒了，如今坐在地上，微微皺著眉喊疼，而她的包則散落在了門口，裡面的東西七零八落門裡門外撒了一地……

傅崢十分後悔自己多此一舉的轉身，只是看都看到了，也不能置之不理，他不得不走進房裡，把因為扭到而跌坐在地上的寧婉扶了起來，然後安置在一邊的沙發上，然後轉身去門口把寧婉包裡撒出的東西收起來。

只是等他收好門外門內散落的東西，回頭想把包放好和寧婉打個招呼離開，卻發現寧婉不見了……

「寧婉？」

傅崢開了客廳的燈，環顧著找了一圈，愣是沒找到寧婉，就在傅崢揉著眉心覺得頭痛的時候，他聽到了細細的啜泣聲從寧婉客廳裡那張很大的餐桌下傳來。

他掀開餐桌上鋪陳的長到拖地的桌布，果不其然在下面發現了寧婉。

傅崢簡直無言以對，他皺著眉問道：「妳在下面幹什麼？快點出來。」

寧婉卻搖了搖頭，然後繼續默默流淚……

傅崢知道有些人醉後會情緒失控，沒來由的特別興奮或者沒來由的特別低落，寧婉這情況，大概就是如此。

傅崢對醉鬼其實沒什麼好感也沒什麼耐心，他放下桌布，起身準備一走了之，然而沒走到門口，還是臉色難看地折返回去，然後他重新蹲下身，掀開桌布，朝寧婉伸出了手：「行了，出來吧，妳該去睡覺了。」

結果他都屈尊成這樣了，醉鬼寧婉還是不買帳，她盯著傅崢看了一分鐘，然後突然情緒崩潰般哭訴起來：「嗚嗚嗚嗚我的命好苦啊！」

「……」

傅崢簡直頭大，他不知道這個此前和新聞播報員吵架在包廂裡找尾巴的寧婉是不是又換了種方向上頭了。

傅崢在頭大，寧婉卻猶如祥林嫂[3]附體：「我的命真的好苦啊！命好苦！命真的好苦！」

「我媽今天打給我又跟我要錢了。說是看中一個包，想買。」

傅崢還沒來得及應聲，就聽寧婉單口相聲般地繼續道：「謊話，都是說謊，她一輩子省吃儉用，連一站路的公車錢都不願意花，大雨天都走回家，就為了節省那點錢買雞蛋給我吃，怎麼可能為了個包跟我要錢啊你說是不是？」

雖然是問句，但她顯然不需要傅崢回答，以一己之力就能自問自答撐起大戲：「肯定是他又回去了，又去家裡打砸搶了，賭錢輸了就拿我媽撒氣……我為什麼會有這種爸爸啊，幹什麼什麼不行，打人第一名……我的命好苦啊！」

傅崢並不想聽到寧婉的私事，因為對他而言，和一個人的距離過近就會造成麻煩，就像現在這樣，他看著桌子底下的寧婉，覺得自己完全沒有辦法走開了。

此刻寧婉正抱著一根桌腳低低啜泣，聲音不大，但是眼淚卻大顆大顆地滾下來，像是遇到了什麼不得了的委屈，看起來可憐兮兮，像隻被遺棄的小狗。

「好了，別哭了。」傅崢這輩子只把別人訓哭過，從來沒安慰過哭的人，如今幹起這

3 祥林嫂，是魯迅創作的短篇小說《祝福》中的人物。她經歷了兩次喪夫，一次喪子，在新春祭拜的歡樂氣氛中，在肉體和精神的雙重折磨下悲慘地死去。

事來，也是乾巴巴的不自然，「妳有什麼想要的嗎？我可以買給妳。」

一般而言，在如此巨大的情緒面前，不管別人說什麼安慰的話都沒什麼用，傅崢做好了寧婉根本不理睬自己繼續哭的準備，然而沒想到自己話音剛落，寧婉就一秒變臉地收起了哭腔，然後用還梨花帶雨的臉字正腔圓一口氣道——

「你說都買是吧，那我想要吃糖炒栗子、冰糖葫蘆、鮮肉月餅、雲南鮮花餅、雞蛋仔、乳酪包、巧克力千層、榴槤酥、蔥爆大魷魚、戰鬥雞排、辣味小餛飩、山東雜糧煎餅……」寧婉一口氣報了一堆吃的，最後還不忘補充道：「煎餅要加兩顆蛋！」

「……」

傅崢覺得自己的同情心白白浪費了，剛才某個瞬間，他竟然信了寧婉這個醉鬼的胡扯，如今一看，她這樣子，顯然是酒後戲精上身傾情出演苦情劇本太入戲了，只需要一點吃的就能一秒出戲。

傅崢正準備不再理睬她，只是剛準備起身，就被寧婉拽住了褲管，她看向傅崢：「要我再重複一遍要吃什麼嗎？」這小醉鬼一臉義正辭嚴道：「你剛說了，你可以買給我，我剛開手機錄音了，你得信守諾言。」

「……」傅崢用了他人生十二萬分的耐心，努力冷靜道：「我是說了買給妳，但沒說什麼都買，我只買一樣給妳，妳自己選。」

寧婉完全不哭了，她瞪大了眼睛，憤怒道：「你剛沒說只能買一樣！」

傅崢冷冷道：「活動舉辦方一般都擁有最終解釋權，寧婉，妳是個學法律的，成熟點，我掏錢，我想怎樣就怎樣。」

「……」寧婉又看了傅崢兩眼，最終選擇了屈服，「那我要抹茶霜淇淋。」

傅崢皺了皺眉：「妳剛那一串裡根本沒有報霜淇淋。」

他話剛說完，寧婉的眼睛裡又開始一秒入戲掛起眼淚了：「我的命好苦啊，我只是想吃抹茶霜淇淋而已。」她悲慘道：「我真的命好苦……」

「……」

傅崢沒有辦法，醉鬼不講道理也沒有邏輯可言，他最終只能板著臉叫了跑腿服務，花錢加價塞紅包找人幫忙買抹茶味的霜淇淋送來。

大概是紅包給得實在充足，幾乎沒等多久，抹茶味霜淇淋就送上門了，傅崢取了霜淇淋，然後蹲下身看向還蜷縮在桌子底下的寧婉：「霜淇淋，給妳，現在能出來了嗎？」

寧婉見了霜淇淋果然喜形於色，她微微朝傅崢爬了爬，從傅崢手上拿走了霜淇淋，但人並不願意出來，只一邊吃一邊含糊道：「吃完再出去。」

傅崢耐著性子問：「為什麼要吃完才出來？在桌子下吃霜淇淋不舒服。」

寧婉看了傅崢一眼，理所當然道：「你不就想把我騙出去然後搶我的霜淇淋嗎？你什麼狼子野心以為我不知道？你這種少爺，一看就不是好東西……」

果然好人沒好報，傅崢冷著臉，把寧婉的霜淇淋從手裡抽走了：「騙不騙妳出來，我都能搶妳的霜淇淋。」他板著臉看向寧婉，「好了，我現在正式告訴妳，妳的霜淇淋沒了。」

寧婉大概太震驚了，她瞪大眼睛看了傅崢足足一分鐘，傅崢心裡早已預估了她下一步的詭辯思緒，並準備好了應對措施，然而下一秒，寧婉突然皺起鼻子，然後哭了。

傅崢這下有些手忙腳亂了，他也不知道自己為什麼鬼使神差搶走寧婉的霜淇淋，如今也只能立刻把霜淇淋往寧婉手裡塞，聲音不自然道：「別哭了，霜淇淋給妳。」

可惜寧婉沒有理睬他，不接霜淇淋，只是哭。

傅崢完全不知所措了，雖然聲音還是冷冷的，但神情已經有些無措：「妳剛還想吃什麼？糖炒栗子？冰糖葫蘆？鮮肉月餅？雲南鮮花餅？還有什麼？我都買給妳。」

不過這次寧婉沒有一秒出戲了，她不為所動，繼續哭。

「我的命真的好苦。」這一次，她哭得比上一次更慘，也更情真意切，「要錢沒錢，要事業沒事業……」寧婉像是想起什麼悲慘的事一樣，哭到抽泣，「在律所兢兢業業做了幾年，可沒一個大 Par 肯要我進團隊……」

這種時候，也只能勉為其難安慰一下了……

傅崢抿了抿唇：「錢這件事，只有開源和節流兩個辦法可以積累，妳如果覺得自己沒錢，就應該把一切不需要的消費都砍掉，比如不要大半夜吃這種抹茶霜淇淋，至於開源，」他看了寧婉一眼，客觀地評價道：「作為律師，開源就是去接洽更多的業務和案子，但以妳的經驗和水準，恐怕接不到什麼大的案源，開源這個就沒戲了，還是節流吧，以後少吃點零食，或許一個月能多節省下來幾百塊錢。」

「至於沒有大 Par 肯要妳進團隊，那妳要想一想，為什麼人家都不要妳，好好審視自己，才能獲得進步，所裡別人為什麼能進團隊，妳就不能？那肯定是妳自身還有缺陷，要找出來改掉……」

他的「就好了」三個字還沒說完，寧婉就哭得更大聲了……

傅崢只覺得腦殼疼，這女人怎麼回事？自己都這麼好言安慰她了？還哭？！真的不可理喻！

可自己安慰完，寧婉看起來確實更傷心了，她還在哭著控訴：「好不容易聽說來了個新的大 Par，想寫信自薦下搞好關係，結果人家連理也不理，現代人都這麼不講禮儀的嗎？是大Par了不起嗎？好歹回我一下吧？回一封郵件又不需要多少時間！我現在的人生理想，也不過就是收到他一個回覆而已……」

不回郵件會造成這麼大的傷害嗎？寧婉因為沒收到自己的回覆，看起來被打擊得都快死了。

傅崢斟酌再三，覺得這事自己是真的可以安慰，他抿了抿唇：「他會回覆妳的。」

這話下去，終於起了效果，寧婉止住了哭，抬頭看他，眼睛還紅著，像隻受驚的兔子：「真的嗎？」

傅崢點了點頭，撇開視線，有些不自然地允諾道：「真的。」

他說完，就拿出了手機，然後進入郵箱，開始回郵件給寧婉。

沒過多久，寧婉的手機果然發出了收到郵件的提示音，傅崢一臉事了拂衣去深藏功與名的淡薄，提醒道：「妳看，我說了他會回覆妳的，現在回覆的郵件已經來了。」

寧婉表情有些狐疑：「可能只是一些垃圾郵件罷了。」

傅崢語氣淡然：「那妳打開手機看看不就行了。」

寧婉顯然不信，但還是下意識聽話地打開了手機，然後傅崢看到她整張臉都亮了起來，她俐落地從桌子底下爬了出來，充滿驚喜地看向了傅崢：「你這張嘴開過光嗎？！真的！你一說完，這個 Par 竟然就回信給我了！」

傅崢臉上帶了點掌控一切的笑意，他想，不論是法律業務還是安慰人的業務，就沒有什麼能難得倒自己這種全能型人才的。

看看寧婉此刻的表情，完完全全詮釋了什麼叫做夢想照進現實，傅崢看著她略帶緊張手指微微顫抖地點開郵件的模樣，想這下算是把寧婉這個醉鬼的情緒穩下來了，自己總算可以功成身退了。

「所以你是不是應該收回剛才的話？」傅崢看了寧婉一眼，暗示道：「人家大 Par 日理萬機，結果還百忙之中回妳郵件，不僅十分有禮貌，還非常平易近人……」

雖然自己做這事深藏功與名並不求回報，但傅崢覺得，寧婉要是瘋狂吹捧和誇獎自己，他也是勉為其難接受的……

只是沒想到，事情的反轉就發生在這電光石火的一瞬間……

寧婉不僅沒有誇獎，脫口而出就是一串髒話，她憤怒道：「這個大 Par 有毒嗎？！如果是拒絕那就不要回了啊！不能婉拒嗎？為什麼還要寫一封冷冰冰的信說什麼我各方面履歷達不到他的要求，還詳細分析了，我哪裡哪裡不行，哪裡哪裡不達標啊？神經病嗎？竟然回了一封拒絕信給我！什麼腦迴路啊？」

「……」

傅崢自閉了，寧婉這女人怎麼這麼喜怒無常？剛才不是她自己說人生理想就是收到大Par的回覆嗎？拒絕信怎麼了？拒絕信不是回覆嗎？自己能百忙之中回覆她已經很不容易了，何況回信已經是破例了，她還想得寸進尺？

只是傅崢剛想理論，寧婉就又開始哭起來：「我的命真的好苦啊！生活沒有愛，社會太冰涼，人間不值得，就算我不達標只能收拒絕信，不能在信的末尾鼓勵我一下嗎？寫加油兩個字也行啊，人家寫情書被拒絕最起碼都能收個『你很好但我們不適合』的好人卡呢！」

「……」

「太冷酷無情了！」

傅崢本來並不想再寫什麼鼓勵的話，他根本不是這種性格的人，寧婉說得沒錯，作為合夥人的自己，對下屬確實很冷酷無情，只是寧婉哭得自己腦殼疼，傅崢想了想，還是決定多傳幾句鼓勵的話權當日行一善。

只是他剛拿出手機準備追加一封鼓勵的郵件，就聽到寧婉繼續道——

「這個大Par業務能力再好有什麼用呢！一個不知道鼓勵別人的男人，是沒有任何人格魅力的！他一定沒有女朋友！而且也找不到女朋友！」

「……」

傅崢日行一善的心思徹底淡了，他冷靜地把手機上剛打出的「加油」兩個字刪了。

寧婉，妳的鼓勵郵件沒了。

第三章　對不起我騙了妳

關於這一晚的記憶，因為醉酒，寧婉其實有些迷迷糊糊，她總覺得自己像是做了一場夢，夢裡一下有自己媽媽鼻青臉腫的樣子，一下有爸爸的咆哮，一開始並不是個什麼好的夢境，然而沒過多久，這些負面的東西被霜淇淋的甜蜜味道代替了，還是她最喜歡的抹茶口味，甜而不膩，然後這個夢裡竟然出現了傅崢？她甚至收到了大 Par 的郵件！雖然是封拒絕信……

從宿醉裡醒來的寧婉有些頭痛，然而她很快發現有些事並非全是假的，比如自己確實收到了大 Par 的回覆，也確實是封拒絕信……

等她坐到了社區律師辦公室，看了傅崢兩眼，清了清嗓子：「小麗說昨天是你送我回家的，謝謝啊。」寧婉咳了咳，試探道：「我昨天喝醉了，有說什麼奇怪的話嗎？」

傅崢的聲音冷靜自然，他微微抬頭看了寧婉一眼，言簡意賅道：「沒有，送完妳我就走了。」

「那就好那就好。」

寧婉這下終於鬆了口氣，夢裡自己對大 Par 的拒絕信可是惱羞成怒進行了實名辱罵的，幸好傅崢不在場，不然這傳出去……自己還存著想進大 Par 團隊的心呢。

如今清醒過來，寧婉的態度端正多了，接了一上午法律諮詢電話，又接待了兩個實地諮詢的社區居民，等到了午休時間，傅崢似乎約了人，正好出去吃飯了，寧婉便趁著辦公室只有一個人，開始正襟危坐繼續寫郵件了，搞好關係這件事，一次當然是不行的，不管怎樣，如今這位大Par既然都回覆自己了，雖然是封拒絕信，那也是一個好的開頭，有來有往，以後自己再多傳傳郵件，更熟悉了才能讓對方願意了解自己，了解自己的專業能力，那加入對方的團隊，說不定還有轉機和希望……

這麼一想，寧婉就鬥志昂揚起來，她開始仔細斟酌用詞……

而另一邊，繼傅崢被「下放」到社區幾天後，高遠終於想起了「臨幸」他，中午的時候，約了傅崢吃飯。

「怎麼樣？社區是不是也挺鍛鍊的？很多案子其實很有意義，能讓你快速融入和適應國內的法律環境，大部分客戶可沒美國那麼有成熟的法律意識。」高遠笑嘻嘻的，「社區其實挺有挑戰性，你這種風格，可能三個月都撐不住的。」

傅崢原本確實存了早點回總所的心，但高遠這些話，反而讓他不想走了：「我當然撐得住，只是社區基層而已，能有多大難度？」

「行，那三個月後你再回來，收穫會挺大的，也是很寶貴的經驗，要不是所裡都認識我，我也想下基層體驗體驗人生呢！」

兩個人又隨便聊了點別的，高遠突然想起什麼似的：「對了，你團隊組建上有什麼想法嗎？要不要從所裡選幾個？今年新進了好幾個新人，學歷資質都不錯。」

高遠想了想：「不過新人就是調教起來麻煩，一開始半年別指望能上手做什麼，唉，寧婉其實不錯，你要不要把她選進去？她其實……」

可惜高遠話沒說完，傅崢就打斷了他：「不要。」

「？」

「不要寧婉。」

「為什麼啊？她在社區口碑不差，辦案能力應該挺強的，雖然畢業院校不是名校……」

「大學不是名校，這已經足夠說明問題了，升學考這種人生中的大事如果竭盡所能只考到這樣的學校，那就是能力有問題，如果沒有竭盡所能考到那種學校，就是態度有問題。」

「升學考還有失利這種事呢，而且你自己一路都是名校，但很多人就是普通人啊，也要給普通人機會吧。」

「穩定發揮也是一種能力，如果是升學考失利，我也不會同情。」

傅崢瞥了高遠一眼，淡淡道：「何況她這麼優秀你怎麼沒要她？」

高遠抓了抓頭：「第一，我團隊很穩定一直沒有離職的，沒有新崗位空出來；第二，我老婆看了她履歷照片就三令五申不讓我招這樣的進團隊，這不是人長得太漂亮，放在團隊裡平時一起出個差什麼的，我家裡那位不安心嗎？我這種已婚男人的苦，你是體會不了的。」

傅崢抿了抿唇：「也沒那麼漂亮。」

「挺漂亮的啊，你眼光也太高了……」高遠正準備說什麼，瞥到傅崢放在桌上的手機螢幕亮了下，是一封郵件，眼尖的他一眼掃到了郵件開頭的內容……

傅崢也看到了郵件，他皺著眉點開來，才發現是寧婉的，在自己昨晚的那封拒絕信後，她又回了一封熱情洋溢的郵件，並且措辭感恩——

『特別特別感謝您在百忙之中抽空回信給我，真的非常感謝！也特別感謝您指出了我履歷經驗上的不足和欠缺，雖然現在我確實存在這些問題，但如果您能給機會讓我參與一些相關的商事糾紛案件，我相信您對我的能力會有更全面的了解……能遇到您這樣熱心又願意幫助新人，又這麼有能力，完全稱得上德藝雙馨的人，是我的幸運……』

呵，還德藝雙馨呢，昨晚的髒話呢？

傅崢心裡冷笑，然後冷靜地關上了螢幕。

倒是高遠一臉八卦：「我看到了！我二點零的視力看到了！你竟然收到一封用這麼多溢美之詞誇你的郵件，誰寄的？怎麼回事？你要回什麼給人家？」

「不回。」

「為什麼啊？」高遠為這郵件主人鳴不平了，「都那麼誇你了，都不肯意思一下回覆？到底為什麼不回啊？」

「因為我只是一個有毒的神經病男人罷了。」傅崢喝了口茶，淡然補充道：「只是一個沒有任何人格魅力找不到女朋友的男人罷了。」

「？？？」

寧婉熱情洋溢又足夠狗腿地寫了搞好關係的信給這位馬上就要加入正元所的神祕大Par，千穿萬穿馬屁不穿，只可惜左等右等，傅崢都從外面吃飯回來了，竟然還沒等來大Par的回覆。

不過沒關係，寧婉自我安慰地想，大Par總是很忙的，上一封郵件，人家不也隔了好幾天才回嗎？淡定！

好在很快，她也沒時間了，辦公室裡有實地諮詢的人來了，寧婉抬頭一看，嘆了口氣，

老面孔──

「吳阿姨，妳怎麼來了？」

寧婉的聲音讓原本在一旁安靜看書的傅崢也抬起了頭，他看向了門口，才發現一個身材偏瘦的中年女人正抹著眼淚一邊往屋裡走。

她還沒走到寧婉的桌前，就哭了出來：「小寧啊，我想離婚！」

這中年女子一邊哭一邊熟稔地往桌前一坐：「這日子沒辦法過了！」她哭訴道：「小寧啊，我再也忍不下去了！」

「吳阿姨，喝杯水，慢慢說，怎麼了？」

「還不是我老公那個死鬼！已經連續一個月晚上都沒回家了，肯定是在外面勾三搭四不知道和哪個狐狸精好上了，問他兩句還凶我……」

這種社區離婚案，傅崢來了悅瀾以後還是第一次見，他饒有興致地看向寧婉，想看她如何處理。

寧婉倒是挺淡定：「吳阿姨，有什麼和張叔叔好好說，可能是妳誤會了呢，何況凡事講證據，妳不能憑三言兩語就斷定張叔叔出軌了，人家要是真的沒有，該多冤呢，你們也是十幾年的夫妻了，張叔叔什麼人妳還不知道嗎？」

可惜這位吳阿姨並沒有被寧婉一番話勸服，她情緒反而更激動了：「小寧啊，他肯定是出軌了，最近變得根本不在乎我了，而且不僅凶我，他還打了我！」

吳阿姨說完，哭哭啼啼伸出了手，把自己的手背展示給寧婉看：「妳瞧瞧，這就是他打的！」她說完，又掀開了袖子，露出了手臂，「這也是他打的。」

傅崢循著視線看去，在對方的手背和手臂上看到了一片瘀青，他的表情一下子變得嚴肅起來，只是家庭瑣事或感情糾紛引發的離婚案也就算了，這都能用調解協商來解決，可要是涉及到家庭暴力，就不是調解協商能行得通的了，因為家暴只有零次和無數次，如果不能讓被家暴的女性脫離這段婚姻，那麼對方很可能將遭遇持久的更為升級的暴力……

同為女性，寧婉一定更感同身受，傅崢想，這次她不會再選擇調解，一定會幫助對方主張保留證據後起訴離婚吧。

然而令他沒想到的是，寧婉對於眼前女性遭遇家暴這件事竟然一點都不同仇敵愾，甚至毫無同理心，她眼神平靜語氣淡然，直接略過了對方手上的傷不提——

「吳阿姨，妳真的要給張叔叔一點信心，妳想想，他平時對妳多好？」

「甘蔗哪有兩頭甜，結婚是兩個人互相磨合，總要彼此忍讓……」

後面寧婉又說了不少，反反覆覆無外乎一個中心思想——婚姻裡有糟心的也有好的部分，要多想想好的部分，想想當初嫁給這個人時愛他什麼，總之就是勸和不勸分那一套，最終，吳阿姨便在寧婉一番勸誡下情緒穩定地打消離婚念頭回家了……

傅崢對這個結果簡直不敢置信：「妳就這樣調解掉了？」

寧婉卻不覺得不妥，她的語氣甚至還有些洋洋自得：「很快是吧？」她看了手錶一眼，「你看，十分鐘，十分鐘我就處理掉了，又創了歷史新高欸，以往吳阿姨過來最起碼都要十五分鐘才能勸走……」

社區法律服務確實並不簡單，很多時候或許更需要調解，然而家暴根本不是可以調解的情形，寧婉或許在實踐操作上確實可圈可點，但她這種處理方式，不就是在和稀泥嗎？

不管三七二十一，大事化小小事化了，最後成功減少自己的工作量，花個兩三句話隨便哄哄，只要自己輕鬆，才不管當事人後續生活如何，問題是否解決。

不論寧婉的專業能力如何，這樣的做法根本沒有任何職業道德可言。

傅崢不想再聽下去了，他冷冷地打斷了寧婉：「不要說了，我不想知道。」

寧婉愣了愣，不過也沒再說什麼。

好在很快，兩個人之間突然沉默尷尬的氣氛就被打斷了，又有居民來實地諮詢了，而這一次這位中年男子選擇了傅崢。

他看起來有些憔悴，聲音囁嚅：「我……我想請律師……社區委員會說這裡有社區律師可以諮詢……我……」

寧婉見了來人，立刻站起身：「這位叔叔，不要急，有什麼……」

可惜她的「慢慢說」三個字還沒說出口，傅崢就打斷了她：「這是我的案子，希望妳不要插手。」

寧婉愣了愣，她自覺最近和傅崢之間的關係已經緩和，不懂對方怎麼突然又對自己劍拔弩張了，她的本意也沒有搶案子的想法，這樣的社區諮詢，就算最終當事人聘請自己當律師，目標額往往很小，事情卻常常很複雜，並不是CP值多高的案子，完全不是值得搶的案源。寧婉開口，單純是怕像上個案子一樣，傅崢一個人處理不了，她才想幫忙引導一下，沒想到反而遭到了傅崢強烈的敵視。

「那這位律師，我就找你吧。」那中年男子沒注意寧婉和傅崢之間的暗湧，看向傅崢，一臉苦悶煩惱地敘述了起來，「我叫盧宇，住悅瀾五棟十五樓的，平時上班都騎電動自行車，電動自行車就停在我們社區一樓樓梯間連接的那個地面車庫裡，結果我昨晚好好地停著，今天凌晨發現那裡起火了！我的電動自行車被燒了！」

傅崢抿了抿唇：「你知道具體是因為什麼引發火災的嗎？」

「知道，我們這層樓就兩戶有電動自行車，一戶是我，一戶就是我們十五樓的毛力，我那電動自行車停得好好的，絕對沒問題，就是毛力那輛車搞出來的。」

盧宇一說起這，就非常氣惱：「我們社區一樓地面車庫那其實有電車充電樁，我每次都是好好地在那充電的，可毛力不是，毛力那老頭就不能接受這些新興事物，還用八百年前那套，從自己家裡拉條線出來充電，之前我們樓裡對這就有意見，都什麼年代了，還私拉延長線充電啊，尤其他這線從十五樓拉出來，這線都是找人後期接的，好多地方纏著膠帶，平時看了就很危險，要是哪家的老頭老太太出門沒注意，說不定會被這延長線絆倒，而且絆倒還是小事，這樣的電線，說老化就老化了，等夏天氣溫一高，說不定短路燒起來，一不注意就搞出火災了，對我們整棟樓的人來說都是個危險啊。」

「結果吧，沒想到還沒到夏天呢，就燒起來了，我昨天走之前就看到毛老頭在私拉延長線充電，後來燒起來消防員來了滅了火，也說確實就是那充電線短路的鍋！」

盧宇一臉愁苦：「你說我怎麼這麼倒楣呢，我這電動自行車新買的，平時每天上班就指望它了，結果他那破電線短路不僅把他自己的電動自行車燒了，連帶著把我的也一把火燒了，這種事，毛老頭是違法的吧？」

「對，是違反規定的。」傅崢點了點頭，「警政署出過一個公告，關於規範電動車停放充電加強火災防範的，裡面明確規定了禁止這種私拉延長線充電，火災風險確實太大了。你的電動自行車因為別人導致的火災造成了損失，是可以向對方全額索賠的。」

「那太好了！」盧宇的臉亮了起來，「那律師，你可以幫我維權吧？可以幫我要到賠償吧？」

傅崢點了點頭：「可以。」

「那我多久能拿到錢？」盧宇非常關注，「我家孩子剛報了輔導班，家裡老人又正好住院，又新買了學區房，一來二去手頭不寬裕……」

「不用上法院，私拉延長線充電造成火災和財物損失的，車主承擔侵權責任是理所當然的，我會先幫你和那位毛先生溝通，協商處理，第一時間把賠償金給你。」

最終，盧宇填寫了社區法律諮詢委託資料，留下自己的聯絡方式，再三感謝後才轉身離開。

盧宇一走，寧婉沒忍住開了口：「這個案子沒那麼好溝通，他嘴裡的毛老頭我聽說過，七十多歲了，原本有個獨生子，但十年前因為一場車禍去世了，老毛夫妻兩個也沒再生孩子，就相依為命，結果一年前他老婆也去世了，現在就剩下他一個，也沒有兄弟姊妹，父母也早就過世了，是個孤寡老人。」

寧婉腦海裡浮現出了老毛平時佝僂著踽踽獨行的模樣，心下不忍：「老毛日子過得挺拮据的，手裡沒多少錢，雖然一輛電動自行車的錢你可能覺得才一兩千，可對他來說也是筆鉅款了……」

社區案件，就算調解，很多時候也講究方式方法，寧婉生怕傅崢教條主義地去操作，只想著作為自己當事人的盧宇，而完全不顧老毛的實際情況，因此好心地試圖跟他解釋下背景知識：「所以你最好……」

結果話沒說完，就被傅崢冷冷打斷了：「上個案子我已經吸取到教訓了，我知道社區案件要了解和走近雙方當事人，老毛的情況，妳不用好為人師地和我說，我自己也會去調查清楚，至於他沒有賠償能力，這也很好解決，警政署明確了社區物業應當制止私拉延長線充電，應當開展專項檢查，及時消除隱患，只要調查取證到社區物業在近幾個月內根本沒有整治過違法充電，甚至連公告都沒出過，那說明物業沒有履行自己的管理義務，完全可以把他們也作為連帶責任方，就算不需要承擔主要責任，也是可以協商對受害居民進行一些賠償的，這樣就能分攤老毛的賠償壓力了。」

聽到傅崢這個處理思緒，寧婉鬆了口氣，她剛想誇傅崢孺子可教，結果就聽到對方不客氣道：「我不需要妳的指點。」

自己好心換來嘲諷，寧婉也有些來氣，語氣也生硬起來：「可論資排輩，我就是你前輩，你一個什麼工作經驗都沒有的人，我就是能指點你。」

「律師這個行業確實講究資歷，可也不是妳混在裡面時間久，會和稀泥，妳就有資格指點別人，工作經驗可以積累，但怎麼積累，一個人的起跑線和能力水準已經決定了她的未來天花板。」傅崢看向寧婉，漠然道：「以妳的畢業院校而言，我覺得妳沒有能力來指點我。」

傅崢說完，便轉身出門去處理這樁私拉延長線充電侵權案了，只留下寧婉一個人杵在辦公室裡。

他一走，寧婉的臉就垮下來了。

什麼人啊！還看出身論英雄啊！還和稀泥？自己怎麼和稀泥了？社區裡的案子雖小，寧婉自問兩年來都兢兢業業處理好了，從沒有敷衍過誰。對，傅崢是名校，但名校了不起嗎？至於這麼渾身優越感嗎？這狗屁少爺真是越看越不順眼！

因為這個小插曲，寧婉單方面宣布撕毀和平共處協議，決定和傅崢斷交，因此接連幾天，她一句話也沒有和傅崢講，只是冷眼看著傅崢跑出跑進忙碌這個私拉延長線充電侵權案。

既然他不許她插手，那寧婉自然只能袖手旁觀，只是內心深處，她對傅崢這種少爺並沒抱多大的希望，畢竟他只是個毫無基層工作經驗來刷履歷的空降兵，鬼知道這案子的溝通協調能做成什麼樣。

然而出乎寧婉的意料，她等待中的傅崢翻車倒是沒有到來，他抿著唇忙前忙後，竟然真的把這件事調解掉了。

「謝謝你啊傅律師，我還以為這事要拉鋸一樣拖一兩個月呢，沒想到這麼快就拿到了我電動自行車的賠償款。」

盧宇對傅崢多有感激，而作為事件主要責任人的毛大爺竟然也拎了水果來道謝：「謝謝你啊小夥子，我也沒想到就拉條電線充電的事，會鬧出火災。」

毛大爺相當不好意思：「我住在十五樓，電梯又小，電動自行車也推不進去，所以只想出了從家裡拉條線來充電的辦法，其實這麼搞也好幾年了，以前都沒出過事，沒想到這次……」他一邊說一邊把水果往傅崢手裡塞，「我沒什麼錢，這次出了這事，幸好有你幫我調解，最後讓物業也願意一起分擔了賠款，否則這麼多錢，我一時片刻真不知道去哪要……」毛大爺說到這裡，眼眶已經有些紅了，我平時就靠每個月兩千不到的養老金過活，要是讓我全額賠，我這一個月都要喝西北風了……」

傅崢完滿地辦完這個案子，臉上也頗有些成就感的表情，他婉拒了毛大爺的水果，直言這是自己應該做的。

寧婉一邊接著諮詢電話，一邊留意著毛大爺和傅崢那邊的動靜。

被婉拒了水果後，毛大爺也沒再堅持，道完謝後只是有些唏噓：「不過這次這事情過去，以後可不敢再拉電線充電了，好不容易這次有小夥子你幫忙，我們這棟樓的人對我才沒那麼大意見，下次要是再出這種事，我看鄰里也不會給我好臉色了，唉，以後這充電……唉……」

提起充電，毛大爺又哀聲嘆氣了幾下，才顫顫巍巍地告辭。

而也是這時，寧婉的諮詢電話終於結束了，她掛了電話，看向了傅崢，傅崢意識到她的目光，也朝她冷冷地撇了撇嘴：「沒有妳的指點，我也可以辦得很好，在律師行業裡，只要肯學，經驗都能積累到，最能拉開人與人之間差距的，是學習的能力，基礎好的人，自然會舉一反三。」

寧婉沒接話，只是看向傅崢：「你就這麼讓毛大爺走了？」

傅崢挑了挑眉：「不讓人家走，難道還要追回來把人家的水果要回來？」

寧婉皺了皺眉，沒理睬傅崢，然後在對方愕然的眼神裡，真的起身跑出了辦公室，沒多久，她還真的把毛大爺追了回來。

寧婉沒在意傅崢的眼神，她讓毛大爺坐下，倒了杯水：「大爺，聽你剛才的口氣，是在擔心以後電動自行車的充電問題？」

毛大爺愣了愣，然後點了點頭，嘆氣道：「是啊，以後不能拉線了，我這充電……」

這下傅崢抿了抿唇：「我和物業確認過，社區裡就有電動自行車充電樁，很充足不需要排隊，也更綠色環保和安全，以後去那裡充電就行了。」

他的答案很完美，確實做了功課，然而寧婉只是嘲諷地笑笑：「是的，社區確實從一年前開始就有充電樁了，但為什麼毛大爺一直沒去用充電樁，卻堅持用這種既麻煩又危險的延長線充電呢？你肯定根本沒問也不在乎吧？」

寧婉說完，轉頭看向了毛大爺：「大爺，你能說說為什麼不去用那個充電樁嗎？充電的地點也不遠挺方便的，是不會用嗎？那裡除了掃碼支付，也有投幣的選項，你要是不會，我教你，下次充電就方便了，帶上零錢就行了。」

毛大爺咳了咳：「我會用的，那東西是挺方便，可……那充電樁就兩個選項，一個是投幣一塊的，可以充四個小時，還有一個是投幣兩塊的，能充八個小時，可是這電動自行車，充一塊四個小時的呢，充不足，但充兩塊八個小時的，又太多了，要是有個一塊五充六個小時的，才剛剛好。」

對於大爺的回答，傅崢皺起了眉，顯然沒能理解裡面的邏輯，但寧婉已經露出了了然的表情，她對毛大爺笑了笑：「所以社區裡充電樁的使用率低是不是也是出於這個原因？」

毛大爺點了點頭：「是啊，大家都說不划算。」

寧婉笑了笑：「好的，我知道了，我會幫你和社區溝通，增加一塊五的選項，你別擔心，等過幾天辦好了我通知你。」

毛大爺這下露出了舒心的笑，發自內心道：「那就太謝謝了！」

毛大爺心滿意足地走了，寧婉這才看向了傅崢：「你這案子是辦得挺好，依照法律把侵權賠款解決了，該調解的也調解了，雙方當事人都很滿意，鄰里矛盾也沒有被激化，溝通能力確實比上個案子長進多了，思緒也上道了，可你還是很死板，和你其餘名校畢業的學院派同僚們一樣，教條主義，一板一眼，只會指令性地解決問題，完全的直線思考。」

傅崢臉色果然不好看起來：「妳到底要說什麼？」

「對，你這個案子是解決得不錯，可解決完法律糾紛呢，你不想想怎麼從根源上杜絕這種法律糾紛嗎？就想著解決個案？可你要知道，用延長線來充電這種事，在社區裡根本不只毛大爺一個，別棟樓裡還有的是，你今天解決了毛大爺的事，可私拉延長線充電只要沒徹底消失，未來難保不會出現新的糾紛。你要知道，社區的法律樣本這麼多，光解決個案不想著從根源上杜絕的話，這類案件總會重複出現的。」

寧婉笑笑：「當然，這不是你的義務，但我以為，作為一個社區律師，也應該有一點社會責任感，因為社區律師這份工作在某種意義上而言，並不是單純的律師，需要做比一個律師更多的事去減少社區的法律糾紛。」

「你這次確實比上次進步，解決了毛大爺的案子，可解決之後呢？毛大爺不能私拉延長線充電了，那他要去哪充電？之前為什麼沒去充電樁？你這樣的少爺根本不在乎也沒想過吧？」

「一塊錢充不滿，兩塊錢又浪費，恰到好處能充滿電的是一塊五，然而充電樁沒有一塊五的選擇，你這樣的少爺根本沒辦法想像，生活裡竟然還有為了節省每次充電的五毛錢而選擇私拉延長線充電的人吧。」

寧婉的笑容嘲諷：「很多普通人生活得比你想像裡更艱辛得多，為了每次能節省五毛錢甚至不惜用風險更大的延長線去充電，你這樣的少爺對平民的人生一無所知，有什麼資格指責呢？」

「你覺得你出身名校很驕傲，而我這種二流法學院畢業的很不入流嗎？是的，確實是這樣，我也知道，名校確實好，是加入好團隊得到大 Par 指點的敲門磚，如果我像你這麼有錢，在高三的時候不用打工不用分散掉大量精力的話，別說名校，我現在都哈佛法學院榮譽畢業了，你還配和我說話啊？」

「……」

寧婉這下打了翻身仗，當即揚眉吐氣抬頭挺胸對傅崢翻了個白眼：「所以別覺得你名校畢業贏在起跑線就一輩子領航了，等我有朝一日有錢了，我能比你更好，到時候，呵，有句名言聽過沒？現在的我你愛理不理，未來的我你高攀不起，我覺得不消幾年，以我的資質，只要有伯樂發掘我，我就能成為寧 Par 了。」她嫌棄地看了傅崢一眼，「而你呢？你還是小傅，不是因為你保養得當顯得年輕，而是你過了幾年也沒多長進，還是一隻新鮮菜雞。」

「……」

傅崢張了張口，寧婉沒給他機會反駁：「反正以後我當合夥人了，你別想著和我套近乎，我對你們這種學院派名校沒有好感，人要是都按出身來論的話，那出身貧寒的人就一輩子沒希望了？」

寧婉盯著傅崢，眼神專注而具有攻擊性：「你看不起我這樣二流法學院的人，我也看不上你這種名校出身渾身優越感的人。別覺得你就比我高級。」

傅崢長這麼大，第一次被人這樣劈頭蓋臉的訓話，第一次聽到別人大言不慚地說他高攀不起，第一次被人這麼不客氣地對待，這種體驗太過離奇，以至於傅崢一時之間除了瞪著眼睛甚至忘記了反駁，他歷來信奉名校資歷的重要性，然而在寧婉這樣毫不留情的嘲諷下，他竟然不知道應該說什麼。

他確實從沒想過在完成個案的救濟後，去根源性地解決個案法律糾紛發生的原因，從而更好地維繫整個社區的法律環境，更好地帶動良性發展；他確實不知道充電樁的使用率低下原來只是因為一個小小的金額設置問題；也確實從沒聽過有人竟然為了節省每次充電的五毛錢不惜用延長線充電去冒險；他更確實從不知道原來很多普通人的生活是這樣的……

這樣雞毛蒜皮，這樣錙銖必較，這樣艱難而現實。

他做過很多很多千萬級甚至億級別的案子，但從來沒有接觸過這樣的事，傅崢從沒想過有朝一日五毛錢會帶給他這樣的衝擊。

而也是這時，兩人之間劍拔弩張的氣氛被新的訪客打斷了——

這次是一位還很年輕的女性，長相溫柔，但臉上帶著傷，眼裡帶著淚，她見了寧婉和傅崢，哽咽著：「我想諮詢下，我老公總是打我，我有什麼辦法取證嗎？我想離婚……」

又是一個家暴離婚案，傅崢幾乎毫無懸念地可以預見，剛才還滿嘴大道理教訓自己的寧婉，立刻就要換上另一副面孔，開始滿嘴真善美地勸說對方婚姻裡忍一時風平浪靜退一步海闊天空……

這一次，傅崢決定插手，不能讓這個女人繼續遭受家暴的婚姻。

只是在傅崢開口前，寧婉就先一步開了口：「妳報警了嗎？」

在得到對方否定的回答後，寧婉語氣嚴肅而認真地勸說了起來：「家暴離婚需要嚴密的取證，我建議妳現在就報警，做好相關筆錄，留存證據，另外，他打妳的時候家裡或者鄰居有目擊者嗎？妳大聲呼救了嗎？如果有的話，採集到的目擊者證人證言也會很關鍵。」

傅崢愣了愣，他聽到寧婉逕自道：「家暴這種事，只有零次和無數次，他肯定不是第一次打妳，也不會是最後一次打妳，妳在家裡裝個鏡頭，平時記得錄影，下次一旦又發生家暴的事，記得保護好自己的同時，也保存好證據……」

寧婉的眼神認真，遞上了自己的名片：「如果妳需要法律援助，在我們這裡填好表格，我可以幫妳做這些取證的事，離婚案我也可以幫妳代理，會幫妳爭取到最大的利益，妳不用擔心。」

這年輕女人抹了抹眼淚，拿了寧婉的名片：「好，那太謝謝妳了。」

「需要我現在幫妳報警嗎？」

「我……我自己報警就可以了……我，我回家先下單個鏡頭，謝謝妳，律師。」那年輕女人的情緒好了點，「我先去處理下傷口，後續有事可以再聯絡妳嗎？」

「可以的。」

「妳是看心情幫人家做法律諮詢嗎？」年輕的女當事人剛走，傅崢嘲諷的聲音就響了起來。

寧婉不明所以：「什麼？」

「妳有什麼資格說我？」傅崢卻是冷笑，「不要給我裝無辜這套，妳以為自己多高尚？結果辦案還不是看心情亂來，說的好像妳多在乎基層群眾的生活一樣，還說假話號稱要改善社區法律環境，結果呢？結果同樣遭受家暴的案子，上午來的中年女人妳就糊弄人家讓人家忍著，剛才來的這個年輕女人，妳又義正辭嚴地建議對方取證離婚。寧婉，妳是變色龍嗎？」

傅崢這番質問有理有據，他自認為自己這下徹底扳回一城，結果寧婉只是雲淡風輕地看了看他，露出了沉著甚至有些憐憫的表情——

「你憋這個大招憋了挺久吧？」她挑釁地朝傅崢笑笑，「但這位少爺，你還是有點不自量力了。」

「我在這個社區幹了兩年了，對社區裡居民的了解程度比你多太多了，之前來諮詢的吳阿姨，她老公完全不可能家暴她的。」

傅崢自然不服：「這世界上沒有什麼完全不可能的事，妳到底是怎麼輕易得出這種結論的？」

「吳阿姨不是第一次來哭訴自己被老公家暴了，之前的幾次我都有做認真的調研走訪，也詢問了他們的兒子和鄰居，最終排除掉了家暴的可能。」寧婉打斷了準備發言的傅崢，「行了，你先別說話，我知道你要問什麼，你要問我怎麼能透過這些外部的證人證言排除掉家暴的存在，畢竟知人知面不知心，很多人看起來不錯，說不定是個變態殺人狂，鄰居的證言不準確，小孩也有可能基於複雜的感情或者害怕而幫忙掩飾，何況如果沒有家暴，那老阿姨手上的傷痕怎麼來的，你滿腦子都是問題，對吧？」

「可就算別人都被家暴了，吳阿姨也不會被家暴的。因為……」寧婉瞥了傅崢一眼，振聾發聵道：「人家是退役下來的散打冠軍！」

「……」

「現在還開著個散打培訓班呢，平時身上有傷痕，是因為和學生訓練時不小心弄到的。」寧婉講到這裡，頓了頓，然後補充道：「吳阿姨老公是個IT工程師，碼農，很瘦，也不高，大概也就夠撐吳阿姨兩拳吧，我真的從沒見過吳阿姨老公不自量力試圖攻擊吳阿姨的，因為那簡直是自殺式的，倒是在社區裡見過幾次吳阿姨追著她老公跑揚言要打斷他的腿……」

「……」傅崢沒料到這樣的發展，聲音艱難生澀道：「那她為什麼要說自己被家暴了……」

「你知道吳阿姨年輕時候的夢想嗎？」

傅崢皺了皺眉：「那和我有什麼關係？」

寧婉沒理他，逕自道：「吳阿姨年輕時，夢想是成為一名女明星。誰知道造化弄人，後來她成了一名散打冠軍。」

……這跨度確實有點大啊。

可傅崢想，這和家暴不家暴又有什麼關係呢，他戒備地看向寧婉，想看看她葫蘆裡到底賣什麼藥：「所以？」

「所以雖然生活所迫沒能從事自己的理想職業，但吳阿姨心裡一直有一個明星演員夢。」

「然後呢？」

寧婉翻了個白眼，看白痴一樣地看向傅崢：「然後她成了一個戲精啊。」

「……」

「每隔一個階段，吳阿姨就會戲精上身，搞幾個劇本自己入戲了來社區或者我們辦公室演一下，家暴劇本是她的經典節目。」寧婉嘆了口氣，「她對這種苦情戲真的很情有獨鍾。」

「……」

「所以，請收起你對我的汙衊，我寧婉，從來不會差別對待客戶，每個客戶在我心裡都是同等重要的，雖然你肯定看不上我這種被派駐到社區，二流大學畢業的律師，覺得我是律師界的貧困底層，但我還是會做好我自己該做的事，也會不斷往上爬，就算我沒你們有錢，起跑線落後你們很多，可只要我一直跑一直跑，早晚會超過你的。」

寧婉盯著傅崢，眼神挑釁又明亮：「所以你最好不要中途停下，否則我會很容易就超過你的。」

她說完，看了看時間：「好了，下班了，我要走了。」寧婉又回頭看了傅崢一眼，「還有，補充一句，家暴別人的人，才是真的該死。」

「我對家暴這種事零容忍，因為家暴求助我想要離婚，又無法支付律師費的，我寧婉無償免費替他們代理。」

寧婉說完，看了傅崢一眼：「至於你這種少爺，我勸你還是早點離開，社區這座小廟容不下你這尊名校畢業的大佛。」

傅崢生平第一次被人這麼冷嘲熱諷，本以為自己會當場發作，但沒想到事到臨頭，他竟然十分平靜。

這對傅崢而言是完全新奇的體驗，從沒人敢這麼指著他的鼻子和他拍板，甚至從沒人敢這樣和他說過話，然而拋去寧婉的態度，她的話確實第一次讓傅崢反思起來，他的生活太順遂了，或許真的根本不了解普通人的生活，也不了解普通人的困頓，自己一直以來以學校出身論英雄的理念，或許確實是過分偏見的。

而自己因為寧婉是二流法學院畢業，因此先入為主不認同她，或許對她並不公平，公允地來說，雖然對自己態度不怎樣，但作為社區律師，她的工作態度是沒問題的，在眾多雞毛蒜皮毫無頭緒的案子裡，確實能非常快速地發現癥結所在，處理得也可圈可點。

所以當這次高遠問起寧婉的工作能力時，傅崢給了更為公允的評價——

「還可以。」他喝了口茶，坐在高遠辦公室的沙發上，然後放下了杯子，「算是愛崗敬業，就是沒有大案參與的經驗，如果能有系統性的帶教，應該還有成長空間。」

被寧婉教訓一頓從辦公室離開後，傅崢就直奔了正元律所，他和高遠約了今晚一起吃飯，只可惜高遠臨時有個郵件要回，因此傅崢只能先在他辦公室裡等，高遠一邊工作，兩個人便一邊有一搭沒一搭地聊天。

對於傅崢的回答，高遠顯然愣了愣：「你上次不是對寧婉印象不好評價挺低的？這次能得到你這種評價，看來她是不錯，那你之後團隊，是不是打算把她招進去？」

傅崢抿了抿唇：「我會考慮。」

「其實招她挺好的，她是老手了，很多東西不用你手把手教，只需要大方向提點一下，作為團隊 leader，你也會輕鬆不少，而且你不是在社區待了一陣子嗎，肯定會和寧婉比較熟，組建新團隊本來就是個磨合工作，團隊裡有個比較熟的下屬比較好，等於你在社區這些日子已經和她磨合好了，到時候直接調進團隊，配合也默契點。」

高遠說到這裡，看了傅崢一眼：「所以寧婉工作能力上還行的話，她性格上和你怎麼樣？相處得來嗎？你們關係怎麼樣？」

沒等傅崢回答，高遠就逕自補充道：「雖然我和寧婉接觸不多，但覺得她性格挺直爽的，沒那麼多彎彎繞繞，應該挺好相處，不過你……」高遠含蓄道：「你可能不是特別好接近……」

傅崢皺了皺眉：「你什麼意思？我的性格不好相處？」

高遠求生欲強烈：「沒，沒……畢竟你當慣了老闆嘛，端著點架子很正常哈哈哈哈。你那不叫不好相處，你是……呃……氣質比較高貴！」

傅崢看了他一眼，喝了口茶：「我覺得自己挺好相處的。」他總結道：「雖然是老闆，但其實挺平易近人，和寧婉相處得也還行。」說到這裡，傅崢頓了頓，補充道：「當然，你形容我氣質的這一段也確實沒說錯。」

「……」高遠露出了一言難盡的表情。

「你郵件回完沒？」傅崢不耐地看了高遠一眼，「沒回完之前不要再和我說話了，我去後面躺一下。」

高遠的辦公室非常大，他最近在正常的辦公桌和會客沙發後弄了個特別貴的山水畫屏風，在辦公室後方隔出了一點空間，把屏風後做成了自己的更衣室和休息處，平時掛著好幾套西裝，方便臨時接到會議或開庭通知更換服裝，偶爾加班太晚也能在屏風後的躺椅上睡一下休息。

這屏風貴是貴了點，但確實也有貴的道理，除了山水大氣磅礴外，隱私保護效果也非常好，從正面看，根本看不到屏風後面的情形。

傅崢走到屏風後面後，高遠本想快馬加鞭把郵件處理完，然而他剛準備進入工作狀態，門卻被敲響了，然後剛才還被討論的當事人寧婉一臉怒容地衝了進來——

「高 Par，有件事我忍不住了，我一定要和你說。」

寧婉衝進高遠辦公室裡確實是一時衝動，她本來下班後就要直接回家，可臨時接到通知說有個自己此前在總所參與的翻譯資料需要修改，因此她便趕到總所準備做完掃尾工作。

很巧的是，平時很少在辦公室的高 Par 竟然在，寧婉想起傅崢就惡從膽邊生，要不是這個優越感爆棚的少爺靠關係擠走了自己的學弟，陳爍能來社區的話，那能減輕自己多少工作量，而且工作氣氛該多融洽愉悅？

她越想越氣，最後還是沒憋住，衝動之下就進了高遠辦公室。

高遠果然在辦公桌前，見了寧婉，面露驚愕，看向屏風道：「啊，寧婉，妳今天在所裡啊，正好這裡……」

寧婉衝進高遠辦公室就靠著一股衝動，深知勇氣這回事，再而衰三而竭，於是逕自打斷了高遠：「高 Par，請先聽我說。」

高遠愣了愣，然後點頭示意寧婉繼續。

「我來這是想向你檢舉的。」

高遠有點驚訝：「妳要檢舉什麼？出什麼事了？」

寧婉皺著眉：「我要實名檢舉傅崢。」

「……」

一旦說出了口，寧婉也豁出去了：「本來該來社區的這個機會是陳爍申請的，之前按照所裡流程都走過了，也審批通過了，為什麼最後莫名其妙空降來這個傅崢？從流程上來說，不合規吧？所裡的工作安排，也該講個公平吧？」

不知道為什麼，自從寧婉說了要實名檢舉傅崢，高遠的臉色就變了，他變得十分尷尬，看起來坐立不安，眼神飄忽地看了山水屏風兩眼，然後幾乎沒有思考就維護起傅崢：「妳聽我說，傅崢很優秀，他是名校畢業的……」

看看，這果然是關係戶，寧婉心裡冷笑道，可能背景還挺強大，否則自己剛提及傅崢，高遠至於這麼不安地開始維護嗎？

「對，他是名校畢業的，可根本沒有律所相關工作經歷，而且雖然是名校畢業，但渾身上下充滿了不合時宜的優越感，看不起這個看不起那個，眼睛長在頭頂上，每天都一副辛苦下凡的高貴樣子，為人不踏實不誠懇，一點也不謙卑，沒經歷不可怕，可怕的是自大，我怎麼說也算是他前輩吧？可就因為我不是名校畢業的，他對我一點尊重都沒有，我和他完全合不來。」

一說起傅崢的缺點，寧婉簡直思如泉湧：「他辦案也不行，死板的科班出身，教條主義，完全不知道發散思緒也不知道設身處地。」

「社區基層案子壓力大條件也艱苦，工作並不光鮮亮麗，實在沒有土壤培育他這樣一朵人間富貴花。」

寧婉頓了頓，繼續道：「我知道他來社區是你安排的，可這樣下去，我根本沒辦法和他順暢地合作開展工作，所以我向你實名檢舉他，希望能把他調離社區。」

「……」

自己說完，高遠臉上果然露出了窒息的表情，他艱難道：「可我聽說……你們相處得還行啊？」

「確實還行，畢竟我們至今只是動嘴，還沒到動手的階段。」

「……」

高遠神情看起來非常複雜，他又看了山水屏風兩眼，然後咳了咳，擺出了循循善誘的態度：「寧婉啊，人吧，很多時候可能會先入為主產生一些偏見，傅崢這個人，其實是不錯的，當然，人無完人，他也不是完美的，身上肯定會有一些缺點，但同樣，身上也有很多優點，你們兩個人接觸下來，我相信妳也從他身上發現了他的優點吧？」

高遠這樣子，看起來就是想做個和事佬大事化小了，寧婉都豁出來告狀了，自然是堅決不從的：「高Par，除了臉能看，我真的沒從他身上發現什麼優點。」

自己話都說到這個分上了，結果高遠顯然還是沒對傅崢死心，他語重心長道：「寧婉啊，妳是年輕人，說話做事可能比較衝動，很多話說出口還沒經過成熟的思考，妳再好好想想，除了臉，傅崢就沒優點嗎？」

寧婉想了下，真誠道：「我想好了，真的沒有。」

高遠艱難道：「妳再想想？」

寧婉面無表情道：「不用想了吧，就是沒有。」

「妳再仔細想一想！一定還有別的優點！」

寧婉抿了抿唇，一臉勉為其難道：「好吧，除了臉，身材也還馬馬虎虎吧。」

高遠一臉窒息地看向了寧婉，他很想起來咆哮，我讓妳想的不是這個方向的優點！

可惜寧婉顯然會錯了意，她有些不自在地補充道：「公平來說，身材不只馬馬虎虎，看起來還挺好的。」

「……」

寧婉說話的時候，也不知道為什麼，高遠就開始瘋狂咳嗽起來，兩隻眼睛還不斷往屏風那邊瞟，然後拚命對自己眨眼，彷彿想瘋狂暗示什麼，但寧婉看了他辦公室裡的山水屏風一眼，也沒看出什麼特別之處。

只是鑒於高遠對屏風的關注，想來是希望自己說點什麼，因此寧婉還是禮貌道：「高Par，你的山水屏風看起來挺貴的。」

寧婉說完後，又看了看高遠，自己都滿足他的需求誇了他的屏風了，結果也不知道怎麼的，高遠的臉寫滿了無力回天的絕望以及仁至義盡的同情。

「？」

雖然自己這種行為有點像逼宮，高遠如果不開心發火這都好理解，但同情是什麼情況？

寧婉有些不明所以，但做都做了，她繼續堅持道：「高Par，要說的我說完了，社區法律服務事情繁重複雜，雖然目標額都不大，但關係著社區居民的切身生活，我希望所裡能把他調走，就算不能把陳爍調來，那我一個人也比和他一起強。」

高遠看了看寧婉，再次委婉道：「很多人可能一開始不對盤，但磨合一段時間說不定能成為很好的搭檔，其實妳可以再考慮下和傅崢在同一個團隊？」

看得出高遠很想讓自己和傅崢合作，但寧婉逕自打斷了他：「不可能。」她篤定道：「我和誰同個團隊，也不能和他同個團隊，看著就心煩。」

「可我聽說妳不是很想加入新的大Par的那個團隊嗎？萬一傅崢就在那個團隊，未來你們……」

這下寧婉憋不住冷笑了：「我相信新的大Par有很好的眼光，他又不瞎，不會選傅崢的。」

「……」高遠再次同情地看了寧婉一眼，並露出了對她放棄搶救的表情。

寧婉是個直爽性子，她也沒管高遠的表情，說完自己的要求，也沒含糊，和對方打過招呼後逕自轉身走了。

而她不知道的是……

她一走，她剛才實名檢舉的那一位，就黑著臉從屏風後面走了出來……

傅崢面色難看，高遠卻是滿臉揶揄——

「你不是說和寧婉關係還行？」

傅崢抿了抿唇，沒說話。

高遠嘆了口氣：「算了，你也別記仇，寧婉這人其實挺實在的，不是那種喜歡搞人事鬥爭的人，所以告狀也這麼坦坦蕩蕩來了，也沒搞借刀殺人或者暗中中傷這一套，以後你別為難她……」

「我怎麼聽起來覺得她才是你朋友？」傅崢冷冷道：「說的我一定會對她打擊報復一樣。要不要我打電話和你老婆說一下你對寧婉令人動容的階級友情？」

「……」高遠乾笑了兩聲：「不是我說啊傅崢，你這個脾氣，確實……」

「我脾氣怎麼了？」傅崢面無表情道：「我脾氣很好，絕對沒問題。」

「……」高遠一言難盡道：「不管怎麼樣，你們都這樣了……你還要繼續在社區待下去嗎？」

「當然。」傅崢冷冷道：「我的字典裡沒有半途而廢這四個字，我也不認可她剛才說的我的缺點，完全是對我的汙衊，不過就是社區法律糾紛而已，我不可能做得比她差。何況我要是現在就走了，那不就是落荒而逃？以後就算恢復身分加入總所，說不定寧婉在心裡怎麼鄙夷我，這樣實在難以服眾。」

高遠心裡哀號一聲，傅崢是充滿了求勝欲，可自己心裡只有求生欲啊！

「可人家都實名檢舉到我這裡了，我要是不給人家個說法，按寧婉這個性格，可能會盯著我不停問，我怎麼下臺？」高遠真誠建議道：「你還不如趁著現在彼此還維持著一份塑膠同事情，假裝什麼也不知道，趕緊離開社區。寧婉不是那種喜歡在外面講人閒話的人，你要是現在恢復身分，人家也能和你井水不犯河水，沒什麼問題，可別鬧到撕破臉了，那就不好收場了，畢竟以後是同個所裡的同事，弄到那一步就怪尷尬的……」

「不會。」傅崢卻相當篤定和自信，「我會繼續在社區待下去，也會讓她不會再來你這裡告狀。」

「那你是準備親自下手把她毒啞？」

傅崢瞪了高遠一眼：「她控訴的主要原因是覺得我是擠走她學弟的關係戶，所以她自然對我有敵意和偏見，導致對我有想法，我只需要扭轉這種誤會就好了，不就是平易近人打入基層嗎？」傅崢冷哼道：「這有什麼難的？不就是個人設嗎？我造一個給她不就行了？」

寧婉衝動之下去合夥人高遠那裡告了傅崢的狀，但她出高遠辦公室就後悔了，疏不間親，誰知道傅崢和高遠是多親密的關係，自己這樣實名檢舉，簡直是不自量力，但如果面對明明白白的不公，連一點努力都不去做，寧婉又覺得看不下去。

也是這時，陳爍來了。

聽說寧婉有事來總所，他明明都回家了，還是趕了回來，說要請寧婉吃飯。

雖然失去了去社區的機會，但他還是很陽光開朗：「學姐，最近樓下新開了一家川菜店，我剛拿到這個月的案子分紅，走，請妳吃。」

席間，寧婉自然是不好意思：「我今天和高 Par 爭取了下把那個傅崢調走，換你調來社區的事，但看樣子應該不會順利……」寧婉嘆了口氣，「不過你要想，其實你在總所，跟的團隊不錯，能接觸大案，收入和前景都挺好的，我是覺得沒有必要一定要來社區這種基層鍛鍊的……」

聞言，陳爍的筷子頓了頓，他抬起頭，盯住了寧婉：「妳就這麼直接和高 Par 講了？」

寧婉夾了口毛血旺：「是啊。」

「學姐，妳有時候真的有點傻乎乎的。」陳爍的聲音溫和下來，「但為我出頭之前，也先想想妳自己啊。」他頓了頓，然後像是鼓起勇氣一般，「其實我想去社區的原因……」

可惜他的話還沒說完，寧婉的手機就響了，她低頭一看，是個陌生的號碼，她遲疑地接起來，電話對面響起的竟然是傅崢的聲音，寧婉心裡有些疑惑也有些忐忑，她想，是不是自己的告狀已經生效了，傅崢要離開社區來和自己告辭；還是說高遠和傅崢遠比自己想的親密，因此傅崢得知自己告狀行為後打電話來怒罵自己？

她想了很多種可能也預設了不同場景下自己的回答，然而出乎寧婉的意料，傅崢的發言完全不在她的預計內。

電話裡，男人低沉冷質的聲音甚至一瞬間讓寧婉產生了恍惚。

而因為寧婉沒有立刻答覆，對面傅崢似乎不得不重複了一遍剛才的話，他說——

『我被房東趕出來了，我沒地方住。』

有一秒鐘，寧婉以為自己在做夢，然而手機裡傅崢還在繼續，像是萬事開頭難一樣，開了口後似乎變得沒有那麼拘謹了：『我現在沒有錢，也沒有飯店能住，妳能不能收留我一晚？』

「……」

傅崢不是個少爺嗎？怎麼如今一副流落風塵的慘樣，連住的地方都沒了？

寧婉噎了噎，才找回了思緒，一時之間也不方便尋根究底，但既然朝自己求助了，總要意思一下的：「這樣吧，你給我帳號，我轉點錢給你，算我借你的。」

可惜自己都願意借錢了，傅崢也沒就此甘休：『妳還是別借給我了。』他坦誠道：『我信用卡全部套過現了，網路貸款平臺能借的也都借了，總之妳借給我，我也還不出，所以別借給我。』

寧婉完全沒跟上節奏，只下意識想擺脫這莫名其妙的情景：「那你不用還了……」

『可房東沒給我時間整理就直接把我東西都扔出來了，就算妳不要我還錢，我一個人也沒辦法搬家。』

手機那端傅崢的聲音有些不真實，雖然還是一貫的音色，然而竟然有一種淒涼感，他的聲音變低了，以至於給寧婉一種逞強的示弱，他說：『我在容市沒認識別人了，寧婉，幫幫忙吧，過來一趟，我只認識妳，也只能找妳了。』

「……」

雖然常言道千萬別多管閒事，可傅崢電話裡都那麼說了……

最終，這頓和陳爍的飯沒吃下去，寧婉向學弟道了歉，拿了包風風火火就攔車到了傅崢說的地點。

那是個容市的老社區，租金廉價，環境不好，基本是合租房，等寧婉到的時候，就見傅崢穿著西裝鶴立雞群般站在老新村的門口，腳邊還放著兩個行李箱，他身後的路口還有很多隨便擺攤賣菜的，人來人往熙熙攘攘，他往那一站，簡直就是格格不入……

寧婉心裡充滿了魔幻主義的感受，她走到傅崢面前：「你……」寧婉看了傅崢的兩個行李箱一眼，「你叫我過來不是說幫你搬東西嗎？還有什麼需要弄的？」

傅崢看了寧婉一眼：「我剛先整理起來了，在妳來之前正好弄好了。」

「就這兩個行李箱？」

「嗯。」傅崢抿了抿唇，「我沒有多少東西。」

寧婉心裡憋了一肚子的疑問，剛想開口，結果傅崢先一步打斷了她：「妳能請我吃點東西嗎？」他無辜又理所當然道：「我好餓，我中午開始就沒吃東西了，現在站在風裡覺得好冷。」

「……」

雖然傅崢的語氣並沒有太大的變化，但配合他說的內容，寧婉卻在他平白無奇的敘述裡讀出了一絲故作堅強的淒涼……

竟然從中午開始就沒吃飯了，這也實在太慘了……

雖然和傅崢合不來，但就算面對陌生人如此直白的求助，寧婉都不可能狠下心的，更別說是曾共事過的人了。

十分鐘後，寧婉把傅崢帶到了一家家常菜館：「我剛吃過一點了，不是很餓，你點你自己想吃的就行。」

料想一個成年男人從中午開始就沒吃飯，這時候該是很餓的，可傅崢看了一下菜單，最終只點了一碗麵。

「你不再點些嗎？」

「不了。」傅崢對寧婉抿了抿唇角，「已經很麻煩妳了，麵比較便宜，也有飽足感。」

「……」聽起來竟然有一種窮苦人家孩子懂事的錯覺？？？

他不是個少爺嗎？怎麼淪落到這麼慘了！

寧婉心裡的疑惑已經快要爆棚了，然而詢問人家這種私事到底有點尷尬，好在就在寧婉糾結的時間裡，傅崢吃完了麵，然後抬起了頭，主動向寧婉解釋起來——

「對不起這時候打擾妳，但我經濟暫時支撐不住了，薪水要過兩天才發，房租交不出來，這兩晚能不能借住妳家？」

傅崢沒等寧婉發問，逕自繼續道：「我知道妳有很多想問，為什麼我看起來這麼有錢但連飯都吃不上。我也知道這很難啟齒，要不是現在情況萬不得已，我也不想讓別人知道，更不想向別人求助。」

說到這裡，傅崢低下了頭，看起來有些沉重和低落：「對不起，一直騙了妳，我其實……不僅不是有錢人，還欠了很多外債。」

「？？？」

「不是，可你吃穿用度這些明顯就是有錢人啊？」寧婉徹底震驚了，傅崢身上那種優渥家庭裡養出來的氣質騙不了人的，這他媽難道他曾經的夢想也是當演員，如今見了吳阿姨的事後有感而發，退而求其次當戲精了？

傅崢看了寧婉一眼，沉默了片刻，最終難以啟齒般開口道：「我家以前確實很有錢，所以我原本確實如妳所說，是個少爺，所以妳現在看來可能覺得我渾身還是那種少爺氣質，但實際上，現在我家道中落了，我家裡企業倒閉了，還欠了外債。因為是近一兩年的事，所以我以前確實養尊處優過，身上的氣質可能也沒扭轉過來。」

傅崢沉重道：「妳說我學院派教條主義也沒錯，因為我以前的理想其實是成為一名法學教授，是想專注做學術的，要不是後來家裡困難，我也不會願意出來做律師的……」

「……」這話倒是有點讓人無法反駁……

「對不起，其實我內心一直以來不能接受從有錢變到負債的落差，一開始有點虛榮，太死要面子，所以一直在妳面前裝成有錢的樣子，甚至借網路貸款維繫自己的生活水準和虛假繁榮，怕被妳知道自己很窮後被妳看不起。」

傅崢深吸了一口氣，像是豁出去一般繼續解釋道：「因為我不懂實踐操作，加上心裡原來生活帶來的那種錯誤優越感，導致給妳工作添了很多麻煩，也沒能正視自己的缺點和錯誤，剛才被房東掃地出門，也是抱著試一試的心態向妳求助，沒想到妳願意幫助我，剛才也都沒追根究柢問我，讓我覺得……」他斟酌了一下用詞，「很感謝，也為過去的自己向妳道歉。」

「……」寧婉徹底被打了個措手不及，「你不是個很有背景的關係戶嗎？」

傅崢無辜又毫不知情般地抬起了目光：「什麼關係戶？」

寧婉索性也直接問了：「你來社區不是空降嗎？本來是我學弟申請來社區的，內部審批流程走完了，結果最後直接內定你過來了啊？」

「啊，原來是這樣。」傅崢露出了恍然大悟的表情，「妳誤會了。」他低下頭，抿了抿唇，「我不是關係戶才被派來的，我是得罪了人。」

寧婉徹底好奇了：「怎麼回事？」

「我家道中落以後已經支撐不了在美國的學業和生活，所以決定回國做律師，向正元所投了履歷，很幸運被錄取了，只是沒想到簽了合約後，還沒輪到安排團隊，就得罪了合夥人，所以才被懲罰性地派到了社區來。」傅崢的表情認真，模樣冷靜，看起來非常讓人信賴，他的語氣也很誠懇，「我一開始不理解這是什麼懲罰，但直到來了社區，才發現這裡的工作很繁重，也很有難度，我為我一開始的輕視道歉。」

「……」

寧婉心裡對這樣的發展還是感到不可置信以及玄幻……

「你來社區是高 Par 點名的，所以你得罪的合夥人是他？」

傅崢點了點頭。

「可高 Par 在所裡的口碑一向很好啊！就算在工作中理念不合，他也不會刁難員工的，他團隊下面那幾個律師我都認識，對他都讚不絕口的，一致覺得是好老闆，他怎麼會……」寧婉追問道：「你到底是什麼事得罪了他？」

雖然傅崢從邏輯上理了理自己的人設需要的配套解釋，但沒想到寧婉會問得這麼細，他一時之間也想不出編造什麼和高遠的過節，因此避重就輕道：「太難以啟齒了，我真的不太想說，總之就是把人狠狠得罪了。」

他原本以為自己這麼含糊一筆帶過，寧婉也不會再追問，然而沒想到自己這話說完，寧婉愣了片刻後，再看了自己兩眼，竟然露出了一臉震驚然後恍然大悟的表情——

然後她一臉微妙道：「是那方面的得罪？」

那方面？哪方面？

傅崢雖然並不能理解到底寧婉在說什麼，但不想再過於糾纏這個問題，因此含糊道：「嗯，是。」

寧婉臉上露出了毀三觀的表情，她這下語氣生動了起來，沒了剛才傅崢闡述自己「悲慘」身世時的遲疑，變得親切起來，像是終於接納了傅崢的說辭，她義憤填膺道：「這可真是知人知面不知心啊！我沒想到高 Par 竟然是這種人！」

「？」高遠怎麼了？

傅崢不明所以，因此選擇沉默是金，然而不知道自己這種做法在寧婉眼裡完全變成了默認。

寧婉的表情看起來簡直是出奇的憤怒了，她叫來服務生：「幫我們上點茶！」她豪氣沖天道：「沒想到你竟然也有這樣悲慘的遭遇！我不能喝酒，我們就以茶代酒吧！唉！真是道德的缺失，人性的淪喪！」

遇到什麼事了？傅崢腦子裡有些混亂，都沒來得及消化寧婉的話，只忍著心裡的莫名，臉上維持了鎮定自若的表情，決定以不變應萬變。

很快，茶就上來了，是個菊花茶，結果寧婉看了一眼，當場就有些尷尬：「我不是故意點這個茶的，這家店裡茶水是隨機的，算是他家的個性之一，今天鐵觀音明天普洱後天玫瑰茶什麼的，是看老闆心情上的，老闆今天可能想要清心敗火所以訂了個菊花茶的主題，你別介意啊。」

傅崢笑了笑：「不介意。」不就是個菊花茶嗎？雖然沒有鐵觀音和普洱貴，但自己確實不至於因為這個介意，結果他剛拿起菊花茶喝了一口，就聽到對面寧婉逕自道——

「我真的不是聽了高遠想潛規則你的事，所以為了影射什麼點菊花茶的，希望你看到菊花不要亂想，不要有心理壓力……」

傅崢的茶杯沒端穩，一口菊花茶差點把他嗆死，他咳了半天，才終於緩過來：「高遠想潛規則我？」

寧婉沉重地點了點頭：「對不起啊，不應該揭你傷疤的……」

「……」傅崢臉上露出了複雜微妙又難以形容的表情。

寧婉一見這表情，就更過意不去了，自己果然還是戳別人痛處了……

她逕自道：「其實我有件事情也要向你坦白，我之前也誤會你了，真的以為你是那種高高在上的少爺，然後靠著家裡的背景認識高遠，為了刷履歷沽名釣譽空降來社區搭搭花架子的，外加你名校畢業對我們這種二流大學的也不太看得上的樣子，我對你印象挺差的，一度想把你趕走，畢竟社區真的挺忙的，我想你如果是那種不幹活的人，留在社區真的是占著茅坑不拉屎。」

寧婉越說越愧疚：「我沒想到原來你是寧死不從高遠的潛規則，在這種私事上得罪了他才被懲罰性派到社區的，我也不知道你家裡竟然這麼困難，我其實今天還特地去高遠那裡告了你的狀，希望把你調走，之前我不理解高遠為什麼死活不肯調走你，想著你到底是多大的背景啊？結果沒想到原來內情是這樣，他是為了打擊報復你把你弄來社區的，怎麼可能把你調回總所呢。」

傅崢沉默了……

寧婉卻以為這沉默是因為痛楚，她義憤填膺道：「真的，我學弟說我看人不準，我以前不承認，現在發現是真的，我以為高遠是個不錯的合夥人，沒想到……竟然是個衣冠禽獸！」

自己這話下去，傅崢看向自己的眼神果然更加複雜了起來。寧婉想，他一定是太感動了，竟然有人能站在他這邊……

一想到這，寧婉更加惱火了：「不過要不是你，我真的不知道高遠竟然是個深櫃！明明平時聽說和老婆感情挺好的常常晒恩愛，原來都是演戲，難怪說越缺什麼越晒什麼，他可真無恥！可惜我不知道他老婆的聯絡方式！」

她看了傅崢一眼：「就算你長得不錯，他也不能依靠自己是上司的優勢妄圖對你下手吧！太不要臉了！」

「……」

寧婉拉拉雜雜又罵了高遠一堆，傅崢一開始還有些不自然，但很快，他就進入了自己的人設定位，甚至能主動發言了——

「是的。」他鎮定又毫無心理負擔地一同譴責起了高遠，「確實很不要臉，簡直是色中餓鬼。」

傅崢想，寧婉這個學弟倒是個明白人，她確實識人不準，如今竟然毫無城府相信了自己這套說辭，此刻臉上正露出了真實的同情，她看向自己：「你肯定是第一次遇到這種事吧？

當時心裡是不是很生氣也很無奈？」

傅崢點了點頭，毫無羞愧地為高遠風評被害添磚加瓦道：「是的，但沒辦法，人在屋簷下不得不低頭，誰叫我自己沒有錢，這種時候就算面對他的騷擾，也沒辦法硬氣地直接辭職走人。」說到這裡，他看了寧婉一眼，「但是這種事不光彩，而且我也還需要這份工作，所以請妳一定替我保密。」

對面的寧婉用力點了點頭：「你放心吧！」她又喝了幾口菊花茶，突然想起什麼似的找到了盲點，「等等，你既然都欠著外債，那你身上這些很貴的西裝怎麼回事啊？我見你之前還隨手扔掉過很貴的西裝啊？你不是缺錢嗎？」

「是高仿。」傅崢想了想，鎮定道：「買來撐面子的，上次扔掉的那件也已經穿了好幾年了，本來就要扔了，其實手腕那裡都有破洞了，只是妳沒看出來罷了。」

傅崢說完，就有些微妙的後悔了，這種話，連他自己都不信……

然而寧婉臉上卻露出了豁然開朗的表情：「我懂了，就和 Converse 一樣是吧，一年內就脫膠的一定是真貨，能穿一年以上的絕對是假貨，現在有些高仿做得確實良心啊，比正品品質還好呢！」

她竟然買帳了……

這女的平時在社區處理案件看起來挺精明的，但有些時候竟然意外的這麼天真……

飯吃完了，八卦聊好了，時間也不早了。

寧婉大方地結了帳，然後她看向了傅崢：「你說你今晚沒地方住了想來我家借住？」

傅崢抿了抿唇，點了點頭，然後恰到好處地露出了不好意思和尷尬的神情：「對不起，剛才這麼說的時候是因為心情太絕望了，沒有多想，其實確實很不方便，我理解妳的顧慮，我會自己另外找地方住的。」

傅崢按照此前想好的說辭繼續道：「正好我突然想起來我在容市好像有個遠房親戚……」

最早編造自己被房東趕出來急需寧婉救助，這只是傅崢獲取她信任感的策略，畢竟心理學表明，當一個人被另一個人求助的時候，更容易讓被求助者產生對求助者背景的信任感和接受度，而拒絕寧婉直接轉帳借錢給自己的方案，也是為了能和寧婉實地見面，並且面對面把自己的「悲慘」遭遇敘述出來，然而做完這一切，傅崢其實並沒有真的去寧婉家裡借住的打算。

傅崢是為了母親回容市的，他父親前幾年去世了，如今就剩下母親一個至親。

當初母親重病動手術，醫生說狀態不佳或許時日不多，傅崢不想親情上留下遺憾，於是毅然回國想多陪陪母親，然而沒想到他媽的手術竟然非常成功，術後恢復也好，這邊傅崢剛處理完美國的交接事宜回國，他媽媽出院後就約了幾個老姐妹包了艘船跑去海上玩了。

而因為母親外出前也沒留鑰匙給傅崢，傅崢也沒辦法住進自己母親的別墅裡，於是他回容市後就購置了自己的別墅開始裝修，然後先長期預定了五星級飯店的套房用以過渡。

在生活要求上來說，傅崢確實是個少爺級別的，他能接受在工作中吃苦，但絕對接受不了在平時的吃穿用度上受苦。

然而自己的話還沒說完，寧婉就逕自打斷了他，她豪爽地揮了揮手：「這都多晚了，而且還是遠房親戚，就算等你費了很大力氣聯絡上，人家說不定也不買你的帳。」她拍了拍傅崢的肩膀，「反正就兩天，你來我這裡湊合吧。」

這下輪到傅崢僵住了，他佯裝平靜和感激地努力暗示道：「雖然很謝謝妳這麼信任我，但畢竟我們孤男寡女的，我怕我去住了對妳名聲影響不好，而且妳男朋友也會誤會，所以深思熟慮下，要不然妳還是借點錢給我讓我去住個賓館好了……」

「男朋友？我沒有啊。」

之前還你儂我儂土味情話呢，這麼快就分手了？

可惜寧婉一點也不知道傅崢的腹誹，逕自繼續道：「你放心吧，沒事，我相信你的品行。」

傅崢差點沒在心裡翻個白眼，這女的空長了一張漂亮的臉，一點戒備心都沒有，也完全聽不懂自己的暗示，何況就算她相信自己，自己還不相信她呢。傅崢決定再努力跟寧婉隨便借點錢，然後佯裝自己去找個破爛招待所湊合，實際就可以回自己五星級飯店的大床房躺著了……

只可惜計畫趕不上變化，寧婉朝他露出了不好意思的笑：「借錢這個就算了吧，我也和你說實話，通常發薪水前五天我基本是赤貧狀態，剛才結帳都用信用卡，也快刷到額度了……」

她眨了眨眼，語重心長地對傅崢道：「既然大家都窮，彼此就不要再打腫臉充胖子亂花錢了，窮人當自強，走吧，去我那借住兩晚吧。」

「……」

傅崢並不是個容易後悔的人，做出任何決定，即便造成了不利的後果，他一向都能接受和承擔，然而自認識寧婉後，他發現自己開始頻繁的後悔。

一旦「交過底」以後，寧婉也不搭計程車了，於是傅崢不得不提著兩個大行李箱，跟著寧婉一路坐公車、轉地鐵，然後再步行了十幾分鐘，才到了一個看起來也有些年頭的社區門前……

這一刻，傅崢的心裡只有一句話——

現在就是後悔，非常後悔。

等走到電梯間，寧婉按按鈕，然後非常自然道：「哦，電梯又壞了。」

「……」

這一刻，傅崢心裡已經沒有後悔了，只有心如死灰的絕望，最終，他不得不提著這兩個巨大的行李箱道具，然後從消防通道爬到了十四樓……

等最終站在寧婉家門口的時候，傅崢覺得自己只剩下一口氣了。

好在到了，他在心裡安慰自己，等等和寧婉寒暄完，就趕緊躲進客房裡，然後可以卸下人設好好休息了……

然而傅崢很快發現，自己還是太過天真了——上一次他送醉酒的寧婉回家時沒怎麼仔細觀察過寧婉的房子，如今才發現，寧婉家裡沒有客房，她的房子是一房一廳，客廳裡有張沙發。

客觀地說，這個社區雖然有點老，寧婉的房子也不大，但裝潢很溫馨，傢俱不是多奢侈的，但能看出主人認真挑選過，客廳桌上散落著兩三本專業書，茶几上擺著新鮮的玫瑰，很有生活氣息。

但……只有一張沙發……

傅崢進了屋裡，就開始對著客廳裡那張沙發發呆，他硬著頭皮詢問道：「這個沙發，是那種可折疊的沙發床嗎？」

好在寧婉點了點頭：「是的，是可以……」可惜她的話沒來得及說完，手機就響了，她只能抱歉地對傅崢笑了笑，「不好意思，接個客戶電話。」

社區律師只是輪值工作，平時還要靠接別的客戶過日子，寧婉見縫插針地服務客戶也沒什麼不正常的，只是寧婉去陽臺講完了電話，再回來，手裡卻拿了一把掃帚，像是要打掃的模樣。

雖說傅崢心裡非常後悔，但看到寧婉這樣，倒也有些愧疚，看來寧婉為了接待自己，都特地要打掃衛生了……雖說房子小了點，沙發床簡陋了點，但是她這個態度，確實是可圈可點的認真，可見之前要不是誤會，她對自己也不會這麼針鋒相對。

傅崢負責任地想了想，覺得此後把寧婉招進自己團隊，也不是不可以。

然而他的想法還沒深入，自己手裡就突襲般地被塞進了一把掃帚。

頂著自己不解的目光，寧婉理直氣壯道：「哦，你把地掃一下。」

傅崢以為自己幻聽了：「什麼？」

寧婉連虛假的客氣都沒有，完全不見外道：「掃地啊。」她看了傅崢兩眼，一臉理所當然，「我都大發慈悲讓你在我家借住兩晚了，你幫我打掃下衛生作為回報有什麼不對的嗎？」她看了傅崢一眼，「快點掃吧，掃完了好睡覺，我還得先去回封郵件。」

「……」

寧婉，妳加入團隊的機會沒了。

只是不管如何，自己選的路，跪著也要走完，傅崢自己捏造了這個人設，如今騎虎難下，也只能默念著心平則氣和，板著臉拿起掃帚掃起地，好在寧婉家不大，等寧婉回完郵件，傅崢也正好掃完地了。

寧婉盯著地面走了一圈，對傅崢的勞動成果顯得頗為滿意：「掃得真乾淨！」

那說話的神態，簡直像是誇獎一個剛上崗的家政似的。

傅崢忍了忍心裡翻騰的情緒，露出了營業的假笑：「妳覺得乾淨就好。」

結果自己這話下去，寧婉倒是看過來：「我覺得乾淨沒用，你覺得乾淨才行。」

「？」

傅崢還沒明白過來，就聽寧婉逕自道：「畢竟今晚睡地上的人是你嘛。」

「……」

傅崢覺得自己肺活量不夠用了，他忍住了快要氣炸的心，冷靜道：「妳這客廳不是有沙發床嗎？為什麼要睡在地上？」

可惜寧婉看了沙發一眼，然後毫無誠意地解釋道：「哦，那個啊，那個沙發本來確實是可以打開成沙發床的，但是我買二手的，買來就發現這功能用不了，難怪二手交易平臺上九成新的沙發最後竟然折價便宜了一半呢。」

「……」

寧婉拍了拍傅崢的肩：「其實睡地上挺好的，你想，硬板床對腰好，地上這麼硬，對你腰肯定更好，我等等再幫你找幾床棉被墊著，其實也挺有風味的，和那個日本榻榻米房很像吧？不用花錢就能體會去日本旅遊的感覺，不錯吧？哈哈哈哈。」

「……」

傅崢以為這已經是自己今天運勢的最低谷了，然而很快，等把傅崢的「床鋪」鋪好後，寧婉又一次刷新了傅崢的下限。

她從廚房拿了一顆洋蔥出來，臉上非常愉悅地看向傅崢：「幸好家裡還有洋蔥，你運氣真好。」她說完，再次一頭扎進廚房裡去了，很快，便傳來了寧婉手起刀落俐落切洋蔥的聲音。

傅崢再一次產生了疑惑，運氣好？洋蔥和好運有關係嗎？還是寧婉覺得讓自己睡地上終於良心過意不去因此決定炒個洋蔥給自己當宵夜？可自己不僅不喜歡洋蔥，甚至還非常討厭那個味道……

結果傅崢剛準備出言婉拒，寧婉已經端著一盤切好的洋蔥出來了，傅崢被這味道熏得皺了皺眉，還沒回過神，就見寧婉開始在自己「床鋪」邊作法一樣地撒洋蔥片了。

「妳是有什麼信仰？」傅崢的臉繃不住了，他遲疑道：「這是什麼睡前儀式？」寧婉神神叨叨的該不是什麼邪教分子吧？聽說傳銷也有類似儀式，自己該不是入了虎穴了吧？

寧婉一邊撒一邊雲淡風輕地解釋：「哦，沒什麼儀式，主要家裡好像有蟑螂，雖然上次除了一遍，但容市這個氣候，很可能還有殘餘，你睡在地上，晚上蟑螂可能會出來，所以在你床鋪旁邊四周都撒上洋蔥絲，我看網路上說蟑螂好像討厭洋蔥這個刺激性的味道，有洋蔥在，就不會爬到你床上了。」

「……」

「…………」

「……………」

傅崢覺得自己上輩子可能造了孽，這輩子才注定遭此天劫，然而寧婉彷彿還嫌不夠似的，如撒玫瑰花瓣一樣的撒完洋蔥片，她拍了拍手，逕自補充道：「不過我也不知道蟑螂到底討不討厭這個味道，說不定沒什麼效果……」

這一刻，傅崢已經被連環打擊到近乎麻木了，他想，蟑螂討不討厭洋蔥味他不知道，他討厭是肯定沒錯了。

寧婉看著這個「床鋪」，臉上卻露出了十分滿意的笑容，然後傅崢又聽她簡單介紹了下家裡各項設施的情況。

這破房子雖然有一房，但可能上一任房東曾把它給人合租過，因此客廳有個洗手間，寧婉的房間還有一個，因此總算避免了傅崢需要和寧婉用同個洗手間的尷尬，只是寧婉進房間後，「嘎達」一聲落鎖的聲音，就讓傅崢覺得有點刺耳了。

嘴上說著信任自己，結果還欲蓋彌彰上個鎖，寧婉，這很可以。

因為寧婉此前「友善」的蟑螂預警，以至於傅崢這一晚都沒怎麼睡好，他強忍著「床鋪」周圍縈繞在鼻邊的刺鼻洋蔥味，忍受著硬邦邦的地板，恍惚中覺得自己是一塊鐵板燒上的煎牛排，都快被煎老了，點他的客人寧婉還在拚命要求多加洋蔥……

這一晚，因為警惕隨時可能伏擊自己的蟑螂，傅崢愣是枕戈待旦般強忍著睏意沒敢進入深度睡眠，只是最終到底太過困倦，到了早上三四點，他終於迷迷糊糊睡了過去，誰能想到，有時候，昏迷竟然也是一種幸福。

然而傅崢的幸福沒有持續很久，因為六點的時候，他的耳邊傳來了堪比噪音般的鋼琴聲，然後是樓上住戶「登登登」走路的聲音，再之後是樓下用戶不斷沖馬桶的聲音，隔壁鄰居吵架的聲音……

聲聲入耳，魔音穿孔。

寧婉這社區因為老舊，隔音做得十分不行，傅崢恍若有一種流落街頭睡在大橋洞裡的錯覺……

好不容易迷迷糊糊又瞇了十幾分鐘，結果寧婉又起床了，她打開房門，打了個哈欠，然後走到傅崢「床鋪」邊，用腳踢了踢他：「傅崢，起來了，再晚就要錯過這班公車了。」

「……」

傅崢從前對「每天叫醒自己的是夢想」這種話嗤之以鼻，但他確實沒料到，這輩子有朝一日叫醒自己的會是寧婉的腳……

始作俑者走去廚房像是搗鼓早餐了，傅崢瞪大了兩個充滿黑眼圈的眼睛，抬頭看向天花板，生平第一次開始思考人生，自己一個高級合夥人，怎麼淪落到不僅打掃衛生，睡在地上，早上還被人用腳叫醒的地步……

好在稍讓人安慰的是，寧婉煮了麵，她在廚房裡喊：「傅崢，快點洗漱，不然麵要爛了！」

傅崢頂著兩個黑眼圈，認命地爬起來收拾了鋪蓋，然後頭昏腦脹地去洗手間洗漱，恍惚間覺得自己是個工人，而工頭寧婉正催促著自己吃完飯趕緊上工搬磚……

好在在信念的支撐下，傅崢很快收拾好了自己，昨晚折騰這麼一通，他確實有些餓了，這時候能有一碗剛煮的熱湯麵，就真的是不幸中莫大的慰藉了。

然而五分鐘後……

傅崢望著餐桌上的碗裝泡麵，然後看向了寧婉：「這是妳說的麵？妳認真的？」

寧婉一邊吃著自己那份，一邊點頭：「嗯啊，紅燒牛肉味的，要不是你過來借住，我還不拿出來吃呢！」

「……」

那可真是謝謝妳的熱情款待了……

不過既然自己現在的人設是家道中落可憐人，傅崢也沒辦法發作，只悶聲不響冷著張臉就開始吃，他一向鄙夷諸如泡麵之類的速食垃圾食品，然而餓了一晚，如今吃著這廉價的碗裝泡麵，竟然覺得也挺香，如果寧婉不說那句話的話——

她先傅崢吃完了麵，百無聊賴下看起了碗上面的圖和文字，然後像是發現新大陸一般叫起來：「啊！竟然都過期了！」她驚訝道：「不過吃起來一點問題都沒有，還是很香啊！」

「……」

傅崢覺得自己有點食不下嚥了。而一想起這樣的日子竟然還要再過一天，他心裡的悔恨簡直連綿不絕。

自己到底是哪根筋壞了？好好活著不好嗎？

自己絕不能再在這裡住一晚了，這樣下去會死的。

第四章　見義勇為不畏強權

自傅崢誠懇坦白後，寧婉看這個「空降兵」就順眼多了，連帶著心情舒暢，表情也明媚了起來，對傅崢也一改此前的態度，越發親切熱情起來。

只可惜大概是被錢所困，傅崢並沒有因為寧婉態度的大轉變而顯露出一絲一毫的高興，甚至大約是覺得和寧婉交了底，也不用再偽裝那高冷清貴的模樣，因此頂著兩個黑眼圈，一臉困頓，臉色也不太好看，彷彿恢復了一個負二代的本分樣子，一下子被打回了原形。

寧婉想起初見傅崢時他那眼高於頂高貴冷豔的模樣，覺得當初傅崢逞強裝成那樣，實際心裡也不知道得苦成什麼樣，卻為了面子還要強顏歡笑，真是怪可憐的……

因為這份同情，寧婉今天非常照顧傅崢，好幾個瑣碎的諮詢，都自己處理掉了，今晚傅崢還要借住在自己家裡，想著他一個男人，還要面對難以啟齒的職場性騷擾，一把年紀，工作經驗連自己都不如，確實有些淒慘，因此寧婉拿出自己的記帳軟體，開始磕磕巴巴地算起來，雖然離發薪水還有一天，但今晚能不能幫傅崢改善伙食加點菜……

然而下午的時候，傅崢卻和寧婉表示，今晚不用借住了。

「我那個遠方親戚聯絡上了，人挺好的，說了我可以去他家住，離這裡也不遠。」

傅崢的語氣鎮定表情誠懇，再次對寧婉表達了感謝後，寧婉便也放下心來：「那行，反正有什麼事隨時和我聯絡，別不好意思啊。」

「嗯。」

聽說傅崢有地方住了，寧婉也挺高興，這天之後便也沒再去關注傅崢的事，下午的時候，她此前在所裡接的一個離婚案的當事人好不容易從國外度假回來，因為和老公鬧離婚鬧翻了，被家裡趕出來只能住在飯店裡，寧婉和她約了時間，商定下班後去她下榻的五星級飯店確認幾份起訴資料。

寧婉這一天躊躇滿志，傅崢這一天卻是困頓難忍，好在他終於找了個遠方親戚的藉口擺脫了今晚繼續睡地板的「殊榮」，好不容易等到社區辦公室下班，傅崢便逕自奔赴自己目前入住的五星級飯店了，他本意只想好好地在正常的環境裡睡一覺，結果高遠聽說了自己和寧婉竟然握手言和了，不管傅崢怎麼拒絕，都死皮賴臉要來飯店裡找自己八卦。

『你等我十分鐘啊，我馬上到！晚飯我請！行行行，知道你累了，不用出去，就吃你飯店裡的西餐！』高遠在電話那頭已經抑制不住自己的好奇了，『你不是誆我吧，寧婉那脾氣可不是容易改的，她能對你轉變態度給你好臉色？』

傅崢懶得理睬高遠，只看了看手錶：「十分鐘，遲到一分鐘我就上樓睡覺。」

他說完掛了電話，就倚靠在大廳一邊的沙發上撐著下巴閉目養神。

寧婉一下班就急匆匆趕到了自己當事人下榻的五星級飯店，才堪堪堵住了打扮妖豔準備去夜店的女當事人，正是因為她太過貪玩對家庭毫無責任感，她的丈夫才提出了離婚，當然，這些私事不是寧婉該管的，她給對方看過了自己整理的夫妻共同財產清單，確認無誤後，才和對方告辭。

只是準備轉身離開的時候，寧婉無意間一瞥，卻看到了一個熟人——

剛才和自己告辭號稱去投靠遠親借宿的傅崢，此刻竟然正安坐在這五星級飯店大廳的沙發上，他穿著得體的西裝，好看的眉眼閉著，臉上沒有表情，於是又再次顯現出了那種高高在上的冷淡，要不是寧婉知道內情，還真的要信了傅崢的偽裝。

只是……傅崢這時候在這裡幹什麼？

寧婉的腦海裡都是疑問，而她剛準備走過去問問情況，卻見沙發上的傅崢睜開了眼，他看了手錶一眼，然後拿起手機，看樣子像是在傳什麼訊息，而等他手機放下的那個剎那，寧婉的手機就響起了提示音——

是一則訊息，傅崢傳來的——

『我已經到親戚家了，不用擔心，謝謝妳之前的照顧。』

寧婉看著這則訊息，又看了不遠處神色鎮定自然的傅崢一眼，心裡氣不打一處來，這是什麼情況？傅崢明明在五星級飯店，為什麼誆她？

而下一秒，寧婉就後知後覺知道了答案，因為她看到了高遠的身影。

其實高遠的長相看起來頗為憨厚，然而自從聽了傅崢那一番悲慘遭遇後，寧婉再看他，就怎麼看怎麼覺得奸詐了，連平時覺得頗親切的笑容，如今細細品來，也終於發現了點淫邪的意味。

果不其然，高遠走進大廳後，左顧右盼看了幾眼，然後很快就定位到了坐在沙發上的傅崢，然後這傢伙臉上露出了淫蕩的笑容，逕自抬腿就要朝傅崢的方向走去，而傅崢見了高遠，臉上的表情也相當難看，帶了點微微的不滿，頗為忍辱負重的模樣……

都這麼明晃晃的場景了，寧婉就算是個傻子也知道傅崢是來幹什麼的了。

雖然這都是傅崢自己的決定，寧婉明明可以事不關己高高掛起，但內心的正義感作祟，等寧婉意識到，她已經風一般地衝出去，當著高遠的面，死死拽住了傅崢的手。

傅崢的臉上露出了事情敗露的慌亂和尷尬，高遠臉上則露出了好事被撞破般的震驚和無措……

自己果然猜得沒錯！

寧婉一把把傅崢拽了起來，然後勇敢地瞪向了高遠：「高Par，今晚社區有事得加班，傅崢我先帶走了。」

寧婉說完，也不顧高遠的臉色，逕自就把傅崢拉離了沙發，一口氣拉到了飯店的門外。

見高遠沒有再追出來，寧婉鬆了一口氣，才看向了傅崢，她緊緊皺著眉頭，指責道：

「傅崢你到底怎麼想的啊，為什麼騙我？」

傅崢的表情難看到不知道該怎麼形容，他這輩子沒想過，自己竟然會這樣翻車，在偽裝的第二天就被寧婉撞破了，這下可好，按照寧婉這個脾氣，恐怕和自己的梁子結得更大了，真是白白浪費了自己昨天在地上苟且偷生的一晚……

只是還沒等他開口，寧婉就逕自繼續說下去——

「傅崢啊，貧賤不能移富貴不能淫，這個道理你怎麼不懂呢？是，沒背景沒錢靠自己奮鬥是比較艱難，但那是堂堂正正的，你怎麼能一時之間鬼迷心竅走了邪路，竟然想到屈服惡勢力？」

傅崢眨了眨眼睛，還沒有跟上寧婉的思緒，結果就聽寧婉繼續恨鐵不成鋼地數落上了——

「是，你雖然是個男人，和高遠睡一覺撐死得個痔瘡，也不會懷孕，但是這事關男人尊嚴的事，你怎麼能屈服於高遠的淫威呢？確實走快捷方式比較快能獲得成功，也能立刻擺脫你現在窘迫的生活，但人活著，得爭一口氣啊，不然以後就算變成了成功人士，人家也會在背後議論你當初是靠不正當手段出賣色相上位的！」

「……」

「…………」

「……………」

原來寧婉說的欺騙是這種……只是明明自己的馬甲還披得好好的，傅崢卻一點也高興不起來……

他試圖反駁：「我沒……」

「你閉嘴。」可惜寧婉態度惡劣地打斷了他，「你現在沒資格開口，我都讓你借住了，你竟然還受不了吃苦，騙我說去親戚家了，結果巴巴地跑來五星級飯店和高遠開房！你真是讓我失望透頂！」

「……」傅崢覺得他對自己也同樣失望，上輩子到底造了什麼孽要在五星級飯店門口被寧婉當場抓獲？

只是寧婉並沒有意識到傅崢臉上的絕望到底為何，她簡直氣得發狂：「你自己說，是高遠主動聯絡你對你威逼利誘的，還是你自己受不了苦日子主動聯絡高遠自薦枕席的？！」

好在傅崢臉上的心如死灰讓寧婉心情稍微好了些，這男人大概是一時鬼迷心竅，看這表情，如今清醒了，至少還是有廉恥觀，也知道自己做錯了。

傅崢像是掙扎了很久，才終於死氣沉沉地蹦出了幾個字：「高遠先聯絡我的。」

這還算有救，至少不是主動去的！

寧婉的神色緩和了不少，然後她朝傅崢伸出手：「給我。」

傅崢皺了皺眉，一臉不解：「什麼？」

寧婉有些沒好氣了：「手機啊！」

寧婉說完，也沒和傅崢客氣，逕自就把他手裡的手機抽了過來，然後對準他的臉掃了掃解了鎖，三下五除二就翻到了傅崢和高遠的通話紀錄，寧婉點進去，手起刀落，兩分鐘後，就把手機重新還給了傅崢：「現在行了。」

傅崢拿到手機，皺起了眉：「妳做了什麼？」

「幫你把高遠封鎖了。」寧婉笑笑，「這樣他以後都沒辦法騷擾你了，省得你哪天心志不堅定受到他的蠱惑又幹出像今天這種傻事。」

「……」

寧婉語重心長地拍了拍傅崢的肩膀：「以後路還長著呢，沒必要出賣自己的肉體。」

「……」

「而且就算你哪天真的撐不住了一定要走這條路，那要賣也賣個等級更好點的啊，你這樣的，找個中老年喪偶或者離異富婆沒問題啊，不僅不算破壞他人家庭見不得人的小王，而且不至於留下職業病啊！」

「職業病？」

寧婉擠眉弄眼暗示道：「就那個那個啊。」

傅崢疑惑了：「哪個？」

「周杰倫的〈菊花臺〉聽過沒？就那個啊。」

傅崢臉上的表情完全茫然了，他皺著眉：「妳的想法太擴散了，這和周杰倫的歌有什麼關係？」

寧婉沒好氣地瞪了他一眼，不得不唱起來：「菊花殘滿地傷，你的笑容已泛黃……」

「……」

傅崢覺得自己的笑容不是泛黃，是已經泛黑了……

可惜寧婉並沒覺察什麼不妥，她點到為止地唱完，然後同情地看向了傅崢：「到底說你點什麼呢？既然想到了來五星級飯店委身高遠，那怎麼說也不該這麼天真啊，連我這潛臺詞都聽不懂啊？你要是屈服了高遠，那被高遠這樣那樣幾年，未來可不是會留下這個職業病嗎？」

傅崢掙扎道：「為什麼我是在下面的那個？」

寧婉瞪大了眼睛：「你要是在下面，還能閉著眼睛躺屍忍受，你要是在上面，你對高遠……下得去手？」

「……」

寧婉雖然對傅崢這種投敵般的行為十分氣憤，但見在自己數落下一張臉全然黑了的傅崢，又覺得有些同情，看他這樣子，想必在自己的一番分析下已經認清了現實，瞧瞧，如今這後悔得彷彿差一口氣就要升天的模樣，可不是改過自新的表現嗎？

既然如此，寧婉也不願揭人傷疤，於是拍了拍傅崢的肩：「行了，走吧，五星級飯店雖好，但不是你的歸宿，還是跟我回家睡地板來得踏實舒服。」

她到底有些可憐傅崢：「據說今天降溫，我幫你多準備了一條棉被，晚上也有加餐，走吧走吧。」

大概被自己撞破了差點做傻事的尷尬場景，傅崢從剛才就一直一臉心如死灰的模樣，如今緊抿著嘴唇，一言不發地跟在自己身後，像是終於準備重新做人。

沒想到自己無意中的一瞥，竟然挽救了一個行將失足青年的人生！

寧婉一時之間心裡充滿了感慨：「說實話啊傅崢，你現在想想是不是也有點後怕？要是剛才沒遇見我，你可能這輩子都毀了，老實說現在心裡是不是特別感謝我？」

大概這份挽救他於水火之中的情誼太過厚重，傅崢此刻竟然有些不知道該如何開口的模樣，沉默了片刻，寧婉才聽到他乾巴巴的一句謝謝。

「大恩不言謝，你只要記得，以後你要是飛黃騰達了，一定要好好報答我。」寧婉領回傅崢，心情相當不錯，「你學歷好，履歷都沒問題，雖然年紀大了點還沒什麼工作經驗，但這個都能累積，以後別想著走快捷方式了，先在社區待著吧，以後的案子我帶你，能教的都教給你，等你有點資歷了，再申請去別的團隊，畢竟我們所裡，也不只有高遠一個團隊啊。」

「你沒工作經驗又不是應屆畢業生，第一份工作可能不好找，所以現在只能先在正元所裡苟且著，等累積點經驗，就算找不到所裡的好團隊，也能跳槽去別家。」

說到這裡，寧婉有些羨慕了：「我們這行雖說是吃經驗飯，但如今幾家大所競爭也很激烈，篩選的時候第一眼看的就是學歷出身，你這種沒硬傷的比我未來的路好走多了，所以千萬別灰心。」

話題講到這裡，就不免勾起點寧婉的傷心事，其實她比傅崢的路更難走，二流學校畢業，雖說有基層工作經驗，但也不能這麼蹉跎著只有基層經驗啊，何況女性在職場上本身比男性弱勢，等自己年紀再上去，就算跳槽，恐怕都沒什麼人要，畢竟是個老闆都要擔心她結婚懷孕帶來的成本……

寧婉把傅崢重新帶回了家裡，幫他的地鋪又多鋪了層墊被，恍惚中有替自己養的豬圈裡多墊了些草的感覺，搞定這一切，她就跑回了房間，想了想，還是決定繼續傳郵件給馬上要來的大Par搞好關係，雖然人貴有自知之明，但不努力一把，怪對不起自己的，寧婉決定再努力努力搶救一下自己。

她絞盡腦汁想了想，咬了咬筆桿，然後鄭重地打下——

『敬愛的老闆……』

她絲毫不知道，此刻自己敬愛的老闆，其實正躺在她家外面客廳的地板上瞪著天花板思考自己淪落的悲慘人生。

傅崢來自己家借住的第二晚，寧婉的生活並沒有什麼改變，不過是客廳裡多了個人，吃飯多了張嘴罷了，她仍舊睡得很踏實，因此第二天也是精神十足，倒是傅崢可能受昨晚高遠事件的打擊，今早起來，臉色更難看了，一張白淨的臉上，觸目驚心地掛著兩個巨大的黑眼圈，一臉慘遭生活蹂躪失去信心的模樣。

寧婉鼓勵了他幾句，也沒再矯情，就拽著人一起擠上公車到了悅瀾的社區律師辦公室。

這天早上，接聽諮詢電話的工作就交給了傅崢，寧婉則跑去社區和充電樁公司再次協調，終於把毛大爺此前反應的問題解決了，雖然因為已經設置好投幣口了，不可能加裝五毛錢的投幣口和識別系統，但總算是在觸控螢幕裡增加了一塊五充電六小時的掃碼支付選項，充電樁公司也表示將在後續的設計裡進行改良，增設一塊五的投幣口，事情才算告一段落。

結果等寧婉回到社區辦公室門口，卻見辦公室裡來了好幾個人，把門口嚴嚴實實地堵住了，她還沒進屋呢，就聽到了裡面吵吵嚷嚷的聲音襲來——

「這怎麼行呢！律師，你說說看，有這種事嗎？！這合法嗎！簡直太他媽的不要臉了吧！」

寧婉推開門擠進去，才發現屋裡結結實實來了五六號人，剛才大聲喊著的則是其中一個四十幾歲的男子，身高體胖的，他話音剛落，他身邊一個和他長得頗為相像但略微年輕些的男人便也附和了起來——

「就是啊！這不是詐騙嗎？！」

其餘幾個女的也嘰嘰喳喳你一言我一語地說起來，寧婉被鬧得頭疼，正想大吼一聲，卻見坐在辦公桌前的傅崢雖然黑著眼圈一臉精神不振，但動作自然流暢地打開辦公桌抽屜，然後拿出了寧婉的大聲公，面無表情地喊道——

「安靜，都給我安靜。」

「……」

沒想到傅崢這廝雖然慘遭高遠潛規則打擊，但學得還挺快，竟是個可塑之才。

因為傅崢這一喊，辦公室裡的人果然安靜了下來，寧婉趁機擠了進去，站到了傅崢身邊：「怎麼回事？」

結果傅崢還沒來得及開口，為首的中年高胖男人倒是講上了：「兩位律師啊，是這樣的，我叫郭建國。」說著，他拉過身邊那個和自己長得頗像的男人和其餘幾個女子介紹起來，「這是我弟弟郭建忠，那呢，是我妹妹郭建紅，我們三個是親的，同父同母的那種親，剩下這兩個呢，分別是我和建忠的老婆，我們是一家人。」

寧婉瞟了室內站著的幾位一眼，郭建國穿著西裝打著領帶，看起來頗像個成功人士，他弟弟沒他那麼胖，但也不是個讀書人的樣子，兩人眼神都挺精明，而兩人的老婆，光從面容看，就不是省油的燈，這兩位妯娌看起來關係也不太好，兩個人站的離得很遠，像是要劃清界線似的。

而這兩家老婆中間，則站著郭建國口中的妹妹郭建紅，與自己兩位兄長不同，郭建紅看起來挺清瘦，容貌並不年輕了，比起兩位嫂嫂來說蒼老得多，但看起來倒是一家人中最好說話的。

也是此時，傅崢遞了一份資料給寧婉：「這是我剛才從他們敘述裡整理的一些事實細節。」雖然還掛著黑眼圈，但如今坦白了真實境遇後，不得不說，傅崢真是上道多了，也漸漸開始習慣社區律師的工作環境了，他看向寧婉，言簡意賅總結道：「這一家人過來申請法律援助，說他們六十多歲的母親被一個二十六歲的小夥子詐騙了。」

「詐騙案是刑事案件，詐騙了多少錢？夠立案標準了嗎？你們可得報案啊我們處理不了這個！」

傅崢抿了抿唇：「沒被詐騙錢，他們說這個二十六歲的男生騙婚。」

「？？？」

二十六歲風華正茂男騙婚六十老婦？？？

這可真是大戲了……

不過不管怎樣：「如果是結婚這件事，婚姻自由，別說我們律師插不上手，就是你們做兒女的也不能干涉。」寧婉看了郭建國一眼，「現代社會了，忘年戀也是有的，你要是因為對方小夥子年輕，就料定人家是騙婚確實也有點太武斷了。」

郭建國聽了這話，立刻不樂意了，態度激烈地反駁道：「律師啊，這就是妳的不對了，什麼叫忘年戀啊？能忘年三十多歲的差別？雖然我爸去世十幾年了，可我媽和我爸生前感情可好了，我爸去世了，我媽也很受打擊身體大不如前，他們這感情，就算是年齡相仿的同齡老頭子，也不至於會想要和他二婚的，怎麼還找了這個當自己兒子都嫌年輕的男生？」

自己哥哥發了話，郭建忠立刻也跟上了：「怎麼不是啊，妳是不知道我媽的性子，我媽不是那種擦脂塗粉在外面花枝招展跳廣場的老太太，我們家就是農村來的，我媽就是個典型的農村老太太，老實本分，不會像城裡那些老太婆一樣有什麼花花腸子，她一輩子都不會拾掇自己，妳要是見到她那樣子，妳就知道我媽不是那種會主動找二婚的女人了。」

郭建國和郭建忠的兩個老婆也當仁不讓，這兩人果然牙尖嘴利——

「媽那麼樸實的人，怎麼可能勾三搭四呢，還不是那不正經男人花言巧語騙了她，仗著正好租房在媽那房子的隔壁，不知道幹了什麼勾當。」

「那男人還是個外地人，離婚了，帶著個四歲的女兒，能是什麼正經人啊？正經人能離婚嗎？就是一個男騙子！還不是看著媽名下有間房子，想藉著結婚，順理成章騙點錢嗎？」郭建忠的老婆說話則更加不遮掩了，尖酸刻薄道：「而且媽一個月前剛診斷出癌症，誰知道還有多久的日子，這男生不就為了等媽走了好和我們搶房子嗎？！」

郭建國郭建忠夫婦都爭相發了言，倒是郭建紅臉上有些尷尬和不安地站在一邊，手指神經質地攪著衣角，沒有發表什麼觀點。

這樣的情況，傅崢可能是第一次見，但寧婉見得多了，兒女要是離婚了，父母幾乎都希望他們還能找到新的人開始新的婚姻，但要是父母離婚了，或者父母其中一方過世了，兒女的想法可就自私多了，多數並不希望父母再婚，不僅反對甚至會阻撓給予親情脅迫，甚至不惜用斷絕關係來威脅父母放棄再婚的決定，父母對兒女的愛多數無私，兒女對父母的感情，可就複雜多了。

郭建忠的老婆雖然說話不中聽，倒也算是耿直，先不說這個二十六歲的小夥子有沒有什麼不良居心，這一家人反對老太太二婚，卻是明晃晃有私心的。

六十多歲已經確診癌症的老太太，還能有多少日子？

老人一死，那她名下這間房，就該分割了，可如今老人如果多出個法定丈夫，那一旦沒有遺囑，按照法定繼承，這二十六歲的小夥子也能擠進來和這家人一起分一杯羹了。

有時候人窮志短這話一點沒錯，很多時候在現實和金錢面前，親情也並不純粹，傅崢大約第一次見到這種事，皺著眉：「婚姻法強調了婚姻自由，你們母親喪偶，對方離異，不屬於重婚；不存在近親關係，又沒有醫學上禁止結婚的一些疾病；你們也沒有辦法證明你們母親有受到脅迫，那他們想結婚就是自由合法的。」

寧婉及時地插進了話題：「老年人也有追求自己愛情和幸福的權利，她在成為你們的母親之前，先是個女人，如果你們沒有任何證據證明那個小夥子是惡意的，或者存在一些欺騙和違法行徑，僅僅基於自己不希望母親結婚的立場，要求我們提供法律援助去破壞他們的婚姻，那律師也是無能為力的，這畢竟是你們家庭內部的事宜。」

寧婉的話音剛落，傅崢的聲音便響了起來：「當然，你們如果只是擔心因為結婚造成遺產的糾紛問題，完全可以和你們母親溝通後要求先行立下遺囑，這一點律師可以作見證遺囑，只需要兩名律師在場，其中保證有一名是執業律師就可以，我和寧律師就滿足條件，如果有這方面的需求，我們是可以提供法律服務的。」

兩個人屏除了此前的誤解和針鋒相對，第一次一起接待社區居民，你一言我一語，倒是配合得可圈可點，雖然傅崢確實沒什麼實踐經驗，但令寧婉意外的是，如今擺正態度準備不靠潛規則上位踏實工作後，他進步得竟然還挺快的，學習能力相當強，也挺上道。

在第二春問題上，很多老人為了取得兒女的諒解，最終總是在遺囑上做出讓步，以彰顯不會因為自己的二次婚姻而影響到兒女的既得利益，最終才能勉強維持家庭表面的平和順利二婚，傅崢所提的律師見證遺囑也完全是常規操作。

然而郭建國和郭建忠夫妻二人反應卻很激烈：「律師啊，我們也懂法的啊，這遺囑，就算現在定下了，後面還是能改啊，效力不還是以後面那版本的為準嗎？」

「是啊是啊，媽現在病了，本來就六神無主的，身體也不方便，耳根子也軟，那男的要是真的和媽登記結婚，肯定是賊心不死啊，成天就在那糊弄行騙，老年人不懂事，這錢不就都被這心術不正的騙走了嗎？」

「……」

幾個人你一言我一語，總之這點上倒是意見一致——絕對要在源頭上掐滅一切風險，死也不能讓家裡六十多歲的老太太和那二十六歲的離異男結婚。

然而沒有任何證據的情況下，就算是兒女，也確實無權干涉父母的婚姻。眼看著來找律師也沒用，可這家人顯然沒死心。

最後，倒是郭建忠的老婆眼睛一轉，想到了個突破口：「律師啊，我們家這老人，六十多了，因為得了肺癌，一直在治療，用了不少藥，可能因為休息不好還有後遺症，其實最近半年健康狀況都不好，生活也不太能自理了，走路也都需要人扶著，有時候都分不清白天和黑夜，人都糊塗了，這決定結婚，其實根本不知道自己在幹什麼，明眼人一看就是被騙了啊！律師，這種算不算違法啊？」

寧婉本來都準備委婉地請這一家人回去了，然而聽到這裡，倒是皺起了眉，老太太清醒的狀態下想結婚是一回事，但如果老太太人並不清醒……

自己剛想到這一點，傅崢也立刻想到了，並且很快和這家人解釋起來：「如果你們的母親確實如你們所說的有時思緒不清，甚至分不清白天晚上，那就是不能辨認自己的行為，一旦經判定是無行為能力人，是不能結婚的，應該為她指定監護人，由這位監護人作為法定代理人代理實施民事法律行為。」

這下，一家人彷彿絕處逢生，眼睛都亮了。

郭建忠郭建國兩人首當其衝激動道：「那太好了！律師，那你們可要替我們做主啊，我們媽肯定是腦子糊塗根本不知道自己在幹什麼了，否則能和個二十六歲的外地男人結婚嗎？！這都什麼事啊！」

兩家的老婆也一下子來了氣勢：「那這樣我們是不是就可以不讓媽和那個男的結婚了？我們家誰是媽的那個什麼代理人？」

眼看著這家人自顧自敲定了對策，寧婉不得不咳了咳打斷了他們：「老太太到底屬不屬於無行為能力，或者是限制行為能力，不能光憑你們說了算，這要透過法院申請的司法鑑定部門去做鑑定的。」

「啊……這……這怎麼鑑定啊？都要問什麼問題啊？」

結果寧婉提供了鑑定的這個邏輯，郭建國和郭建忠兩兄弟反倒又顧左右而言他起來：「這鑑定得準不準啊？能知道是什麼人來做鑑定嗎？」

「一般會由司法鑑定部門的法醫來做判斷，至於法院委託哪家，那我也不得而知。」說到這裡，寧婉笑笑，「而且要做鑑定，你們要先去法院立案申請。」

「這麼麻煩啊……」

「如果需要委託的話，我們可以幫你們處理。」

結果寧婉這話下去，郭建忠和郭建國都有些遲疑，反倒是此前一直沒說話表態的郭建紅態度堅決——

「行，那就拜託兩位了。我們簽個律師合約，麻煩兩位馬上開始工作。」

對於妹妹的自作主張，大哥郭建國不開心了，他面露指責道：「建紅，妳怎麼都不和我們商量下！」

郭建紅看了兩位哥哥一眼，有些不解：「這錢我來出，不用你們出，都這樣了，總不能見媽自己往火坑裡走啊。」

她說完，也不顧兩位兄長的阻撓，當機立斷地和寧婉傅崢簽了合約。

雖然忙活了一上午，但最終竟然接了一單案子，就算數額小，至少也有進帳，寧婉的心情不錯，看得出來，漸漸開始融入社區法律工作的傅崢情緒也挺好，工作熱情相當飽滿，郭建紅一走，傅崢就已經開始準備申請無行為能力鑑定的法律資料了。

可惜寧婉不得不打斷他的激情：「傅崢，你先別急著那麼快準備資料，拖一拖。」

傅崢果然皺起了眉頭：「為什麼要拖？今日事今日畢，律師工作不應該最講效率嗎？都代理人家了，拖到截止日再辦，拖沓不負責。」

雖然只是個沒任何工作經驗的學院派菜雞，但每次傅崢教訓起人，倒還挺有老闆的架勢，還挺像那麼回事。

可惜架勢歸架勢，實際不過是個新手，寧婉也不惱，只用一根手指敲了敲桌面：「你不覺得這案子有點不對勁嗎？你沒發現郭建國郭建忠像是有什麼隱瞞的嗎？而且他們雖然聲稱老太太無行為能力，也絕對不想讓房子落進別人的手裡，但對鑑定這事，卻不太熱情的感覺，我懷疑是有點問題……」

只可惜寧婉這話還沒說完，就被從辦公室外氣喘吁吁跑來的老季打斷了——

「寧婉啊！快快！張子辰又不見了！」

傅崢還沒反應過來是什麼事，就見寧婉認命地掏出了一本什麼書，然後很快，她的手機鈴聲就響了，她接起來，業務熟練地張口就來——

「寶貝，你知道我想喝點什麼嗎？我就想呵護你；你知道我想吃點什麼嗎？我想痴痴地望著你……」

「收下我的花，忘了那個她。」

「……」

傅崢一言難盡地看著寧婉面無表情毫無心理負擔地說著這些大尺度情話，他低頭一看，終於看清了她翻開的那本書的名字——《土味情話大全》……

等傅崢的雞皮疙瘩起起落落了三次，寧婉才終於鬆了口氣般地掛了電話，然後她看向了老季：「石橋路上那間飲料店，人在那呢，快讓他爸媽去找吧，以後真的要定時吃藥，可別跑不見了，我不是每次都能這麼哄回來的啊。」

老季自然一個勁地點頭，然後飛快地一邊打著電話一邊走了。

「……」

這兩人全程配合行雲流水默契得不行，看得傅崢有些目瞪口呆，等老季走遠，他才看向了寧婉：「妳復合了？」

「啊？」

傅崢一向對別人的私生活沒有興趣，然而實在是驚異於寧婉這種土味情話的風格，記得上次寧婉還說自己是單身，那多半是分手了，沒想到這麼快又復合了，果然是不一樣的煙火……

結果寧婉眨了眨眼，愣了半天才恍然大悟：「哦，不是啊，這是社區裡的孩子，因為有遺傳性的精神方面問題，需要吃藥，一不吃藥就放飛自我成這樣了……」

話到這裡，傅崢一聯想，才終於明白了來龍去脈，其實寧婉單身倒也正常，畢竟她這樣的風格，一般男人誰能消受得了呢？

結果他剛想到這裡，就見寧婉撩了下頭髮，朝自己露出了自信的笑容，然後掏出小化妝鏡照了照：「不瞞你說，我這麼美，配得上我的男人可能還沒出生，越優秀越容易單身，我這麼優秀，必須是單身啊！」

「……」

寧婉不知道傅崢所想，她放好化妝鏡，便準備和傅崢聊一聊手頭這個案子：「鑑定無行為能力那件事，我覺得要把郭建紅再約來單獨聊下，感覺她和她的兩個哥哥立場未必一致，有兩個哥哥在，我們不一定能掌握真實的情況，有必要的話甚至應該先拜訪一下老太太。」

傅崢皺了皺眉，顯然並不認同寧婉所想：「當事人的立場如何並不重要，重要的是我們完成委託的事項。」

「你看，這就是你的慣性思考了，萬一郭建忠郭建國說的是假話，人家老太太根本就沒喪失行為能力呢？那我們這不是白用功嗎？」

「怎麼是白用功？」傅崢抿了抿唇，「我們接受當事人的委託，完成了工作，他們就應該按照合約支付律師費，不存在白用功的事。」

「還是那句話，社區案件有別於別的案件，大部分尋求社區律師法律服務的居民，都屬於家境並不闊綽的，所以才會選擇因為和社區簽了顧問協議而費率更優惠的社區簽約律師。雖然對我們來說，申請做無行為能力鑑定沒多少律師費，但對人家來講，可能是需要精打細算的一筆支出了。」

寧婉喝了口水：「你可能沒注意，郭建國和郭建忠一家穿著上來看都是小康，生活水準不會太差，但是郭建紅不一樣，郭建紅的褲子都洗得發白了，衣服看起來也很舊，手很粗糙，比起她兩個嫂嫂來說整個人也顯得蒼老疲憊很多，對她來說，支付這筆律師費也應該是不小的開銷了，萬一她媽媽根本沒有腦子不清醒，那這鑑定完全是浪費她的錢啊。」

「純商業律師不需要在意這些，但是社區律師得更貼近當事人的生活。」寧婉笑了笑，「而且這種多子女家庭的婚姻繼承問題糾紛，如果不收集到充足的細節資訊的話，辦理過程中很可能會踩雷，雖然是親兄弟親姊妹，但立場往往都背道而馳，你要記住，社區律師得解決糾紛，而不是製造糾紛。」

寧婉說到這裡，看了傅崢一眼：「行了，這期寧老師課堂的培訓費，幫你打個折，諒你家境不好，錢就不用付了，付出點勞力吧，去幫我倒杯茶，我講了這麼多，都渴了。」

「……」

不知道是不是寧婉的錯覺，傅崢的臉看起來有點黑，像是風雨欲來想要發作似的，最終大概還是理清了利弊想通了，抿著唇幫寧婉倒了茶端了過去。

這一刻，寧婉還挺受用的，雖然社區的工作確實比較邊緣化，但天高皇帝遠，如今身邊有了傅崢這個知趣的「小弟」，寧婉覺得很舒心：「你這樣的高學歷，學習能力確實很強，只要我點撥點撥，假以時日很快就能成長起來了，真的沒必要去委身高遠，以後我辦案都帶著你，有什麼也不藏著掖著，能提點就提點你，作為回報，你就幹點體力活吧。」

「辦公室的地，以後就歸你掃了；垃圾，也歸你倒了；平時有什麼資料列印，也歸你負責；還有案卷和諮詢留檔歸檔，這些也都歸你了；接諮詢電話的活，也歸你了。」

傅崢的臉色不好看：「那妳負責什麼呢？」

「我負責統籌全局啊。」寧婉拍了拍傅崢的肩膀，語重心長道：「你沒工作經驗，可能有所不知，所有新人律師被帶教，前面半年雖然也能參與一些案子，但基本都做邊角料的活，就是打雜，誰去哪裡都一樣，新人都是這樣開始的。」

寧婉喝了口傅崢剛端給自己的茶，微微一笑：「恭喜你獲得這個寶貴的機會啊。」

傅崢抿了抿唇，真實的驚呆了：「原來獲得這種打雜的機會還值得恭喜嗎？」

「當然啊，雖然你在我這，我肯定會教教你，但之前也確實有點遲疑，不知道該不該正式帶教你，畢竟帶教是要負責任的，以後你出去搞砸案子了，還不是我的鍋？一報名諱，是我手把手帶出來的，我這樣多沒面子，在法律圈裡還抬得起頭嗎？」

「……」

「所以我其實也經過了強烈的內心掙扎，最後看你今天的表現還不錯，所以恭喜你啊傅崢，通過了我的考驗，我現在正式宣布我成為你的帶教律師，以後出去江湖行走，就報我寧婉的名字就行了！」

寧婉說的其實沒錯，傅崢這種還在實習期的律師，並沒有正式取得執業證書，不能獨立辦案，如果不掛在一個有執業資格的律師底下，根本什麼都不能幹，而作為帶教律師，雖然可以指使實習律師幹幹打雜的活，但同時也是要承擔責任的，實習律師要是辦案中捅出了婁子，自然是執業律師去扛，所以權利義務其實挺對等。

雖然傅崢也懂這個道理，但是他這輩子沒想過有朝一日竟然會有人這樣語重心長吩咐他打雜，甚至還恭喜他獲得了打雜的機會……

自己堂堂一個高級合夥人……

而寧婉似乎還沒意識到不妥，她拍了拍傅崢的肩膀：「行了行了，知道你心裡激動，把你高興得整個人都愣住了，雖然我也知道對你而言一入行就有我這麼可靠正派的帶教老師，確實是震撼性的好消息，但也大可不必這麼興奮到失了智，收一收臉上呆滯的表情，先把垃圾倒了吧。」

「……」

「對了！倒完垃圾回來的路上幫我帶杯咖啡！要拿鐵！中杯！」

「……」

半小時後，寧婉捧著熱拿鐵，心情非常舒暢，倒是傅崢，面色看起來不太好看，寧婉只能寬慰道：「一開始辦案子就是這樣，很多細節注意不到，和我的縝密邏輯一對比，你也不用覺得相形見絀了，跟著我學學，都會上手的，來，打個電話把郭建紅單獨約過來了解下情況。」

雖然大概是對比自己傅崢內心不由得有些自卑，但他總體看起來還是個心態不錯的人，板著臉還是打電話把郭建紅約出來了。

也是挺巧，郭建紅正在這附近，沒多久就趕來了辦公室。

「兩位律師，請問有什麼事嗎？」

寧婉也不繞圈子，開誠布公道：「關於妳母親的事，就想確認下，她目前的狀態確實是神智不清難以分辨是非和自己的行為嗎？」

「是的，我的哥哥嫂嫂都這麼說，說媽確診肺癌晚期後，整個人受的打擊很大，變得疑神疑鬼的，也不配合治療……」

寧婉打斷道：「妳親眼看見妳母親的狀態了嗎？」

郭建紅這下搖了搖頭：「沒有，我一直在外地工作，也是之前聽說媽確診了癌症，才趕緊辭職收拾了行李徹底搬回容市的，但我回來以後，媽狀態好像已經不對了，死活不肯見我們，幾次和哥哥嫂嫂一起上門，都被她趕出來了。」說到這，郭建紅的眼眶有點紅，「也是我不好，平常不在她身邊，沒能好好關心她，才讓她隔壁那個騙子有機可乘，現在挑撥得媽寧可和他親近也不和我們這些兒女親近了……」

寧婉心裡咯噔一下，自己的預感恐怕沒錯，郭建紅果然沒有真的和她媽媽見面聊過，也根本不知道她媽媽的真實狀態。

「妳說我媽要是真的找到個老伴，就算五十幾歲，比她年輕個十幾歲，我都沒意見，她一輩子操勞，晚年要是有個人陪著說說話照顧著，也挺好的，可現在這……這男的才二十六歲，我媽都六十了，這男的比我還小三歲，妳說這……」

郭建紅開了個頭，越說越傷心：「雖然醫生也說，我媽這種肺癌晚期，時間不多了，大概也就一兩年，可我總不能看著我媽往火坑裡跳被人騙啊！」

「這男的我見過，長得還挺周正的小夥子，雖然離婚後帶了個孩子，但也有個朝九晚五的工作，想找個年齡相仿的女生都有可能，怎麼就找到我媽了呢？我媽辛苦一輩子，都買了房子車子給我兩個哥哥結婚，也就剩下自己現在住的這一間房子寫她自己的名字了，這可是她養老治病傍身用的，要是被心術不正的人騙了，那可怎麼辦？我兩個嫂嫂又都是厲害的，本來都指望分這房子了，要是這房被別人騙走了，那兩個嫂嫂說不定怎麼對我媽呢，以後別說照顧她了……」

說到這裡，郭建紅臉上也露出了痛苦和羞愧：「也怪我自己不爭氣，都近三十歲了，結果成家立業一樣也沒成的……」

寧婉也沒擺出律師的架子，就像聊家常一樣一邊安慰郭建紅一邊又聊了幾句，只是雖然看起來是閒聊，和律師的工作內容相去甚遠，但傅崢卻發現，沒多久，靠著寧婉這些閒聊，他們已經基本掌握了這個家庭的情況——

郭建紅的媽媽叫王麗英，今年六十，以前是農村進城工作的，靠著勤勞努力一步步帶著全家走上了小康的正軌，但生活條件提升了，思想覺悟上卻沒有，還帶著農村根深蒂固的重男輕女，堅信女兒是潑出去的水，不可以分家產，老人幫自己兩個兒子全額買了婚房和車，但什麼也沒給女兒，還要了一筆彩禮補貼給兩個兒子，匆匆催著女兒郭建紅嫁到外省了，而因為彩禮問題，郭建紅的婚姻一直埋下了雷，偏偏婆家也同樣重男輕女，她婚後生了個女兒，自此爭吵不斷，後來老公出軌，小三肚子大了，就選擇了離婚，女兒也判給了她，她學歷不高，一個人在外省，一邊打工一邊養女兒，過得也挺艱辛，這幾年下來一分存款也沒有。

「我爸去世後，我也不是沒想過早點回到容市，怎麼也能照顧照顧她，可我媽不想見我。」郭建紅抹了抹眼淚，「她覺得女人離婚是丟人現眼的事，叫我別丟人丟到她門前來……可現在她這樣了，我想著不管她怎麼罵我，我也要回來……」

「妳別急，我們先去拜訪拜訪妳媽媽，幫妳看看她的健康狀態，再做下一步打算。」

郭建紅自然一臉感激，只是有些猶豫：「這要收費嗎……」

寧婉笑笑：「不收費。」

她說完，又安慰了郭建紅幾句，才把人送出了辦公室。

郭建紅一走，寧婉就忍不住長嘆了口氣：「希望未來我生孩子能生個女兒。」

傅崢因為她這莫名其妙的話皺了皺眉：「什麼？」

「還是女兒好啊，女兒才貼心，生兒子有個屁用，要是找了兩個厲害老婆，那以後別想著好好養老了，就等著你早點死了分你錢呢。」

結果寧婉的話，傅崢卻不認同：「郭建紅說的，妳就全信了？」

「我信啊。」

傅崢看起來有些無語：「律師最忌諱的就是偏聽偏信當事人說什麼就是什麼，妳不是號稱自己是資深可靠律師嗎？這都不懂？」

「我當然懂。」寧婉轉頭看向了傅崢，她用筆敲了敲桌面，「你沒聽出來嗎？王麗英一輩子重男輕女，婚房只給兒子，女兒什麼也沒有，這家人的相處模式早就固化了，郭建紅本人也被洗腦了，這家人的理念就是女兒不配得到任何財產，所以王麗英名下最後一間尚未分配的房產，郭建紅自動排除了自己可以分的資格，都默認老人死後是兩個哥哥的囊中之物，那也就是說，房子有沒有多增加一個來歷不明的『配偶』，在意的都只有這兩個哥哥，畢竟只有他們的利益將受到影響，自動放棄繼承財產的郭建紅和這間房、這個二十六歲的陌生男人是不存在利害衝突的。」

寧婉眨了眨眼睛：「所以我信她，她不可能撒謊，因為沒動機。」說完，她看了看傅崢，「傅崢，你以前國文學得不行吧？閱讀理解題裡讓你分析深層含義和暗含資訊，你肯定都不及格吧？」

「……」

「你看，我的推斷基本沒錯，郭建紅並不了解母親的情況，真以為母親是腦子糊塗了，才委託我們申請鑑定，但兩個哥哥顯然隱瞞了，所以一說宣布無行為能力需要司法鑑定，就縮了，因為我猜測，他們的媽媽根本很清醒，我們的申請鑑定工作可以叫停了，別浪費當事人的錢了。」

不得不說，傅崢來了以後，寧婉的自我感覺越來越好了，難怪有人好為人師，教導別人的感覺，竟是該死的甜美，寧婉一下子還真的有些飄飄然，看看，比起傅崢這種菜雞，自己簡直是個滿級大神。

只是她剛準備帶著傅崢走訪一下第二春的老太太，辦公室裡卻來了一位不速之客——本該坐在總所朝南大辦公室裡的合夥人高遠，竟然屈尊出現在了社區辦公室的門口，此刻正探頭探腦地往裡面打量。

要是往常，寧婉不會覺得有什麼，但自從傅崢說出了高遠的真實嘴臉，此刻寧婉再看他，怎麼看怎麼覺得鬼鬼祟祟。

高遠見兩人都在，整了整衣襟，然後一臉道貌岸然地走了進來——

「寧婉，傅崢，你們都在啊，我正好路過，中午一起吃個飯吧？你們選，想吃點什麼？」

還正好路過呢！寧婉心裡只想冷笑。

沒想到高遠這淫賊竟然還挺鍥而不捨，毫不掩飾自己對傅崢的垂涎，如今竟然追人追到社區來了！

一想到這，寧婉沒忍住看了傅崢一眼，身邊的男人身高腿長氣質斐然，雖然家道中落但容貌貴氣五官長相偏向奢華，是真的帥，堪稱人間極品，高遠色心不死也算可以理解。

算了，該來的跑不掉，就算自己這次能替傅崢拒絕，但高遠只要沒死心，總能找到辦法堵傅崢，幸而這次自己在，下次要是自己不在，傅崢一時鬼迷心竅沒能堅持底線，豈不是要釀成大錯？！

寧婉負責任地想了想，如今正好快到午飯時間，自己何不帶著傅崢赴會，大吃高遠一頓貴的，再一舉斬斷高遠的淫邪之心？

高遠今天確實是路過悅瀾社區，他去了附近的法院一趟，回事務所的路上突然想起很久沒和傅崢聯絡了，又打了通電話給傅崢，只可惜又是一如既往的忙線，雖然社區確實挺忙，但高遠沒想到竟然忙成這樣。

此前高遠本來約了傅崢吃飯，結果中途被寧婉拉走了，自此後傅崢竟然沒影了，自己多次打電話也都是忙線，而想著曲線救國從寧婉那打探打探，結果高遠打給寧婉，還是一樣，都是忙線，沒完沒了的忙線，以至於高遠都懷疑自己是不是被這兩個人封鎖了。

當然，這也不過是高遠幽默的瞎想，他歷來為人正派業務能力也好，對待下屬更是平易近人，是所裡德藝雙馨的典範，怎麼可能遭人封鎖呢？

寧婉和傅崢都沒接自己的電話，想必是社區的工作太多了，自己作為正元所的高級合夥人，平時順路關心一下同事請吃個飯也是應該的。

只是……

高遠沒想到是這樣的吃飯……

平時為人一向挺體貼的寧婉，也不知道怎麼回事，竟然選了一家人均三千的西餐廳……更讓高遠心痛的是，點菜的時候，寧婉也是絲毫不手軟，只點貴的不點對的，拚命下死手，以至於高遠捧著自己滴血的心，忍不住揣測寧婉最近是不是生活或者工作上受了什麼刺激，讓他有些猶豫要不要問，忍不住瞥了傅崢一眼妄圖從他那得到點暗示。

只是高遠不知道，自己這一眼，到了寧婉眼裡，就成了另一番景象——

這死色狼竟然還敢光明正大地看傅崢，看來自己是時候先下手為強了！

「高 Par 啊，有一件事我要和你彙報。」寧婉清了清嗓子，振聾發聵道：「傅崢已經是我的人了。」

大概是事發突然自己沒來得及和傅崢對臺詞，傅崢端著酒杯的手晃了晃，裡面的紅酒差點灑了出來。

而高遠的反應則激烈多了，他本來正抿著一口紅酒，聽見這話，大概是過度激動，一下子差點噴了出來，禮儀全失。

他咳了半天，表情微妙地看向傅崢：「什麼？這才幾天？你們之前不是關係不太行嗎？」他忍不住抬高了聲音，「怎麼已經睡一起啦？！」

看看看看，果然是淫者見淫，盡想到這些黃色廢料。

寧婉忍住了翻白眼的衝動：「傅崢最近決定跟著我在社區好好混了，也正式拜我為師了，以後就是我罩著的人了。」

「哦哦……」

高遠看起來像是鬆了口氣，又用淫邪挑逗的目光試探般地看了傅崢一眼，這色鬼，可真是賊心不死。

沒辦法，寧婉只能咳了咳，簡單直白道：「所以高 Par 你不能和我搶人啊，我難得收個徒弟。」

高遠像是不可置信一般地看向了傅崢：「你跟她拜師？」

傅崢大概面對高遠這種高級合夥人還是有些心裡發怵，表情一時之間也有些尷尬，沉默了很久，才頂著壓力般沉重地點了點頭。

高遠像是壓驚一樣地開始喝紅酒，但臉上竟然還是若無其事的模樣，一邊喝酒一邊眼神又黏糊糊地往傅崢那飄，傅崢都說了跟自己了！這淫魔還不死心妄圖試探傅崢嗎？！

結果高遠果然沒死心，他看向寧婉，繼續含蓄追問道：「可寧婉，妳當初不是對傅崢……有些不親厚嗎？」

看看，這賊人果然準備用自己當初告狀那件事來挑撥離間自己和傅崢的關係了。

但寧婉能讓高遠如願嗎？必然不能啊。

她抿了口茶水：「我深入了解了下，傅崢這個人其實還是不錯的。雖然有時候有點優柔寡斷，面對霸權和強壓會有點扛不住退縮，也會遭到資本主義糖衣炮彈的侵蝕，偶爾也會軟弱也會搖擺甚至想要隨波逐流，但整體而言是個三觀很正的人，也還是自尊自愛的，不會為了快捷方式就出賣自己的靈魂……」

照理說自己這話下去，高遠應該心下了然了才是，然而高遠竟然一邊聽一邊又一臉不敢置信地看向了傅崢，彷彿寧婉說的和他認識的不是同個人一般。

好在這次傅崢挺繃得住，他面無表情神態鎮定自然地切著牛排，很穩得住，完全沒有理睬高遠那意味不明的眼神。

要不是人在屋簷下不得不低頭，還靠著這一份工作糊口，稱了寧婉的心，她恨不得當場把高遠罵一頓才好，自己都說到這分上了，這人竟然還不死心！

沒多久，傅崢起身告辭表示要去一下洗手間。結果傅崢走後沒多久，這厚臉皮的高遠竟然也表示要去廁所了。

寧婉看著高遠屁顛顛明顯跟著傅崢而去的身影，心裡止不住的懊悔，傅崢這傢伙空長了年紀，人卻天真單純得要命，自己剛才就該提醒提醒他！

如今他出門落了單，不是正好被緊隨其後的高遠尋到了機會嗎？這男廁所又是作姦犯科最好的理想溫床，偏偏自己是女生又不能進去，一旦傅崢被高遠堵在男廁所，再鎖上門，那……豈不是高遠想對傅崢做什麼就做什麼……

何況傅崢本來就是去上廁所的，這上廁所自然要脫褲子，可萬一脫了褲子正尿尿，結果身邊就探出個高遠，眼神奸邪地望向傅崢的那個，再然後，高遠那雙罪惡的手就伸向了……

光是這麼一想，寧婉就頭皮發麻冷汗都要下來了，腦海裡已然浮現出傅崢慘遭蹂躪後梨花帶雨尋死覓活的模樣……

不能讓這種陽光下的罪惡在自己面前發生！

此刻昂貴的食材已經上桌了，但寧婉完全無心用餐，再也坐不住了，當即做了下心理建設壯膽，然後就直奔了男廁所門口。

果不其然，傅崢沒出來，高遠也沒出來，可兩人都進去快十分鐘了！也不知道傅崢是不是已經慘遭不測了……畢竟要是快的話，十分鐘已經夠了！

也怪自己不好，盡想著敲高遠竹槓，找了一家這麼貴的店吃飯，以至於店裡除了他們一桌，根本沒別人，這男廁所裡也不可能有別人了，傅崢是羊入虎口了！

寧婉在男廁所門口來回踱步，最終靈機一動有了計較。

高遠覺得今天的寧婉很奇怪，今天一頓飯，自己不經意幾次抬頭，都發現寧婉正眼神複雜地看著自己，而自己一看她，她又裝作若無其事般地移開了視線，簡直莫名其妙。

更莫名其妙的是她對傅崢的態度，按理說沒多久前才態度激烈來自己這實名檢舉呢，結果今天竟然對傅崢露出了老母雞護崽的模樣，甚至還說了一堆莫名其妙的話，傅崢優柔寡斷為人軟弱？這都什麼跟什麼啊，高遠認識傅崢那麼多年，深知傅崢的為人，這幾個字和他絲毫沒關係，說了要造人設，難道就造了這種人設嗎？

看著自己眼前鎮定自若的傅崢，高遠不僅感嘆，這可真是能屈能伸，但傅崢越是這麼乖巧安靜如雞，高遠心裡就越替寧婉捏一把汗，這小子陰損得很，如今為了好好潛伏在社區，都忍辱負重到這樣了，以後可都要寧婉成倍清算回來的……

傅崢出門去廁所的時候，高遠立刻跟上了，在餐桌前，寧婉總是不讓他有機會和傅崢說話，害得高遠只能靠著在廁所和傅崢接個頭，兩個人隨便聊了幾句，還沒切入主題，結果就在自己開閘放水的時候，突然聽到男廁所門口一聲大吼——

「地震啦！地震啦！」

高遠來不及細想，求生欲和下意識使然，急急忙忙連褲子都來不及穿得多好就亂步跑出了男廁所，他身後，傅崢卻還在慢條斯理地洗手，但都這種時候了，高遠也來不及顧及什麼友誼了，畢竟自己和傅崢這種單身的不一樣，可是有家有口的。

結果等高遠提著褲子跑出男廁所，卻發現門外一片安寧，沒有震動，沒有號叫，甚至沒有該有的混亂，幾個服務生正端著菜走過，臉上一派鎮定……

也是這時，高遠才回過味來，不對勁，這事不對勁。

根本沒有地震。

而如今冷靜下來細想，剛才那聲大吼聲音似乎也非常熟悉。

高遠飛快地轉身扣好了皮帶，皺著眉左右環顧了一下，然後很快發現了犯罪嫌疑人——站在男廁所前走廊的一根柱子後面往廁所口鬼鬼祟祟探頭探腦的不正是寧婉嗎？也是這時，高遠才後知後覺反應過來，剛才那聲大吼，就是出自寧婉的傑作。

這下高遠不樂意了：「寧婉，哪裡地震了啊？！妳有沒有搞錯！」

雖然自己對寧婉平時印象一直不錯，但她最近真的是有點飄了，神神叨叨莫名其妙的，而寧婉接著的回答更是加深了高遠的觀點。

她顧左右而言他般迴避了高遠的質問，只裝模作樣地揉了揉眉心，然後毫無誠意地解釋道：「這個，高 Par，我最近可能操勞過度一直有點偏頭痛還有點神經衰弱，剛才突然一陣眩暈，眼前連地面好像都扭曲了晃動了，一下子就以為是地震了……」

還偏頭痛？剛那麼中氣十足的大喊，能是偏頭痛神經衰弱的人喊出來的嗎？

高遠一想起自己堂堂一個合夥人，別說剛才褲子差點沒來得及提上，就是尿尿都沒尿盡，匆忙拉拉鍊時還差點把自己的那個卡住了，就氣得不行，但此刻冷靜下來想想，事出必有妖，寧婉今天這麼不正常，是不是……

高遠看向寧婉，發現她此刻也正偷偷摸摸在打量著自己，而他此刻回想，其實從今天一開始，寧婉對自己的關注度就密集到不正常，該不會是……

電光石火間，高遠覺得自己悟了。

只是寧婉根本不關心高遠悟不悟，她只想保護傅崢免受高遠這個淫賊的騷擾，因此之後的飯，寧婉幾乎是情緒高度緊繃，幸而中途高遠接到一通客戶電話，急著趕回所裡，買完單就匆匆走了，只留下寧婉和傅崢繼續慢慢享受這頓昂貴的美食。

高遠一走，寧婉徹底放鬆了下來，她看了傅崢一眼，見他還是一臉雲淡風輕歲月靜好的模樣，忍不住就有些恨鐵不成鋼：「我說傅崢啊，你不能再這麼傻白甜下去了，防人之心不可無，更何況是早就對你起色心的高遠啊，這次他也在，你剛才就不該一個人冒險去男廁所，你看看，他果然跟去了吧！」

說到這裡，寧婉壓低了聲音：「剛才在廁所，他有沒有趁著你還沒穿好褲子對你那個……」

傅崢本來正在姿態優雅地咀嚼一塊切小的牛肉塊，結果聽到寧婉這句話，大概是回想到廁所裡驚魂的一幕，情緒過分激動，當場咳得差點上氣不接下氣。

「對不起啊，我不該問這麼細……」寧婉有些自責，趕緊倒了杯檸檬水給傅崢，「來來，喝一點，緩一緩，幸好我機靈，高遠前腳走我後腳就跟著去了，想到在廁所門口喊了那麼一句，等高遠出來時我看了時間，距離他進去也才一下下，那個時間很短，他應該還來不及實施侵害……」

傅崢就著寧婉手裡的杯子喝了口檸檬水，雖然一張臉還是漲得有些泛紅，但總算緩了過來，寧婉從他臉上的表情推斷出自己的猜測沒錯，不管怎樣，因為自己及時出現，傅崢沒有受到實質性的侵害。

這個認知讓寧婉鬆了口氣，但接著又忍不住對傅崢耳提面命：「你別覺得自己每次都能這麼好運，每次都能遇到我這種見義勇為不畏強權的人，男人吧，尤其長成你這樣的男人，得學會好好保護自己。」

「你自己也是學法的，難道還不知道男人在這種事上比女人還弱勢嗎？」

此刻，大概傅崢心情終於平靜下來，聽了寧婉這話，微微皺了皺眉，臉上有些不解：「什麼？」

「我國目前的刑法裡，強姦不保護男人啊！」

「……」

寧婉翻了個白眼：「強姦罪，是指違背婦女意志，你是婦女嗎？你不是！所以萬一高遠真的對你下手了，你也只能自認倒楣，撐死就是個強制猥褻，所以你真的要上點心，保護好自己！」寧婉又搖了搖頭，看向傅崢，「知道了嗎？」

傅崢抿緊嘴唇，沒有說話。

寧婉盯著他，手臂環胸，靜等一個答案。

最終，傅崢不敵寧婉的視線壓力，眼神複雜地看了寧婉一眼，然後終於像是憋一樣的蹦出了一句「知道」。

寧婉看了傅崢一眼，忍不住有些心累，覺得自己像是個帶孩子的老母親，為了他的貞操問題可是操碎了心，結果當事人重視程度明顯還不夠，下次是時候再跟他好好解釋下刑法裡性犯罪這塊了……

礙於工作，高遠這頓飯除了白花錢之外，一來自己沒吃到什麼，二來八卦也沒打聽出什麼，本意是想探聽下寧婉和傅崢冰釋前嫌的真相，結果一來二去一個目的也沒達成，倒是被他敏銳地發現了一些不得了的事。

只是他雖然急於和傅崢分享傾吐，然而傅崢的手機還是打不通，直到高遠換了辦公電話打過去，傅崢才接了起來。

高遠一時之間也沒顧及這些細節，在感情方面，他不是個經得住壓力的人，當即就和傅崢哀號了——

「傅崢，我完了！」

結果對自己的求救，電話那端的傅崢表現出了極大的冷漠：『哦。』

高遠有點煩悶：「你都不問問我出什麼事了？」

『你出什麼事了？』

「……」高遠噎了噎，然後開始長吁短嘆起來，「我和你說，我發現了一個祕密，但我現在唯一的出路可能就是假裝自己什麼也沒發現，可就算我這樣裝瘋賣傻，只要寧婉憋不住了找我坦白，我也不能繼續裝作若無其事，那到時候怎麼辦……我不可能背叛我老婆的，難道把寧婉開除嗎？可她只是愛錯了人啊！年輕人走錯一步路就給她這樣的滅頂打擊似乎也不太像一個公正的上司所為……」

『……』

傅崢被寧婉耳提面命教訓了一個小時，又是跟他講解性侵的刑法罰則，又是幫他上思想教育課告誡他要自尊自愛，接到高遠電話時正有些頭暈目眩，因此對高遠亂七八糟毫無邏輯的話也沒有太上心，面對高遠的傾訴，他尚未徹底理清思緒，只抓住了「背叛老婆」這個重點——

『你怎麼了？你精神出軌喜歡上別人了？』

結果迎接他的是電話那端高遠抬高聲音氣急敗壞的否認——

「怎麼可能？！我這種對老婆情比金堅的男人，這個世界上都少見了，所以才會引起別人的垂涎和關注，用這種忠貞不二的人格魅力征服了只是和我簡單共事過的同事！」

『……』傅崢揉了揉眉心，『所以？』

「所以當然是別人喜歡上我！」像是怕被別人發現一樣，高遠壓低了聲音，「傅崢，寧婉好像看上我了，我該怎麼辦啊！現在她還沒主動找我表白，所以我也不好先找她聊，就很尷尬啊！」

傅崢愣住了，他皺了皺眉：『什麼？』

「寧婉看上我了！我怕她可能最近就要忍不住告白了！」

傅崢簡直匪夷所思：『你在開玩笑嗎？』

高遠的語氣一本正經：「是真的，我今天就發現了，她對我很特別，一直盯著我看，不論什麼時候我眼神掃過，都能和她交會，而且你有沒有發現，她今天有點吃醋的意思，就是死活不讓我和你講話，總是插嘴打斷，然後你看，我去個廁所，她都忍不住跟過來，還說什麼『地震來了』，現在想想，是不是為了讓我早點從廁所出來，為了能早點看到我啊？」

『……』傅崢努力平靜道：『高遠，我覺得你想多了。』

可惜高遠一點也聽不進去，越分析越覺得處處都是鐵證：「我肯定沒想多，現在回想，很多細節都說得通了！我去完廁所回來路上，想和你並肩走，結果她就一直要插進來，一定要站在我和你中間，我看了幾次，好像都有努力踮腳妄圖把你遮住，大概是不想讓我看你，而是想讓我的眼裡只有她？」

怎麼可能，傅崢有些不忍心，寧婉一個小時前還在實名辱罵高遠是淫賊呢……看他也多半是為了盯著他是否有不軌行為……

電話那頭，高遠還在愁苦，以至於傅崢不得不無情地打斷了他：『你放心，就是世上的男人都滅絕了，寧婉應該也不至於喜歡你。』

「啊？」

傅崢抿了抿唇，下意識道：『她的三觀潔癖有點強，道德標準比較高，對你應該已經沒興趣了。』

在她眼裡都是色中餓鬼了，還看上呢。

高遠一聽炸了：「我怎麼了？你這意思是我不道德？」

『……』傅崢想了想，平靜地補救解釋道：『哦，不是你不道德的意思，是她不會接受自己做小三的意思。總之，你放心，她不會喜歡你的，不僅你已婚，就算你未婚，她也不至於在身邊有更為優秀的參照物的前提下捨近求遠。』

「哦……」高遠一時片刻還沒反應過來傅崢的話中話，倒是突然想起了別的，「對了，你是不是把我封鎖了啊？怎麼打你手機都不接？」

傅崢臉不紅心不跳鎮定撒謊道：『沒有，我和你的關係這麼鐵，怎麼可能封鎖？你想多了，高遠，作為朋友，我覺得你最近真的想太多了，情緒不太穩定，要好好做人，適度加大點工作強度，把時間充分用起來，一分鐘閒暇也不要有，亂想對精神不好。好了，不說了，掛了。』

告誡過傅崢，旁敲側擊過高遠後，寧婉總算是鬆了口氣，連帶著覺得完成了一件大事，第二天到社區辦公室上班，只覺得神清氣爽世界和平。

自從攤牌後，傅崢的態度就非常端正，寧婉剛到就發現他已經坐在辦公室裡了，她推開門的時候，傅崢正在接聽諮詢電話，磁性冷質的聲音好聽又低沉，條理分明邏輯清晰，給出的建議也深入淺出，不再如剛來社區時那麼不親民地法言法語，而是能讓社區沒有法律基礎的居民也簡單易懂。

公正地說，雖然傅崢作為律政新人，年紀確實有點大了，但他的學習能力挺強，上進心也足，舉一反三一點就通，確實是個可塑之才，主要態度認真，對社區這些小的諮詢也能很上心，這很難得。

等傅崢掛了電話，寧婉就沒忍住，她語重心長地拍了拍傅崢的肩：「傅崢啊，以後你就跟著我吧，雖然我在正元所裡賺得不算多，但是至少糊口是夠了，反正我有一口肉，你至少有一口湯……」

只可惜寧婉的大哥宣言還沒發表完，就被一陣嘈雜的爭執聲打斷了——

「你媽的兔崽子，比我還年輕十歲，就想著勾搭我的老娘騙錢了？我吃的鹽比你喝的水都多！」

伴隨著粗獷的嗓門和喊叫，郭建忠闊步走進了辦公室，緊跟其後的，是他的大哥郭建國，他這次沒穿西裝，就穿了件套頭衫，整個人一下子都變了，沒了中規中矩衣服的包裝，身上的匪氣便流露了出來，那罵罵咧咧的聲音正是出自他的口，而令寧婉目瞪口呆的是，郭建國手裡還提著個人，他一邊罵一邊用力拽了拽對方的領子，簡直像是拖拽一樣把人強行拉了進來。

被他這麼粗暴拽著的是個面容年輕戴眼鏡的男人，看起來挺斯文，身材纖瘦，完全不是郭建國這種腰圓膀粗中年人的對手，他被郭建國摜倒在地上，大約是在掙扎中連眼鏡鏡片都碎裂了，此刻形容狼狽，擦了擦嘴角的血絲然後從地上站了起來，聲音有些顫抖：「我說了很多遍，事實就是我說的那樣。」

郭建國舉起了拳頭：「你這個白斬雞死到臨頭了還嘴硬不肯說真話，是不是要打一頓才服帖？」

傅崢皺了皺眉站了起來：「這裡是社區律師辦公室，不是尋釁鬥毆的地方。要鬧事出去。」

他的聲音低沉，莫名有一種自帶威嚴的效果，郭建國郭建忠剛才還很囂張的氣焰一下子就偃旗息鼓了，但兩個人顯然怒氣未消，還狠狠瞪著那個年輕男人。

「傅律師，我們不是來鬧事的，我們是來檢舉詐騙的，喏，就眼前這男的，想騙我媽和他結婚呢，你看看他，我媽就算六十了，怎麼可能看上他啊，就一個小白臉，都不像個男人！大概只知道甜言蜜語哄騙老人！」

郭建國說完，郭建忠便補充道：「律師啊，這騙子我盯了幾天了，結果今早鬼鬼祟祟收拾了東西帶著他的拖油瓶女兒就往火車站跑，我懷疑他是不是偷了我媽的東西或者已經騙走了老人的錢想跑路了！所以把他一路扭送過來，想讓你們替我們做個人證，我們帶去報警！」

郭建國冷哼了聲：「怎麼不是，我就說呢，哄著我媽也不怕害臊，一個三十歲不到的男人要娶一個六十歲的老太太，搞半天原來這騙子也沒想真的結婚，就是用這個由頭騙錢！騙了就跑！」

這兩兄弟你一言我一語，搞了半天，原來眼前文弱的年輕人就是他們口中騙婚自己六十老母的騙子……

郭建國這下抓了人來，得意洋洋：「現在我就讓我老婆把我媽找來，當面對峙，讓她看看這男人的嘴臉，不是說好要結婚嗎，結果騙完錢就跑了？他隨身的行李和他那小拖油瓶我都讓弟媳看著呢，等我媽來了，就能查出家裡到底不見了什麼，那時候我就報警，讓警察好好查查這個小偷！一個外地人，能是什麼好貨？」

可面對他們的指控，年輕男人顯然不服：「你們真的搞錯了！」他焦急道：「你們快點放我走讓我去看嬌嬌，她還小，要是睡醒發現爸爸不在，會害怕會哭的！」

郭建忠冷哼一聲：「放你走？你一走還不是帶著錢跑了！」

年輕男人急了，他扶了扶碎掉的眼鏡：「我說了，我沒有拿你們家的錢！」

「沒拿錢？那你跑什麼啊！你在容市不是有個穩定工作嗎？之前還打聽買房落戶的事嗎？裝得挺像啊，你既然這麼想長期生活在這，跑什麼呢？」

「我跑是因為我不想結婚！」

大約是被指責拖拽恐嚇了許久，這年輕男人的情緒終於崩潰了，此前說話文弱的他，這一句爆發竟也有了點震耳欲聾的架勢——

「你們欺人太甚！是，我是個外地的，但外地人就該被你們看不起侮辱嗎？從頭到尾都不聽我的解釋，我沒你們想的那麼無恥！我是離婚帶了個孩子，可我沒覺得我孩子是拖油瓶，我也沒想過走快捷方式騙錢，我甚至為了孩子也沒考慮過再婚，我就想勤勤懇懇賺點小錢過點安分的小日子。」

「比起你們來說，我是個窮人，可你們別把窮人想得那麼低賤，我陸峰沒有到為了錢去找個六十歲老太太騙婚的地步！沒那麼厚顏無恥！」

這叫陸峰的年輕男人咆哮完，彷彿用盡了自身的能量，一下子垮了下來，他看向寧婉和傅崢，有些尷尬：「不好意思兩位，給你們添亂了，但還希望你們能幫忙調解下，讓這家人別再為難我了，我也是受害者啊！」

「你這話什麼意思？」

「什麼叫你也是受害者？」兩兄弟惱了，「還沒騙婚？難道是我媽這個六十歲的逼你結婚的不成？」

「對，你媽逼的。」

郭建國一聽這話，一時沒反應過來，幾乎立刻把拳頭舉了起來：「你不想活了是嗎？當著面罵我？！」

陸峰急了：「我沒罵你，我是說，結婚這事，真的就是你媽媽王阿姨逼我的啊！」

別說郭建忠郭建國兩兄弟，就是寧婉看來，六十歲老太太強逼二十六歲小夥子結婚這種事也夠匪夷所思不可置信的，以至於此前自己從沒想過這種可能，然而事實或許比連續劇還狗血——

「真不是我想騙王阿姨結婚，是……是她以死相逼一定要和我登記結婚啊！」

陸峰這句話，彷彿一個驚雷，把在場所有人都劈得外焦裡嫩。

郭建國郭建忠臉都漲紅了，極度的震驚後就是下意識的反駁：「你放什麼屁呢你！」

「對啊！而且你一個年輕男人，不想結婚怎麼還能被我媽那種六十歲的人威脅？現在都婚姻自由了，我媽也六十了，不可能存在什麼大了肚子逼婚的事，還能有什麼讓你嚇得要連夜逃跑？別在這放煙霧彈了！不想結婚不結就是了！還能逼婚嗎？！」

陸峰像是有些難以啟齒，尷尬地頓了頓，才豁出去般解釋起來：「我和王阿姨是鄰居，她那房子設施其實有點老了，平時少不了下水道堵住或者燈泡壞了的事，我看見了就會順手幫個忙，一來二去也認識了，我工作也忙，偶爾加班起來還會麻煩她帶一帶嬌嬌，她有什麼需要跑腿買的，我也都順手買了，看她腿腳不便，平時沒事也幫她掃掃地打掃下衛生，把她家裡垃圾清一清，可我真的只是把她當成個長輩當成個鄰居啊，我……我也是個正常人，我怎麼會對比我媽媽還大的長輩產生感情啊？」

「所以王阿姨和我提出要和我結婚時，我就拒絕了，我以為她開玩笑的，結果沒想到她說，如果我不同意，她就說我……說我強姦了她！」陸峰閉了閉眼，像是不想回憶一般，「她說，她一個老太太，又得了癌症，沒多久日子了，也不在乎名聲了，反正平時我常常出入她家裡，只要她一口咬定我強姦了她，我就百口莫辯了，不會有人相信我的……」

「我勸了她好久，甚至跪下求了她，可她還是堅持一定要和我登記結婚，說不辦婚禮不公開，也不會影響我的名聲，偷偷登記就行，如果我不肯，她就說我強姦，還要以死明志吊死在我家門口……」

陸峰講到此處，表情也是一臉慘澹：「我……我真的是沒辦法……我是個外地人，在容市其實也沒待多久，人生地不熟也沒什麼認識的人能幫我出主意，這種事又實在沒臉開口和同事求助，一來二去，只想到了先答應下來同意結婚穩住王阿姨，再連夜打包行李帶著嬌嬌就準備跑……你們要是不相信，我可以給你們搜我帶的行李箱，真的就只有我自己的東西，沒拿過王阿姨的一分一毫。」

郭建忠被驚得徹底沉默了，只張著嘴目瞪口呆地盯著陸峰，像是想從他臉上看出什麼破綻。

只是陸峰說得這麼硬氣，甚至不怕搜行李，如果真的有心騙婚騙財，根本不至於連夜逃跑……

「我真的是被逼得沒辦法了，其實我工作剛升職，要不是真的沒辦法了，我也不會這樣，不信你們可以去我公司打聽，我真的沒必要拿這種事撒謊……」

只是郭建國心理上還是無法接受：「怎麼可能……我媽怎麼可能會這樣逼你結婚啊……她……她是得了癌症身體不太好，但腦子很清楚的啊，沒什麼毛病啊……怎麼會……」

寧婉飛速地看了傅崢一眼，雖然沒說話，但她相信傅崢已經 get 到了她的暗示——果然如她所料，王麗英老人思緒清晰，根本不是無行為能力人，此前不過是這兩兄弟想要讓老人無法登記結婚胡亂找的藉口而已。

只是雖然老人是完全行為能力人，而要和陸峰結婚聽起來卻完全不是出於忘年戀，反而是陸峰被脅迫了，這就有些魔幻了……

「老公！媽來了！媽來了！」

也是這時，像是看熱鬧不嫌事大似的，郭建國的老婆攙扶著王麗英老太太走了進來。

郭建忠郭建國一下子像是有了主心骨：「媽！這男的我們幫妳帶來了！妳來了正好，他正在那大放厥詞說什麼是妳逼他結婚的呢！」

陸峰一見老太太，語氣也很焦急：「王阿姨，求求妳說真話吧，我和妳真的什麼也沒有，我不貪圖妳的錢和房子，如果是哪得罪妳了，我跟妳賠不是，求求妳別為難我了，我真的是沒錢沒背景什麼也沒有的外地人，只想好好過日子。」

郭建國郭建忠兩兄弟知道陸峰剛才的一番解釋，但郭建國的老婆不知道，一聽這話，立刻就要叉腰吵架，辦公室一下子又變得吵吵嚷嚷雞飛狗跳，寧婉無法，只能又掏出了殺手鐧提溜出了自己的大聲公，這下鬧劇才終於被按下了暫停鍵。

見眼下有了短暫的平靜，寧婉一點時間不敢浪費，趕緊走到了王麗英老太太的面前，簡單說了陸峰的主張，然後詢問道：「王阿姨，請問這是怎麼一回事？婚姻不是兒戲，婚姻也需要雙方的自願同意，一方脅迫的婚姻，就算登記結婚了，事後被脅迫的一方也是可以申請撤銷的……」

寧婉本想跟王麗英講講這裡面的利害，然而話還沒說完，眼前的王麗英就突然嚎啕大哭起來，她甩開了自己兒媳婦的手，一屁股坐在了地上——

「小陸，該說真話的是你，我們明明是真心相愛的，你怎麼能因為別人的看法就反悔呢？還編了什麼理由說我強迫你！我們結婚了一家三口好好過不是很好嗎？嬌嬌我幫你帶，你和孩子的戶口也可以落在我現在這房子裡……」

陸峰百口莫辯，見到老人的情緒如此崩潰，整個人看起來也快崩潰了：「王阿姨，我們什麼時候相愛的啊！」他捶胸頓足都有些語無倫次起來，「我……自己怎麼都不知道我們還有感情啊！」

結果王麗英一聽這話，更歇斯底里了：「你這是要始亂終棄了？蒼天啊！我王麗英怎麼就遇到這種男人啊！你要是不和我結婚，我就去你老家！讓你爸媽替我做主！」

陸峰一聽這話，徹底崩潰了，自己的父母還沒王麗英大，又是個封閉小村子來的，到時候村裡有了這些謠言，自己的爸媽還怎麼繼續生活下去，一想到自己從來謹小慎微，作為一個一窮二白的外地人來容市打拚活得戰戰兢兢，平時也樂於助人，從沒做過什麼壞事，結果到頭來竟然被這麼賴上了，一時之間也悲從中來，心裡只是後悔，他當時要是不多管閒事，見了鄰居王麗英有為難之處也視而不見就好了，兩人從沒熟悉過也從沒來往過，就不會牽扯出這件事了……

陸峰越想越委屈越想越憤懣，不僅自己莫名其妙被王麗英逼婚，還結結實實挨了王麗英兩個兒子一頓打和言語羞辱，不在沉默中死亡，就在沉默中爆發，陸峰一下子情緒失控，竟然也紅了眼眶哭起來——

「王阿姨，妳就放過我吧！」

結果一來二去，這對峙沒進行下去，兩位當事人竟然都情緒失控了，一個嚎啕大哭，一個默默流淚，各執一詞……

眼看著這情況，寧婉再怎麼想查清真相也進行不下去了，只能安撫了兩位當事人，讓兩邊暫時達成了臨時和解，陸峰領回了自己的行李和女兒，郭建忠郭建國兩兄弟一家則把自己的老母親帶回家……

等人走光了，辦公室才恢復了久違的安靜，然而寧婉和傅崢兩個人的心情卻平靜不下來。

沒想到被寧婉一語成讖，這案子的活真的沒必要幹了。

「雖然一開始郭建紅委託我們替她母親做行為能力鑑定，這是法律範疇內的委託工作，可你也看到剛才的對峙了，王阿姨的思緒哪裡是無行為能力人能有的啊？威逼利誘把陸峰堵得都說不出話來，口齒清晰思緒敏捷，所以郭建紅這事我們也不用做了，確實如我之前預測，再做這種鑑定申請，也是浪費當事人的錢和精力，等下把郭建紅約出來說明情況解除合約吧。」

傅崢挺雷厲風行，沒多久就把郭建紅約了出來，講明了情況。

郭建紅聽完這一切，臉上只剩下真實的驚訝：「我……我真的沒想到還有這麼多事……」

寧婉挺好奇：「妳對這事怎麼看？」

「這樣聽下來，這陸峰都要連夜逃走了，確實也不是騙我媽結婚，說他對我媽始亂終棄……這……我也不知道怎麼說……」

郭建紅尷尬地繼續道：「如果這個陸峰說的是真的，我媽這是何必呢？她平時教我們最多的就是知恩圖報，這個陸峰平時作為鄰居這麼幫襯我媽，她應該很感激才是，怎麼可能恩將仇報硬逼著他和自己結婚啊？」

雖然這事已經和自己無關，但寧婉也挺同情郭建紅家裡鬧出這種糾紛，下意識給出建議道：「陸峰是外人，他說的到底是真的假的你們不好評判，但老太太到底什麼想法，你們還是多和老人溝通溝通，搞清楚這件事，要是老人沒說真話，陸峰確實很無辜。」

「可……妳也知道，我媽一時片刻根本不想見到我們幾個，更別說和我們細聊了。」

「那正好趁機搞清楚，不肯見你們是出於什麼誤會？如果妳媽媽在這社區裡有什麼要好的老姐妹，倒是可以去老姐妹那裡問問，有時候心事不一定和子女說，未必不會和閨密說，妳媽媽有什麼要好的姐妹嗎？」寧婉說到這裡，頓了頓，不好意思道：「妳畢竟長期生活在外地，這些細節應該也不知道……」

只是沒想到郭建紅笑著打斷了寧婉：「我知道的，雖然我剛回容市，也見不到媽，可媽的情況我很擔心，之前也在社區裡逛了逛，找幾個鄰里聊了聊，才知道我媽確診癌症去化療之前，喜歡跳廣場舞，和廣場舞那個領隊肖阿姨關係很好，可惜找了幾次沒找到她。」

郭建紅想到自己母親的病情，眼眶又忍不住有些發紅，她和寧婉傅崢走完了解約程序，說了幾句便告辭離開了。

這個案子至此寧婉傅崢也算沒有可以再插手的事了，寧婉一看時間，忙忙碌碌一天竟然就這樣過去了，都快到下班時間了，她用手臂撞了撞自己身邊坐在典雅地中海藍塑膠椅子上的傅崢：「最近你表現不錯，所以我決定給你個獎勵。」

傅崢果然不明所以地抬起了頭：「什麼？」

寧婉得意道：「本週可以來我家蹭飯的獎勵！」

「……」

她看向傅崢：「怎麼樣？興不興奮？激不激動？」

自從上次自己的耳提面命之後，傅崢看起來是被自己重新引上正道了，在寧婉家借住了兩晚後，正趕上所裡發薪水，他便主動搬出了寧婉的公寓，並在另一個便宜的社區租了房，寧婉還特地去看了看房子的情況，確認CP值確實還行才離開。

此刻，寧婉含蓄地抿了下唇角：「雖然現在發薪水了，但我知道你除去房租什麼的，生活費肯定緊巴巴了，我這週很寬裕，反正我自己做飯，就添雙筷子的事，沒關係的啦，不用太感謝我哈哈哈……」寧婉自我陶醉道：「雖然我確實是還不錯，你一定要誇我的話也不是不可以哈哈哈哈……」

「……」

只可惜寧婉如此自我感動，卻不知道傅崢心中此刻的悲涼……

他其實真的不是很想吃寧婉親手做的東西……

不得不睡在寧婉家地板上那兩個恥辱的夜晚裡，傅崢也不得不內心含淚地嚥下了口感粗糙的食物，寧婉的廚藝也就剛達到「能吃」的級別，而傅崢對吃是相當挑剔的，這點可以說他從小是錦衣玉食的典範，長久的飲食習慣讓他甚至能分辨出蝦的新鮮程度，然而到了寧婉那裡，傅崢覺得自己再多吃幾次，就要能分辨出蝦死的新鮮程度了……

自己為了躲避繼續睡在寧婉家地板上的「殊榮」，不得不求爺爺告奶奶，好不容易跟朋友借了一間老舊破小，假裝是自己未來租住的房子，等寧婉「驗收」過後，令她相信了自己絕無可能再去找高遠，確實「洗心革面」了，穩住了她，才得以搬回了自己的五星級飯店……

傅崢維持著表面的鎮定：「不用了吧，這樣太叨擾妳了，我自己解決就行。」

可惜寧婉很堅持：「沒事啦！也沒很貴，你放心吧，每天的菜啊肉啊我都是買前天晚上打折的！很多只要半價的！」

「……」

傅崢聽完覺得更放心不下了……

「真的不用了……」

「別不好意思了！」寧婉卻三下五除二地替傅崢做了決定，「走吧走吧，下班了，來我家吧！不然你晚上準備吃什麼啊？超市的打折速食嗎？我幫你算過了，你這一週在我那吃晚飯，最起碼可以節省兩百塊，可以買好多日用品了！精打細算過日子！」

傅崢心如死灰地跟在寧婉身後，準備拿出手機傳個訊息給高遠，讓這位塑膠朋友及時打電話給自己，好假裝臨時有事趁機溜走。

然而傅崢剛跟著寧婉走到社區門口，還沒來得及行動，他和寧婉的路就被一輛ＢＭＷ七系截斷了。

第五章　頂尖的演技

寧婉本來正想著晚上的菜色搭配，結果一陣尾氣後，一輛豪車停在了自己面前，阻斷了前路。

副駕駛座上，一名穿著貴氣花枝招展的年輕女人搖下了車窗，看向了寧婉，語氣嬌嗔：「寧婉啊，真是的，妳都在忙什麼呢？」對方豆蔻色的嘴唇輕輕開合，「我都打了多少電話傳了多少訊息給妳了，妳怎麼都沒看到啊？忙什麼呢？」

寧婉抿了抿唇，沒想到施舞竟然這麼有毅力堵到了社區門口，只能皺眉回答：「工作太忙了，沒顧上看手機。」

眼前這位施舞是寧婉的高中同學，並且可能是所有高中同學裡最關注寧婉的一個，可惜不是什麼好的關注，寧婉高中開罪過她，此後遭到了她極大的報復和排擠，甚至早就已經畢業工作了，施舞還是「深愛」著寧婉，什麼事都要強行帶寧婉一起出場，然後找盡機會奚落嘲諷一番。

此刻，她正挑著細緻描摹的眼線，一臉看好戲般地看向寧婉：「我說老同學，我可真沒想到社區律師這麼忙呢！」她佯裝出不解無辜道：「可聽說社區律師都是接小案子的，雖然收入不高也不是律師裡多高大上的分工類別，可應該很輕鬆啊，畢竟不是大案收費也不貴，怎麼寧婉妳都忙得沒時間看手機了呢！」

表面聽起來挺關切，但施舞這字裡行間的惡意都快滿得溢出來了。

她看向寧婉，假意抱怨道：「算了，妳太忙，我這個上市公司的法務反倒是挺閒的，那就我來找妳好啦，我今晚生日宴會嘛，都打了好幾次電話傳了好多訊息特地邀請妳一起去了，妳都沒回，那我男朋友今天正好開著新車來接我嘛，想起妳沒買車，下班這個時間又難攔車，就算看到我的訊息也只能坐公車來，那妳說公車得多擠呀，所以就特地讓我男友載我一起來接妳啦。」

又來了。

寧婉簡直想要當空翻一個白眼，施舞算是他們高中裡家境相當好的同學，因此雖然不學無術但靠家裡關係招進了個還行的大學，學的也是法律，畢業後靠家裡關係進了容市一家上市公司的法務團隊，自此便開始拚命蹦躂炫耀，恨不得什麼事都踩寧婉兩腳，一把年紀了，還成天眼皮子這麼淺薄這麼無聊，也算讓人嘆為觀止。

施舞見寧婉臉色不愉，更是眉飛色舞：「妳也是的，女孩子，要學會照顧自己呀，做個社區律師而已，整天忙得看手機的時間都沒有，那就更沒時間談戀愛了。妳看看妳，弄得這麼灰頭土臉的，怎麼找男朋友呢？要知道，女孩子的黃金年紀也就那麼幾歲……」

寧婉早知道了她的手段，看起來是姐妹情深特地約自己參加生日宴，但實際不過是叫自己過去聽她炫耀她的幸福生活順帶奚落打擊，這當然不能去。

沒錢沒前途沒男朋友，這基本是施舞踩踏寧婉的主要路線，寧婉本來都懶得理睬，可今天大概火氣旺實在有些不想忍，她看了看身後正隔岸觀火的傅崢，決定把這位群眾演員拉來湊個數。

「怎麼沒男朋友呀？這不就是我男朋友嘛。」寧婉換上了營業假笑，一把把傅崢拽了過來挽進了手裡，她頂著傅崢愕然之後變得好整以暇的目光，硬著頭皮繼續道：「施舞啊，今晚我和我男朋友約好一起過了，現在他也來接我了，真的不能去妳的生日宴了，就祝妳生日快樂吧。」

不管怎樣，傅崢這個人外形氣質上真的基本吊打百分之九十九的男人，寧婉看著施舞看向傅崢後從震驚到氣急敗壞嫉妒扭曲的嘴臉，一時之間也體會到了揚眉吐氣的暗爽。

只可惜寧婉到底還是低估了施舞，她咬了咬嘴唇，然後打開車門，逕自走了下來：「妳這麼見外幹什麼？我和我男朋友都特地來接妳了，今晚妳就帶著妳男朋友一起來，不就多一張嘴吃飯嗎？還幫你們節省一頓晚飯錢呢！」

她笑了笑，眼神傲慢地打量了傅崢一眼，然後佯裝溫和道：「我男朋友今晚為我在心悅飯店包了場，裡面的海鮮可好吃了，你們平時沒吃過，一定要去啊，不花錢！」

這話說的，簡直像寧婉和傅崢是沒見過世面要飯的似的，把寧婉氣得簡直想打人，結果她沒想到，更氣人的還在後面——

施舞看了寧婉一眼，又看了傅崢一眼，然後狀若同情地嘆了口氣，湊到寧婉身邊，壓低聲音道：「寧婉啊，我說妳這男朋友不是因為怕丟臉隨便在路上拉的吧？怎麼平時從沒見妳提起有男朋友呢？何況妳看你們怎麼都貌合神離的，別說甜蜜，看起來都不太熟，我都來接妳了，也邀請你們一起來了，妳還死活不去，別不是因為這個吧……妳放心，我和妳老同學了，不會為這事取笑妳，要是妳還單身，今晚我就介紹幾個有錢的朋友給妳認識！」

雖然知道施舞這是激將法，可寧婉怒氣沖發之下還是著了她的道，傅崢確實只是自己拉來的假男友，但怎麼說也是自己罩著的麾下小弟，不就是出場應付個生日會嗎？還不是對自己言聽計從的指哪打哪！那今晚就讓自己帶兵出征好好出場，挫一挫施舞的銳氣！

「既然妳這麼誠心地邀請了，那我就恭敬不如從命了。」寧婉忍著情緒笑了笑，就把頭往傅崢身上一靠，「那我就和我男朋友一起去了呀。」

大敵當前，寧婉也顧不得矜持了，她如今靠在傅崢身上，過近的距離，她才聞到了傅崢身上的男士淡香水味，以寧婉貧瘠的形容詞難以描述這是一種什麼樣的氣味，只隱約覺得這個味道很高級，帶了非常講究的後調……

實話說，這味道……還挺有魅力的……成熟、穩重、冷感裡透著性感，被這樣強烈的氣息襲擊，寧婉都覺得自己的臉忍不住紅了起來……

事發突然，自己並沒有時間和傅崢對口徑和暗示，只能殷切又求助般地看向對方，好在傅崢這廝還挺上道，在短暫的僵硬和愕然後，他很快就進入了劇本，回手輕輕攬了下寧婉的腰，回了施舞一個漫不經心的笑，那表情，看起來完全像個不可一世不食人間煙火的貴公子。

大概因為平時為了面子裝有錢人裝久了，傅崢這傢伙不僅演技嫻熟，連臺詞功底都是一頂一的，他瞥了施舞一眼，用猶如下凡一般勉為其難給爾等凡人布道的態度漫不經心道：「寧婉比較慢熱，臉皮也比較薄，不像有些女生會在大庭廣眾之下膚淺晒恩愛，而且獨立女性，本來不依附男性，沒必要一口一句『男朋友』掛著，平時沒提起我也很正常。再說秀恩愛死得快，我追寧婉追了好久才追到，她不想當眾親密，我當然尊重她。」

傅崢露出一個淺笑：「畢竟她不是我的附屬物，我才是她的附屬物。」

傅崢此刻溫柔迷人，寧婉就靠在他懷裡，聽著這男人低沉沙啞性感的聲音從頭頂傳來，突然在一剎那理解了高遠。

唉，高遠這色中餓鬼，沒想到眼光確實毒辣，傅崢這種男人，雖然沒什麼錢，可從品相氣質上來說，都是稀有上等品了，難怪他垂涎欲滴，冒死都想潛規則，也不怪他，寧婉暈乎乎地想，平心而論，自己要是有錢，恐怕也忍不住潛規則傅崢的……

等寧婉從暈乎乎裡恢復理智，她已經和傅崢坐在了施舞男朋友的BMW七系裡，只是剛一冷靜下來，寧婉就深切後悔上車了，俗話說得好，小不忍則亂大謀，誠不欺我……

幾乎是寧婉和傅崢一上車，施舞就沒停過炫耀——

「正好跟你們介紹下，這是我男朋友楊培，說起來巧，他也是學法律的，現在在天恆所工作，雖然年紀只比我們大一點，但已經快升Par了，收入再努力一把，三年內就能升合夥人了。」

施舞說到這裡，意有所指地回頭看向傅崢：「寧婉，妳不介紹下妳男朋友呀？」

「哦，他叫傅崢。」

只可惜一個不想說，一個就越想問，施舞乘勝追擊般直接對傅崢道：「哎呀，那你是做什麼工作的呀？」

傅崢態度鎮定自若，惜字如金：「律師。」

「這麼巧哦！我們四個豈不是都學法律嗎？那傅崢你在哪家律所工作呀？」

「他還沒確定去哪家律所呢。」寧婉生怕傅崢露餡，趕緊截過了話頭，然後臉不紅心不跳地繼續道：「傅崢呢，賓夕法尼亞法學院畢業的，在紐約工作了幾年，是Weil&Tords的資深律師，要不是因為家裡有事不得不從美國回來，這兩年也要升Par了，如今回國了，就想先放鬆一下，雖然邀請他加入成為資深合夥人的offer很多，但他還沒確定好去哪家事務所呢。」

寧婉這番話，真假混雜，傅崢的學歷是真，可履歷和合夥人身分則是她隨口胡扯的。外國事務所的合夥人比天恆這樣的國內小所合夥人分量可不是大了一點兩點，果不其然，施舞一聽到這裡，眼裡的嫉妒都快變成飛刀插寧婉身上了。

而施舞的男友楊培一聽到Weil&Tords的名字，沒忍住詫異地從後視鏡看了傅崢一眼。

寧婉此前並沒有多注意楊培長什麼樣，如今循著後視鏡看去，才發現這男的長得倒算是端正，要是平時路上遇見也算個帥哥，但一擺在傅崢旁邊，就不太夠看了。

沒有對比就沒有傷害，這話一點不假，如今往傅崢那一擺，楊培原本算得上俊朗的臉，不知道怎麼就寒酸了，更主要的其實倒不是容貌長相的對比，讓楊培完全被壓制住的反而是那種氣質，雖然長得還算周正，但楊培看起來不太有底蘊，穿著打扮確實都是牌子貨，但炫耀外露的意味太過明顯，以至於整個人帶了點浮躁的氣息，傅崢身上反而自帶一種安靜內斂的上位者氣質，如果說傅崢像個頂級奢侈品正牌，楊培就像個低配版的仿牌。

嫉妒和敵意這種東西，並不是女人間才獨有，楊培能和施舞走到一起，自然是氣味相投，如今在轎車內這個密閉空間和一個氣場比自己更強大的男性共處，好勝心一下子被激發了起來。

他狀若不經意道：「你Weil&Tords出來的啊，我有個同學也在Weil&Tords呢！也是紐約office，叫石成，既然你在那都要升Par了，肯定認識他吧？他在所裡目前是從事什麼領域？跟哪個團隊啊？」

顯然，楊培和施舞一樣，都本能的不相信有同齡人能比自己優秀那麼多，先入為主就覺得是寧婉在吹噓……

當然，這也不怪他們……寧婉心虛地想，自己確實是在吹噓，只是因為這項業務太生疏，一下子吹破天了，把傅崢這人設造得太逆天了，眼看著要慘遭當場打臉……這可真是小棒怡情，強捧灰飛煙滅……

寧婉痛苦地閉了閉眼，恨不得自己當場消失，這種問題……Weil&Tords只是自己隨口瞎扯的，哪裡想得到楊培還真的有認識的人在裡面……這下完蛋，全面穿幫……

然而讓寧婉沒想到的是，傅崢比她鎮定多了，他只輕飄飄地看了楊培一眼，然後四兩撥千斤地化解了這個問題：「Weil&Tords 裡有針對國內市場業務的團隊，所以華裔有很多，紐約 office 就有大約一百多名律師，我沒空把一個一個普通員工都認識清楚，尤其如果他的層級不夠高的話……」傅崢笑笑，「不好意思，我確實不認識他。」

寧婉本來覺得自己都死了，傅崢這一番話講完，她只覺得自己又好了又能行了，忍不住抬頭對傅崢露出一個讚許的眼神暗示。

瞧瞧這話，說得多麼滴水不漏，既沒有露餡，還低調地彰顯了自己的身分。

這小子，裝上流人士確實很有天賦！也難怪自己當初都以為他多有錢呢！看看這個裝的專業能力！寧婉覺得，傅崢要是把這份敬業用到做律師上，絕對能成大事，是個人才。

楊培被堵得沒話說，但施舞自然不會這麼輕易就偃旗息鼓的，很快，她的表情又緩和下來，恢復了冷靜，像是識破了寧婉傅崢的破綻一般，語氣再次帶上了試探：「寧婉，妳男朋友這麼厲害啊，做什麼法律領域的呀？現在國外經濟也不行，也不用迷信外國事務所，最主要的還是要選對從業的法律領域呢！妳男朋友選擇回國就很對！」

還真是沒完沒了了！

可如今寧婉也只能騎虎難下佯裝鎮定道：「商事。」

商事不論在哪都是最賺錢的，這口氣，寧婉不想輸。

「哎喲，這麼巧！」結果一聽這答案，施舞就打蛇隨棍上了，「我們公司最近剛準備收購一家美國公司的股權，條款基本談妥了，準備和境外賣方deal了，但是就在要不要加保險條款上遇到了難題，寧婉，妳男朋友既然是都快升Par的美國大所商事領域資深律師，那不如給我指點一下？」

「……」

雖然因為一直想從事商業領域，寧婉專業書籍和案例看了不少，可商事領域的保險法律問題是非常專精的，也不單是在課本上看看就能通透的，需要大量實操經驗，尤其涉及到境外併購，寧婉雖然很想幫傅崢解圍，然而實在是心有餘而力不足……

果然，假的真不了……

寧婉心裡做好了遭受施舞暴風雨摧殘的準備，努力掙扎道：「傅崢雖然是商事，但是商事也有很多細分啦，保險這塊他也……」

「境外併購保險當然是必須的，即便現在雙方合作前在協議細節上相談甚歡，但如果合約中缺少陳述與保證險，交易完成後出現問題會難以追責，尤其境外賣方多數是SPV，當然應該做一個W&I保險條款……」

結果沒等寧婉試圖解圍，傅崢就非常自若流暢地講解起來，因為語速非常快，稍有不認真聽，就根本跟不上他的邏輯，大段的專業術語加上匪夷所思的實操指導，直到傅崢講完，寧婉雖然一臉了然，但實際並沒有聽懂……

而施舞比自己還差多了，她的臉上呈現出了一種全然的空白，連裝聽懂都裝不下去了……

高啊！要不是大敵當前，寧婉差點就拍起手來！傅崢！真的是個人才！

搞一點這種英文專業術語，再隨便夾雜點亂七八糟看起來很專業又聽不懂的操作把人繞暈，根本裝於無形，唬唬施舞和楊培這種學藝不精的人足夠了！

施舞癟了，但楊培還是不甘，也不知道又從哪想出了個刁鑽的問題：「面對惡意收購時如果使用毒丸計畫，那……」

就在寧婉又開始擔憂這個問題怎麼糊弄過去時，傅崢卻抿了抿唇笑笑：「不好意思，我的費率是每小時一千兩百美金，雖然你們是寧婉的朋友，但如果是諮詢法律問題或者請教，也都是收費的，如果還有什麼想問的，可以打個折，一千美金吧。」

「……」

像是生怕施舞和楊培氣不死一樣，傅崢姿態倨傲又欠扁地補充道：「你們也算是同行，平時也最討厭免費諮詢了對吧？」

這下施舞和楊培還能說什麼，只能打掉牙齒和血吞，乾巴巴地連連點頭稱是，至此，這場戲總算是告一段落，幾個人一路無言，安然到了施舞的生日宴飯店。

好在一到會場，施舞作為主辦人和壽星，一下眾星捧月，很快招呼這個招呼那個，生日會場裡採取的是冷餐雞尾酒會形式，除了偶爾幾個略眼熟的同學或校友外，施舞還請了很多工作後認識的朋友人脈，大部分寧婉並不認識，也沒一進場就去社交交換名片，只是拉著傅崢到人少的桌邊先吃起來。

「還好有驚無險！」寧婉吃了個生蠔，鬆了口氣，忍不住又憤慨起來，「施舞說我沒吃過心悅的海鮮，對啊，我就是沒吃過！」說完，她又洩憤地吃了一個，「好吃！既然來了，我就要吃回本！」

她一邊吃一邊還要幫傅崢拿：「你也吃一點，你剛才的表現太優異了！以後要是覺得做律師沒前途，考慮下轉行去影視圈吧，你這顏值，我看可以！」

寧婉對傅崢的表現非常滿意：「我和你說，你剛才的臨場反應能力真的厲害了！竟然什麼梗都能接上！我還以為我編得太離譜都把你吹過頭了，畢竟我都拿 Weil&Tords 的名頭出來了……」

結果不提還好，一提 Weil&Tords 的名字，傅崢的臉上竟然還露出了微妙的嫌棄：「為什麼用 Weil&Tords？不能用 Watchtell&Pirkins 嗎？而且為什麼是過幾年才能升 Par？」

寧婉一口牛肉差點噎住，她瞪了傅崢一眼：「你還嫌我吹得不夠啊？Watchtell&Pirkins 那是美國最頂尖的商事所，Top 1 你知道嗎！吹你從這裡離職也太浮誇了吧？而且不說過幾年才升 Par，難道說你已經是美資所的 Par 嗎？！」

「傅崢啊，雖然可以理解你藝高人膽大，但演技好也不能太飄，我幫你挑 Weil&Tords 都是有理由的，那算是美國的規模大所，作為法律從業人士，多少也聽過名頭，但因為又非頂尖大所，人員又眾多，所以就算施舞起疑想去排查，應該也查不出個所以然來，非常適合渾水摸魚編造履歷貼金。」

「你知道造假的藝術嗎？還 Watchtell&Pirkins 的合夥人呢，現在詐騙犯都有職業道德都不會這麼說了！」

看得出傅崢對自己的教訓是不大服氣的，但最終大約覺得自己說的還是有道理，他抿了抿唇，沒再說話。

寧婉想了想，還要多謝他剛才幫自己解圍，於是放軟了語氣：「當然你思緒真的特別敏捷，剛才施舞問你那個境外併購保險的事，你竟然隨口拉了堆術語胡亂一通把她鎮住了！」

大概這次的表揚終於到了點上，傅崢微微抬高了聲音，盯住了寧婉：「妳說……我是胡亂說的？」

「是啊！不過沒關係，反正施舞不懂，畢竟境外保險裡的法律知識，水很深，就我這樣的資深律師，也就略懂一二而已。」

寧婉咳了咳，想起傅崢畢竟是自己新收的小弟，今天自己都靠小弟來救場，有點沒面子，於是努力裝模作樣般挽尊評價道：「雖然你剛才說的漏洞百出，不能深究，但聽起來還挺像那麼回事，唬住外行綽綽有餘……」

寧婉不知道是不是自己這番吹噓生效，她抬頭，就見傅崢一臉微妙笑意地看著她：「嗯，妳這哪裡是略通一二啊……妳懂的可真多啊，不過也不能驕傲，境外保險這塊，回去還是要多看看啊。」傅崢頓了頓，「畢竟我還等著妳教我呢。」

只是雖然是誇讚的話，寧婉總覺得傅崢的語氣裡帶了點揶揄，那說話的音調拉得很長，一副意味深長的模樣。

看看，肯定是剛才的入戲後遺症。

寧婉沒多想，又幫傅崢拿了兩個生蠔：「這個好新鮮，平時像我這種消費水準是絕對吃不到的，你快趁現在多吃兩個。」

雖然傅崢看起來不太感興趣的樣子，但還是很給面子吃了口，只是很快他就又吐了出來，一臉一言難盡：「這生蠔哪裡新鮮了？不新鮮，最起碼死一天了。」

寧婉直接笑了出來：「行了行了，你別太入戲了，適可而止，別裝了，現在沒人注意我們。」

「……」

只可惜很快，寧婉就知道了什麼叫好的不靈壞的靈，剛還自得其樂於無人注意呢，很快在各位賓客間周旋完畢的施舞就殺了個回馬槍。

「哎喲，忘了和大家說，今晚寧婉也來了哦。」施舞那做作的嗓音一下子就把全場的目光都吸引到了寧婉所在的角落，她故作溫柔道：「寧婉呢，可是大忙人，以前我組的飯局她可是都不參加呢，這次還是我和我男朋友親自開車去社區門口接她的。」

說到這裡，施舞再次看向寧婉，像是個小姐妹真心為她好一般貼心道：「寧婉妳呀，也真是的，我也知道妳心理落差很大，畢竟以前高中裡，妳可是學校裡的學霸，結果升學考沒發揮好，就考了個挺普通的學校，後面求職啊這些自然也受到點影響，但人要學著往前看，妳一直回顧過去有什麼意義呢？學校和社會本來就是兩碼事，妳得學著接受。」

施舞頓了頓，語重心長般繼續道：「雖然對妳來說，同學會上看到別人都事業有成，自己卻被律所邊緣化『流放』到社區去駐點，對比之下心裡不好受，覺得大家會看不起妳，所以之前死活不肯參加高中同學會這些活動，和我們都疏遠了，這些我也都理解。可我們都是同學呀，怎麼可能會嘲笑妳，妳要是有什麼困難的，說出來，我們這些同學，現在也不少人混得有點名頭，說不定還能幫妳解決疏通下呢。」

施舞家裡挺有錢，在容市也有人脈，雖然在高中時搞小團體排擠別人橫行霸道，同學看了都繞道幾分，但畢竟現實骨感，如今入了社會，利益也好金錢也罷，不少同學反倒是自發聚集到了她的身邊，如今來參加她生日宴的，多數是有求於她的，因此施舞這種明褒暗貶綿裡藏針，所有人只保持了沉默，但有幾個附和起來——

「怎麼不是啊寧婉，施舞人挺熱心的，上次我爸心梗要住院沒床位，還是施舞幫忙疏通人脈解決的，妳有什麼困難，說了施舞說不定也能幫呢。」

「是啊是啊，上次買房頭期款缺了十萬，還是施舞借給我救急的……」

如寧婉所料，在場的同學嘰嘰喳喳你一言我一語，愣是把這生日宴變成了大型吹捧施舞現場，自然了，大家也都心照不宣知道高中時自己和施舞的那點不痛快，沒底線的，還會順著施舞的心意捧高踩低，言語間夾槍帶棒地奚落一下寧婉。

結果就這樣，施舞還使勁變本加厲，她看向了在另一邊角落裡一個一言不發的女生：

「宋林霞，妳來說說，寧婉這樣對不對？」

宋林霞是個很普通的女生，站在人堆裡都很少有存在感的那種，她也不喜歡承受人群的注視，施舞一番話，所有人都看向了她。

施舞有點不耐煩，催促道：「妳說啊！叫妳來評評理！」

宋林霞倉皇而難堪地看了寧婉一眼，最後垂下了視線，抿緊了嘴唇，怯弱地搖了搖頭。

施舞卻還不打算放過她：「妳沒嘴嗎？妳得說出來，以前高中裡，妳不是特別喜歡寧婉嗎？那妳來說說，寧婉對嗎？」

這一幕，和高中時候何其相似，寧婉看不下去了：「行了，我錯了，是我心理失衡，看見施舞妳這麼成功，自己這麼平凡無奇，不好受，所以一直不來參加聚會，但是圈子不同不要強融，我現在和妳都不是同個階層的人了，以後的聚會妳行行好也別叫上我了。」

自己這番話說完，宋林霞抬起頭，感激又抱歉地看了寧婉一眼，她像是想開口，但寧婉眼神示意制止了她。

一貫硬氣頭鐵的寧婉如今也在自己面前低了頭，施舞彷彿終於獲得了滿足，也沒再糾纏，像個交際花一樣笑著端著酒杯飄到了自己男友楊培身邊，現場又恢復了一派和諧。

傅崢以往不知道女人之間不帶血的廝殺有多麼激烈，如今第一次參加這種刀光劍影的聚會，也算是嘆為觀止，然而被如此當眾奚落和踩踏，自己身邊這位當事人臉上卻很平靜。

這就讓傅崢有些意外了，所以寧婉在自己面前挺「橫」，到了自己女同學這種「強權」面前，就躺倒任嘲了？弄半天是個欺軟怕硬的？

一時之間，他有些後悔自己竟然鬼迷心竅為她撐場面了，看起來是自己吃飽了撐著多管閒事，被欺壓的當事人本人並沒有直起脊梁的打算。

此前的小插曲過去，寧婉不僅沒什麼生氣的表現，甚至還食欲大開繼續拚命吃生蠔，還喝了很多鮮榨果汁，沒多久和傅崢打了個招呼去廁所了。

雖然這場生日宴的場地還算尚可，但食材在傅崢眼裡不太夠看，而現場所有人的品行顯然也令傅崢大開眼界，寧婉一走，他連裝也懶得裝，興趣缺缺地拿出了手機……

只是傅崢剛準備看下手機訊息，身邊就有人走了過來。

傅崢抬頭，發現正是宴會的主角施舞，此刻，她的男朋友楊培並不在身邊，她抿了抿塗滿豔麗口紅的嘴唇，對傅崢露出個恰到好處的笑：「傅律師你好，之前是我唐突了，沒想到你是 Weil&Tords 回來的，我其實特別仰慕 Weil&Tords，你太專業了，車上跟我講的那些知識真是讓我醍醐灌頂，你看我們能不能加個好友交換個電話，以後說不定有什麼可以請教呢。」

雖然這番話聽起來道貌岸然，但施舞最後那個輕挑的笑卻無法騙人。

傅崢抿了抿唇，簡直有些匪夷所思，他沒想到施舞這種有男朋友的，吃著碗裡的還想著鍋裡的，不僅沒有和自己男友的戀愛契約觀，也沒有撬別人牆角的道德羞恥觀。

施舞見傅崢沒有反應，又咳了咳加碼：「另外吧，還有寧婉以前的一些事，我也想和你私下說說。」說到這裡，施舞壓低聲音道：「寧婉她其實家境不太好，聽說一直有欠外債，以前甚至有人到學校來討債，就……她和你交往，這些事肯定是不會和你說的，但我覺得你有權利知道真相，具體你有什麼想問的，我們可以加上聯絡方式私下再溝通……」

傅崢冷冷地打斷了施舞：「不用了。」他抿了抿唇，「寧婉家裡的情況我知道，有什麼不了解的，我也會直接問她，至於諮詢問題，我很忙，也很貴，想要加我聯絡方式諮詢的人太多了，我沒有廉價到什麼人都加。」

施舞聽了這麼不客氣的話，果然變了臉色，見傅崢油鹽不進，只能尷尬地替自己找了個臺階下走了。

只是臨走時顯然不甘心，施舞瞪了傅崢一眼，低聲鄙夷道：「從美國回來又有什麼了不起，連輛車也買不起，要不是我男朋友來接你們，你們只能走路來！」

或許從家世等背景來看，寧婉不是良配，但這個施舞更不是，心術不正倒胃口，吃不到葡萄就說葡萄酸，得不到的東西就中傷。

不過傅崢並沒有太過在意施舞，唯一讓他有些意外的是，雖說知道寧婉家裡不富裕，但沒想到家境這麼不好，高中時不得不打工，恐怕也是為了替家裡還債吧，想想即便在學校都要被討債的人追債，她這麼沒心沒肺的笑容下，其實過得確實不容易。

只是好不容易打發走施舞，沒多久，傅崢身邊又走來個人，很輕地和自己打了個招呼——

「你、你好。」

傅崢抬頭，才發現眼前站著的是此前那個叫宋林霞的。

他愣了愣，也回了個言簡意賅的「妳好」。

「你……你是寧婉的男朋友嗎？」這宋林霞看起來為人怯懦，明明在和傅崢講話，但連正視傅崢眼睛的勇氣也沒有，說完這句，怕別人生氣似的立刻補充道：「我聽施舞說的，說你是寧婉的男朋友。」

「嗯。」

只是對於傅崢的冷淡，宋林霞似乎並沒有被勸退，她深吸了一口氣，像是鼓足了勇氣一般：「對不起，剛才沒有替寧婉說話。」

「這話妳應該直接和寧婉說。」

雖然傅崢的語氣禮貌疏離，但他的心裡已經有些不耐煩，他並沒有興趣參與這些扮家家酒一樣的女生明爭暗鬥。

宋林霞一聽果然有些難堪了：「對不起對不起，我……從高中開始就沒有勇氣，又普通又怕事，所以可能才會被人討厭，被施舞她們排擠和霸凌，那時候大家都怕施舞，她找人堵我打我別人都視而不見，只有寧婉挺身而出，甚至為了我被施舞她們報復，寧婉升學考沒考好，也有施舞她們的原因，最後複習衝刺那陣子，她們成天騷擾寧婉……寧婉都是為了我才會被她們針對，她要是也和別人一樣視而不見，其實施舞根本不會找她麻煩，只會找我找我麻煩罷了，但我這個被她保護的人，反而膽小怕事，施舞她們排擠寧婉的時候，我一句話也不敢說……」

宋林霞把頭壓得更低了點，聲音自嘲顫抖：「我以為以後就好了，大了就好了，沒想到如今過了這麼多年，我還和以前一樣是個廢物，我……我資歷一般，現在在施舞叔叔家的公司上班，更不敢得罪她了，寧婉被當眾奚落，我還是和當年一樣沒勇氣站出來。」

「我沒臉和寧婉道歉，她剛才朝施舞低頭也是為了幫我解圍。」宋林霞聲音哽咽，「我知道我沒資格說這話，但寧婉真的是一個特別特別好的人，好到我不配當她的朋友，但請你……請你一定要好好對她，好好愛她，我真的希望她能幸福，也請你相信，她是個很優秀很正直的人，對待什麼都很認真，可能她沒有施舞這麼有錢，也沒施舞家這麼有背景，但她真的很好……」

宋林霞越說越有些語無倫次了：「我剛看到施舞過來搭訕你了，肯定又說寧婉壞話了，但希望你不要聽信她的讒言，不要上她的當，她……」

後面的話，宋林霞沒有說完，因為寧婉很快就從會場的轉角往傅崢的方向走了過來，宋林霞大約害怕面對寧婉，只倉促又懇求般地看了傅崢兩眼，然後低著頭快步走開了。

寧婉喝太多果汁了，從洗手間回來，她感覺已經吃不下任何東西了，一看時間也不早，覺得繼續留著毫無意義，便向傅崢建議：「要不然我們走吧？」

只是她不想引人注意，但施舞卻和她作對到底了，寧婉剛要轉身，施舞的聲音便又響了起來：「寧婉？這麼早就走了啊？」

她挽著楊培一臉溫柔地走到了寧婉面前：「再吃點唄，妳男朋友沒車，現在這個時間，攔不到車的，不如再留一下，等等我讓楊培開他的BMW送你們回去呀。」

施舞今晚本來好好拉踩了寧婉一番，其餘賓客也都順著自己，該是春風得意的，但寧婉面對這種奚落，並沒有上竄下跳氣急敗壞，施舞便不痛快了，總覺得自己的目的沒有達成。而寧婉身邊那個高大帥氣氣質冷淡的男朋友，則讓她覺得更礙眼了。

楊培往他身邊一站，實在是高下立現。施舞在會場走了一圈，已經聽到不少人在偷偷打量寧婉的男朋友，言辭間也都是豔羨——

「到底還是漂亮有用啊，寧婉工作再差又怎麼樣呢，妳看男朋友超帥的。」

「那男人氣質好好啊，妳不覺得看起來像是特別有錢？」

這些竊竊私語，讓施舞簡直嫉恨得面容扭曲：「好什麼好？剛才寧婉那樣，他有為她挺身而出嗎？這種男人再帥又怎樣？不是膽小就是對寧婉不上心，何況有錢？你們哪隻眼睛看出他有錢！這男的連輛車都沒有！」

從高中時，施舞就嫉妒寧婉，嫉妒她漂亮，嫉妒她成績好，以至於寧婉為宋林霞挺身而出時，施舞見她就更礙眼了，她像個發光體，好像襯得自己像個灰撲撲的煤球，而她身上那種自以為是的正義觀，更是讓施舞痛恨得咬牙切齒，彷彿自己和她一比，就是垃圾，可有正義感又怎樣？社會的規則不是這樣的，從來是有權有勢才能書寫規則，寧婉的出身配上她的正義感，不過是個笑話。

只可惜自己管不住會場那麼多人的嘴，施舞所到之處，總有人在八卦寧婉和她英俊的男朋友……

施舞一想起剛才那男人對自己的倨傲和冷淡，心裡更是咬牙切齒，如今看到寧婉竟然想趁自己不注意溜走，心裡的惡意更是快要衝破天。

「哦，不，不行，楊培剛喝了酒，不能開車了，不過他車多，要不然這輛BMW借給你們開？現在外面怪冷的呢，走回去容易感冒。」施舞微笑著，然後像是突然想起了什麼一樣，「哎呀，不好意思，妳男朋友可能不會開車吧？」

傅峥抿了抿唇：「會開。」

施舞咬了咬嘴唇：「不過就算會開車，畢竟也沒買車，應該沒怎麼開過吧？楊培的BMW七系給新手開，心理壓力挺大的，你要是一直想著這麼貴的車怕擦撞到呢，反而容易出事，要不然我叫個朋友送你們吧……」

面對施舞的步步緊逼，寧婉也有些忍無可忍，她剛想警告施舞適可而止，身邊的傅峥就開了口。

「誰和妳說我沒有車的？」

他的語氣冷淡，充滿了上位者的睥睨。這……

這演得太精彩了……只是……只是自己是個扶不上牆的阿斗……畢竟自己是真的沒

錢……

這剎那，寧婉突然覺得特別愧疚，自己原本是找傅崢來充場面的，結果最後因為自己，還要連帶著傅崢也受氣，但饒是這樣，都強弩之末了，傅崢還在拚死戰鬥，這演技還是頂尖的……

她只能低著頭拉了拉傅崢的衣袖：「算了，不要理她，走吧。」

可惜傅崢作為男人，大概實在嚥不下這口氣，他冷著臉拿出了手機，然後打了通電話：「張喬，你過來接我下，地址我傳定位給你。」

掛了電話，傅崢這才看向了施舞：「不勞妳男朋友送我們，我讓我的司機來接了，平時寧婉不喜歡我太高調，我也覺得和她像任何一對普通情侶一樣就很好，所以並不開車，謝謝妳的關照，妳真的像妳同學們說的那樣很熱心。」

傅崢說到這裡，突然笑了笑，用非常單純的語氣繼續感謝道：「不過加我好友就不用了，因為我會開車，只是平常都交給司機，確實不熟練，但不用麻煩妳這麼熱心還私下想給我指導了。」

傅崢說完，全場果然譁然，都是成年男女了，還能聽不出要好友的微妙含義嗎？

首當其衝的就是楊培，他本來就喝了點酒，今天的風頭又各種被傅崢比了下去，本來在車裡開始就憋了氣，如今又聽到施舞背著自己勾搭傅崢，簡直氣到失心瘋。

「妳背著我要他好友？！」

「沒有！我真的沒有說要教他開車！我根本沒跟他要好友！什麼垃圾！」施舞氣紅了眼，她瞪向傅崢，「明明是這個男人想要搭訕我，各種騷擾我跟我要聯絡方式，我沒給，他現在才惱羞成怒汙衊我！」

寧婉實在沒料到這個發展，這下她也有些急了，無憑無據的，就算傅崢說的是真的……這種事……實在很難說清……

然而她急得要死，傅崢卻冷靜自若，他掏出了手機，然後按了什麼，接著手機裡就傳來了施舞黏膩的聲音——

『傅律師你好，之前是我唐突了……看我們能不能加個好友交換個電話，以後說不定有什麼可以請教呢。』

傅崢放到這裡，恰到好處地按了暫停鍵，然後他看向臉色鐵青的施舞，斯文卻極其欠扁地笑起來：「不好意思，律師的職業病，什麼都要順手錄個音留個證據。畢竟雖然我比較自律，但也怕有心人潑我髒水，看到異性單獨和我聊天，我就忍不住錄個音，以防寧婉之後誤會，剛才施小姐過來時正好拿出手機，順手錄音了，沒想到還真的用上了。」

傅崢說完，又笑了笑，看了下腕錶：「差不多了，我和寧婉先走了，各位再見。」他頓了頓，看了施舞一眼，補充了一句，「哦，不，是永遠不見，以後我不會讓寧婉再來參加這種階級的聚會了。」

「……」

傅崢拉著寧婉就這麼走了，可留下的爛攤子卻還要施舞收拾。

這無外乎是邏輯滿分物證齊全的當場打臉了，如今施舞在一群賓客面前，彷彿被當眾扒光了衣服，然後又結結實實挨了一頓暴打，一張臉上青紅交錯，而楊培則是當場氣瘋了。

「妳這個不要臉的賤女人，我就知道妳水性楊花，當初要不是我買了BMW七系，妳對我還不是不冷不熱的？行，以後我也不想見到妳，別再來找我，分手就算我今晚送妳的生日禮物了！」

施舞自然是咬緊牙關抵賴：「我沒有！楊培你怎麼聽信外人的讒言呢。」氣急敗壞下，施舞也不顧邏輯了，只胡亂解釋道：「那個什麼傅崢雖然是美國回來的，可又沒錢，什麼司機肯定是胡扯的，我看他就不是什麼有錢人，不信你看，他們等等肯定還是搭計程車走！」她急切道：「我怎麼可能去找那種連車也沒有的男人！和我根本門不當戶不對！」

施舞好好一場炫耀的生日宴，結果最後不僅面子沒了，裡子也沒了，連男朋友都可能要吹了，自然不甘心坐以待斃，當場就拉著楊培走到了會場的窗邊，從這個角度往下看，正巧能看到飯店的正門，果不其然，沒多久，寧婉和傅崢就出現在了門口。

很快，一輛計程車停在了兩人面前，寧婉走上前，正準備打開後座車門……

施舞像是抓住了救命稻草，她看了看楊培，又看了看在場的其餘賓客：「看到了吧？我就說他們是吹牛的，我剛才說要加好友也是想試探試探對方，我看說不定是個裝窮騙寧婉的，也是為寧婉好，擔心她人財兩失……」

只是她這句話還沒說完，樓下，寧婉就被傅崢拉了回來，那輛計程車開走了，然後很快，駛來了一輛極其拉風奢華的跑車，這車停在了寧婉和傅崢的面前，從駕駛座上下來個人，朝傅崢點頭像是問好，然後對方把車鑰匙交給了傅崢，緊接著，施舞就看著傅崢為寧婉拉開了這輛超跑的車門，然後自己也鑽進了駕駛座，接著，一陣轟鳴聲後，超跑載著兩人揚長而去……

「我的天啊！那是帕加尼的跑車？是帕加尼吧？我沒眼花吧？」

「錯不了！是帕加尼，我看清楚了！」

「什麼車型啊？」

「這個沒看清楚，但車型不重要啊，帕加尼沒有低於千萬的車啊……」

很快，現場其餘看著樓下正門的同學認出了車型，驚嘆之餘，又忍不住感慨起來——

「寧婉男朋友是什麼級別的有錢人啊……也太可怕了……」

「好愛她啊，為了和她談一場『普通人的戀愛』，都不開車，也太低調了……」

「而且好維護她啊，寧婉真的人生贏家……」

楊培早就甩開施舞的手逕自走了，明明是自己的生日宴，但剩下的賓客卻都在豔羨八卦地討論寧婉，而自己這個丟光臉的正主，既尷尬又狼狽，施舞跺了跺腳，只覺得無顏見人，哭著一個人跑到飯店套房裡去了。

雖然打臉很爽，傅崢演什麼像什麼，以至於某個剎那，寧婉都被帶入戲了，覺得自己真的是抱住有錢大神大腿以至於得道升天的雞犬，當然，這種飄飄然在一走出飯店，被室外的冷風一吹後，寧婉就清醒了……

這下她有些犯難了：「這破飯店偏得要死，附近沒地鐵，這個時間確實難攔到車，我們怎麼回去？最近的公車站要走一公里……」

而她的話音剛落，正有一輛計程車下了客，然後朝著寧婉駛來。

「天助我也！」寧婉高高興興地就要去拉車門，「運氣真好，走吧走吧，上車。」

只是自己這手剛伸出去，就被傅崢拽了回來，接著發生的一切，對寧婉來說都不太真實，她只記得有一輛非常非常拉風，看起來特別特別貴的跑車停在了自己面前，車裡有人出來，恭敬地喊了傅崢傅先生，然後遞上了鑰匙，再然後等她反應過來，自己已經坐在了這輛豪華跑車的副駕駛座上……

衣服可以買高仿，可沒聽過跑車還有高仿啊？何況寧婉望去，車裡的配飾無一不透露著人民幣的清香，寧婉這也不敢摸那也不敢碰，生怕把車裡什麼零件弄壞了要高額賠償……

「傅崢？這車你哪裡搞來的？」

傅崢抿了抿唇，鎮定道：「從高遠那裡借的。」

這一下不得了，寧婉簡直炸了：「什麼？！你偷偷聯絡高遠借車了？！」她頓了頓，聯想到剛才的情形，磕磕巴巴道：「所以你……你為了幫我打臉聯絡了高遠？！」

「嗯。」

寧婉這一下如坐針氈了，瞬間覺得這豪華跑車面目可憎每個毛孔都流淌著資本主義剝削的鮮血了……

「你何必呢？！」

傅崢表情冷靜，只瞥了寧婉一眼：「妳為了充場面，讓我假扮男友，又給我加了那麼多光環，那輛BMW上的針對，我都幫妳以其人之道還治其人之身了，結果宴會上妳就這麼容易當眾服輸了？妳不是跑來耀武揚威的嗎？怎麼可以灰溜溜就走？」

寧婉乾巴巴道：「所以你為了幫我，就去聯絡高遠了？」

「嗯。」

寧婉一下子覺得傅崢對自己這份情誼重若千斤了，沒想到自己收的這個小弟，這麼講義氣！

「你……你不會為了借開這輛車，要陪高遠睡吧……」

傅崢原本車開得挺穩，但寧婉這麼一提高遠，大約他心裡想起那色狼也有些犯怵，方向盤差點沒握穩，車頭也連帶著略微歪了歪，好在很快，他又恢復了冷靜。

「沒有，不會陪睡。」

只是傅崢的否認並不能讓寧婉安心：「高遠那種人，哪可能平白無故免費借給你開看起來這麼貴的車啊，天下沒有白吃的午餐，那他到底準備幹什麼？放長線釣大魚？溫水煮青蛙？」

「他讓我陪他吃頓飯。」

聽到高遠有所求，寧婉反而鬆了口氣，接著就有些擔心：「他不會是準備吃飯的時候給你下藥迷姦吧？」

「……」

天真的傅崢大概從沒經歷過社會的醜惡，果然，他聽完後車頭又忍不住歪了歪……

「當心開車！當心開車！全神貫注！」寧婉嚇得心都快跳到嗓子眼了，心有餘悸道：「這車看起來比BMW七系貴多了，你可要好好開，擦撞到了，那就不是吃頓飯可以解決的了，可能真的要陪睡了……」

傅崢沒說話，過了片刻，他像是緩過了神，才有些乾巴巴道：「高遠……或許沒妳想的那麼無恥。」

看看，多天真啊！

「你說你這人，難道真的要被高遠這樣那樣了，你才能聽聽我的建議嗎？卑鄙是卑鄙者的通行證，高遠這人不行！你當心他點，他請你吃飯我陪你去，不能讓他有機會和你獨處，說不定幹出什麼作姦犯科的事來。」

寧婉罵完高遠，看了這跑車一眼，心裡又有些泛酸了：「不過沒想到我們所合夥人這麼有錢，都能買這麼拉風的超跑了！高遠還不是幾個高級合夥人裡收入最高的呢，那你說別的那幾個合夥人，得多有錢啊！」

寧婉越想越感慨：「有錢的快樂真是難以想像！」

隨即一想到這竟然是品行不端的高遠的車，忍不住又有些憤慨：「垃圾高遠，買這種車，為人一看就不本分，一個不守婦道的男人！虧得平時裝得一臉謙虛質樸，沒想到骨子裡這麼囂張，買這麼騷的車！這麼高調，開這種車，一看就不是正經男人。」

「……」傅崢抿了抿嘴唇，聲音有些不自然，「男人喜歡車，我倒是覺得很正常，買這種車也不是……」

「高遠多懂你們這些男人的心啊，他買這種豪車，還不是為了泡你嗎？你看你不都蠢蠢欲動，為高遠說好話了？」寧婉忍不住撇了撇嘴，「我知道男人愛車的心，但你也要理智點，成熟點，傅崢，好好做個人。聽我一句勸，買這種車的男人，不可靠，就不是什麼好人，虛榮矯情還裝！」

「……」

明明自己主力批判的是高遠，對傅崢也不過連帶提醒一句，結果傅崢竟然不高興了，寧婉瞥了他一眼，發現他的臉竟然肉眼可見的黑了，嘴唇也緊緊抿出了一個不高興的弧度，看起來相當介意自己這番話的樣子。

也是，今天傅崢夠意思了，為了替自己出氣，都不惜低頭找高遠借車了，寧婉自我反省了下，覺得自己確實專注攻擊高遠就好，沒必要連帶傅崢了。

「不是說你，就說我，其實剛看到這麼拉風的車，也是很激動的，人面對這種物質糖衣炮彈，會心動很正常，但之後理智就好啦，像我，就算有個男的開著這種跑車來求我和他結婚，雖然很感動覺得虛榮心一時之間得到滿足，但深思熟慮後我也會拒絕的，因為就不是良配！」

「……」

寧婉繼續批判道：「為什麼呢？因為這種男生，太浮誇了！太騷氣了！他能開著超跑來撩我，當然也能開著超跑去撩別人，畢竟想要坐在超跑副駕駛座上的人太多了，我何苦呢？」

寧婉其實還有一通感言要發，可惜被傅崢打斷了，他的聲音不冷不熱，似乎有些陰陽怪氣：「我覺得我們暫時還是不要考慮未來不會發生的事吧。」

「嗯？」

傅崢含蓄地抿了抿唇：「就開著超跑的男人跑來跟妳跪地求婚這種事，我覺得還是不要想太多了。」他瞥了寧婉一眼，「想太多傷身，容易掉髮，妳是個律師，對自己好一點，沒必要做這種不切實際的假設。」

雖然覺得哪裡怪怪的，但說的確實挺有道理，寧婉想了想，也洩氣了，現如今，她能接觸到的案子都是社區裡家長裡短的爭執，客戶大部分都靠走法律援助才能獲得法律服務，自己首先不可能遇見開這種車的男人，或許想遇見修這種車的男人比較實際。

「所以這車你怎麼還回去？剛才開車過來的那個呢，是高遠的司機？」

有借就有還，可惜傅崢對自己這些問題，卻回答得有些含糊其辭了。

寧婉這下有些認真了：「能叫剛才那個司機再過來開走嗎？」

「那個司機晚上有事。」傅崢一臉不想多談的模樣，「我先送妳回妳家，再把車開到我租的社區停好，那司機說了明早來開走。」

雖然傅崢這意思，這豪車後續不用自己擔憂，他會處理好，但既然自己收了他當徒弟，斷然沒有讓他幫完忙還要自己善後的道理，雖然發了薪水，傅崢也租了房，可按照那點收入，租的更不是什麼高級的社區，更何況——

「你自己都沒車，不可能在社區裡租車位吧？這個時間了，免費的車位肯定沒了，那你去哪停車，隨便停在外面馬路上，晚上被人劃了或者擦撞了怎麼辦？」

寧婉怎麼想都不放心，生怕這價值連城的車出了什麼事，傅崢又被高遠拿捏住，她想了想，最終還是拿出了手機，勉為其難地把高遠放出了黑名單——

「喂？高Par嗎？我寧婉，是這樣的，謝謝你今晚把車借給傅崢和我，我們特別感激，傅崢想今晚就現在請你吃個宵夜，你看你有空嗎？」

不知道怎麼回事，電話那端的高遠彷彿一直處於一種茫然的狀態，彷彿根本不知道寧婉在說什麼，最後答應來一起吃宵夜似乎是出於下意識，但不管怎樣，寧婉總算是達成了目的，她掛了電話，笑嘻嘻地看向傅崢：「這下行了，高遠答應過來了，我們找個地方吃個宵夜，這頓我來請，正好還了他借車的人情，吃完宵夜正好再讓他把車開走，這樣就互不相欠了，他下次也沒藉口和理由再來騷擾你！」

這是最好的解決辦法，只可惜傅崢看起來並沒有露出放鬆和快樂的表情，倒是顯得有些尷尬：「高遠同意了？」

「對，同意了。」一想起這寧婉就有些憤慨，「他對你真的賊心不死，竟然連問了我三遍『傅崢約我吃宵夜』，一副完全不敢相信的樣子，不過他大概也知道自己是痴心妄想，問我的那個語氣，彷彿自己在做夢一樣，天上掉餡餅都把他砸暈了！」

「……」

「走吧，就定這家店，吃燒烤去！」

傅崢心裡很絕望，他一想起高遠等等還要來，就更絕望了，但人設使然，如今只能心如死灰地任憑寧婉造作了。

高遠是在被窩裡接到寧婉電話的，他迷迷糊糊聽對方說了一串，什麼借車，什麼宵夜，一時之間高遠都懷疑自己是在做夢，什麼莫名其妙的？自己什麼時候借車給傅崢過了？傅崢喜歡開超跑，自己那些SUV根本入不了他的眼，覺得是已婚中年男性才會開的車，一點血性也沒有，怎麼還能跟自己借車了？何況他回國就自己買了一輛帕加尼的Huayra，平時商務用車也有一輛瑪莎拉蒂，還配了司機，用得上自己的車嗎？

然而好奇心最終支持著高遠從被窩裡爬了出來堅強地出了門，寧婉傳了個路邊大排檔燒烤店的定位給他，這家店挺有名的，特別好吃，但好吃歸好吃，以傅崢養尊處優驕奢淫逸的生活標準來講，完全不是他會喜歡的類型……

果不其然，等高遠趕到大排檔的時候，傅崢正一臉生不如死地坐在泛著油光的桌前，滿臉都是誓與這髒桌子決一死戰的視死如歸。

然而高遠不知道，這副模樣，在寧婉眼裡，卻是另一番光景了。

寧婉看著傅崢的樣子，都非常微妙的心疼了一下，傅崢得是多討厭高遠啊，自坐進這大排檔後，就露出了如此心如死灰的表情，要不是為了自己……

一想到這一點，寧婉就下了決心，趁著高遠朝這邊走來的空檔，她拍了拍傅崢的肩，語重心長勸慰道：「傅崢，你放心吧，為了報答你，我不僅準備把我在法律上的專業技能毫無保留地教給你，我還準備把我畢生的鹹魚絕學一起傳授給你：怎麼甩鍋，怎麼摸魚，怎麼對老闆陽奉陰違，真心實意，毫無保留……」

為眾人抱薪者不可使其凍斃於風雪。

傅崢為了自己寧可犧牲個人，自己不能寒了這個老實人的心，除了一些專業技能，再傳授他一套職場鹹魚生存哲學吧！雖然希望他一輩子用不上這些，能直接跟個好團隊好老闆，但萬一呢……學會後至少能少受點欺負……

寧婉本來還想說點什麼，但還沒來得及，高遠就快步朝傅崢走了過來，一張臉上果然洋溢著微妙的笑，他看向傅崢：「沒想到你竟然有坐在這裡的一天。」

寧婉的臉當場就黑了，這都什麼話，說的好像傅崢願意跟他吃這頓宵夜，就是願意被他潛規則了？

好在落座後，高遠自重了很多，沒有什麼過界行為也沒什麼過激言論，雖然傅崢因為對他反胃，這一頓宵夜什麼也沒吃，但至少這頓飯，算是安安分分結束了。

飯後，寧婉買完單，就讓傅崢把車鑰匙給高遠，這下等高遠把那豪車開走，這事就結束了。

可惜事到臨頭，傅崢竟然十分不情不願：「或者還是讓司機明天來開吧……」

寧婉把傅崢拉到了一邊：「豪車再好，那是你的嗎！」

可惜傅崢還是不太服從，他看了高遠一眼：「高律師會開這種車嗎？說不定平時都是找司機開的，要是自己開起來，萬一磕碰了呢，路上出了事這車這麼貴，修車費都要浪費很多錢……」

「你一個只有駕照但沒車的都會開這車，難道高 Par 這種高級合夥人車主本人還不會開嗎？！」

寧婉簡直氣得沒脾氣了，沒想到傅崢事到臨頭，還是被豪車的糖衣炮彈砸暈了腦袋，男人愛車可以，你也分清場合啊！

事不宜遲，寧婉直接伸手從傅崢的西裝褲口袋裡掏出了鑰匙，然後不容分說地塞給了高遠：「高 Par，路上小心！車還給你了！謝謝你借車！你那麼忙，以後沒什麼事就不用聯絡了啊！再見！」

「……」

傅崢眼看著自己的愛車鑰匙被高遠攥進了手裡，剎那間終於理解了奪妻之恨是種什麼樣濃烈的感情，他惡狠狠地看向了高遠，結果後者帶著微妙的笑，然後得意洋洋地拿起鑰匙，上了傅崢那輛車，發動，揚長而去。

等傅崢最終和寧婉告別，重新在自己下榻的五星級飯店見到高遠，已經是半個小時後了，高遠臉上八卦的神情已經快抑制不住了。

「傅崢！坦白從寬，你是不是看上寧婉了想泡她？」

傅崢當即就是否認：「沒有。」

「沒有？沒有你怎麼捨得把你小老婆開出來了？你這車不是除了司機和你自己，完全不給別人開嗎？我都跟你借了幾次了，想開出來載我老婆兜個風重溫下戀愛的感覺，你都死活不借給我！結果今天開出來，聽寧婉那意思是參加她同學會幫她撐場面？後面竟然打掉牙齒和血吞，看著寧婉把鑰匙交給我了，你這是為了愛含淚裝窮啊！」

傅崢下意識就是反駁：「我只是為了好好體驗生活，體會下國內的法律人文環境，好好了解下基層律師的現狀，以及告訴你們，我不僅能做目標額大的案子，做社區案件也完全不在話下，還有，高遠，你真的應該收一收你的想像力，律師有這麼豐富的聯想能力不是好事。」

說到這裡，傅崢沒來由地想到了寧婉，他揉了揉眉心，真的覺得有一點頭痛：「你以後最好少看我兩眼，也不要對我笑，或者露出奇怪的表情，因為所裡想像力過剩的律師實在是有點多，很容易過度解讀。」

高遠：「？？？」

傅崢從高遠手裡抽走了自己的車鑰匙，反身上電梯之前再次深深看了他一眼：「真的，聽我一句勸，我是為你好。」

寧婉確定高遠拿著車鑰匙走後，回家好好飽睡了一晚，第二天去辦公室，便是神清氣爽。

一進辦公室，傅崢果然已經在了，寧婉拍了拍他，然後從自己包裡掏出個樂扣的餐盒遞給他。

傅崢顯然有些意外：「這是？」

「水果。」寧婉眨了眨眼睛，「我早上切的，有草莓藍莓和蘋果，也帶了一份給你。」

傅崢愣了愣，本來英俊到有些冷冽的臉上隨即露出了輕微的笑，他的眼睛微微彎起來，看向寧婉，模樣甚至看起來有些純真和不諳世事：「謝謝。」

其實傅崢並沒有說什麼特別的話，但寧婉被他這麼一看，竟然沒來由有些心慌，趕緊丟下水果，也不敢直視傅崢，就趕緊偏過頭，欲蓋彌彰般咳了兩聲然後照著自己座位坐了下去。

傅崢這個男人，還真的挺有禍水的本錢的，自己心志這麼堅定的人，盯著他多看兩眼，竟然都忍不住有些緊張。

寧婉一直自詡不以貌取人，自己更在意一個人的品行，然而如今這原則在傅崢面前，看起來也不堪一擊，因為寧婉發現，當一個人品行還不錯又長得好看，那她也無法免俗，確實忍不住更優待對方……尤其……

尤其如今看來，傅崢這人還真的挺不錯的，雖然內心有些動搖但整體三觀挺正，不走快捷方式，寧可被「流放」到社區也不願意屈服，為人講義氣為了幫自己打臉施舞不惜犧牲自己，雖然有些愛裝的小毛病，但人無完人，尤其如今在自己的提點下，人也已經迅速踏實起來了，坐在二十塊錢的塑膠椅子上，也非常平和……

只是一想到這個塑膠椅子，寧婉就有些不好意思，當初為了逼「空降兵」走，自己確實沒上心去找老季爭取預算，如今一看，傅崢這個身高腿長的英俊男人，只能坐在這種塑膠椅子上，實在太有失身分了，都破壞了他的美感，太委屈他了！

寧婉清了清嗓子：「你這椅子，下午我找老季，幫你換一張好的。」

結果傅崢倒是挺平靜，他朝寧婉笑笑：「沒關係，這個坐習慣了。」

只是傅崢越這樣雲淡風輕，寧婉就越愧疚難忍，都沒等到下午，立刻三下五除二跑去隔壁老季辦公室裡敲竹槓了一筆預算，搞定了這件事。

她現在越看傅崢，越覺得這人三百六十度都無死角，還肯吃虧能吃苦，心裡更帶了種應該補償對方的心態，看著傅崢就忍不住埋怨：「都怪你當初裝太狠了，害我對你產生誤會，以為你是個少爺，你這人嘛，真是的，有時候也不要逞強，向別人展現自己弱勢也沒什麼，生活裡還多的是願意伸出援手的人啊，你不示弱，人家怎麼知道你需要幫助呢？」

傅崢卻只是抿唇含蓄地笑，雖然他英俊得挺有攻擊性，但如今這樣笑的模樣卻好像又帶了點不好意思的害羞，寧婉看了一眼，就忍不住有點臉紅，說實在的，她還挺喜歡這類型的男生……

傅崢切換路線以來，就發現寧婉這個人確實如高遠所言，挺簡單也挺好處，她對和自己不同階層的有錢人有些天生的距離感，然而對於和自己同階層甚至比自己生活條件更差的，卻很友好，甚至對弱者，常常願意主動幫忙，說的好聽點是善良，說的難聽點就是有些過分輕信，當然，對此傅崢也不能說什麼，因為他此刻就在享受寧婉過分輕信帶來的福利。

自己一旦示弱裝乖，本來和硬骨頭一樣難啃的寧婉果然完全變得手足無措和愧疚起來，自己越是不張口要，寧婉就越想主動給，此前的水火不容猶如沒有存在過，傅崢對如今的現狀表示非常滿意，他終於能和寧婉和平相處，也確實從她日常處理社區糾紛的手法上得到了不少啟發。

而確實，傅崢身邊的寧婉如今對傅崢是一點不設防了，她全然不知道身邊這位心裡在想什麼，還在考慮怎麼繼續幫傅崢省錢……

不過這省錢的思緒被衝進辦公室的人打斷了。

「律師，我想委託你們幫幫我！」

寧婉抬頭，才發現來人竟然是陸峰。

陸峰這次臉上寫滿了決斷：「我想委託你們幫我起訴王阿姨。」他咬緊了牙關，「我想起訴她侵犯我的名譽權！」

「我想了想，我行得正坐得直，這事我根本沒做過，我為什麼要跑呢！」陸峰像是終於下定了決心般，態度挺堅決，「我確實就是個沒背景沒錢的外地人，本來被王阿姨糾纏成這樣也還是怕事，只想著一走了之，但這事我回去想了好幾天，王阿姨還是怎麼說都說不通，咬定了我和她發生了什麼，要我負責要我和她結婚，我看著我女兒嬌嬌，覺得自己不能這麼軟弱逃避下去了。」

「沒做就是沒做，我要是逃跑了，說不定王阿姨之後還會鬧出什麼風言風語，我是做程式設計的，這行說來也就這麼一個圈子，就算離開容市，這些消息我也不能保證不會傳到我未來公司，與其這樣替自己埋下雷，還不如直接面對，就算我不在意自己的名聲，以後孩子上學了有這些閒話，叫孩子怎麼抬得起頭啊！」

陸峰拉拉雜雜說了一通，說到最後眼眶都紅了，總之，輾轉反側思前想後，他還是決定用法律途徑來解決問題。

「管委會說你們社區律師可以幫忙解決這些，沒錯吧？」

沒錯是沒錯，但……

寧婉正想開口，傅崢卻先了一步，他抿了抿唇：「如果如你而言，那麼王阿姨的行為確實對你造成了誹謗，也就是捏造並且散布了虛假的事實，破壞了你的名譽。要發起名譽權侵權訴訟，雖然王阿姨說了什麼很好確認，但要證明這是虛假事實卻是案子的關鍵。」

他頓了頓：「所以對你和王阿姨之間的事，有任何或許存在的人證可以證實你的清白嗎？」

這個問題下去，陸峰果然沉默了，他的表情也委頓了下來：「沒有，我們是鄰居，她是獨居，我平時去她家裡幫忙，嬌嬌大部分時候在幼稚園……」陸峰越說越絕望，「所以律師，我是不是……就算想起訴，也贏不了？反而是浪費時間？」

很大機率來說確實是，何況名譽權侵權案，就算千辛萬苦勝訴了，能獲得的經濟賠償也有限，像陸峰這種情況，並不屬於造成嚴重後果和經濟損失的，能賠個一兩千都算不錯，基本更多是消除影響賠禮道歉之類的結果，然而歷來都是傳謠容易闢謠難，所謂消除影響，基本也很難有特別好的效果，而誹謗他人之後的道歉雖然形式上能讓當事人消氣，但多數也於事無補。

他委託付出的時間、律師費代價，相比所能獲得的結果，實在是毫無CP值可言的。

而別說對當事人是如此，對律師也是如此，畢竟要調查清楚這是非曲折，就要花費不少時間，而名譽權侵權案件的律師代理費就在兩千到一萬不等，雖說可以約定勝訴後再取得勝訴執行金額的百分之十至百分之三十，但陸峰這個案子，基本沒太多賠償可言，而且就算能順利拿到這些律師費，還需要和律所分紅，再繳個稅……

簽約社區律師需要免費解答社區居民的法律糾紛諮詢，但對於需上庭起訴的案件，也是正常收費的，如果覺得不適合，是可以選擇不代理的，這案子不管怎樣看來，都很難推進，傅崢在心裡過了一遍利弊，然後看了寧婉一眼，等著她婉拒。

「沒關係，不去調查取證怎麼知道一定做不下去？」

只是出乎傅崢的意料，寧婉並沒有知難而退，而是笑著把這個案子接了下來，開出的代理費也近乎律師收費標準的底線，並且約定，要是自己調查取證不到相關的證據，對勝訴沒有把握就再和陸峰協商解除代理合約，分文不收。

陸峰一走，傅崢就忍不住了：「這個案子妳這樣操作，很大機率最後白忙一場，一點收入也沒有，妳被調派到社區也一段時間了，就沒想過如果收入上一直沒有亮點，是很難被重新調回所裡總部的吧？」

大型律所和社區簽約提供法律顧問服務，多數是應司法局要求，或是為了亮出所裡熱衷公益的牌子贏得美名，順帶可以精準宣傳進社區，因此簽約費一般都是相當低的，律所抽成後，再分給實際駐紮社區的律師。

但因為金額非常少，最後常常導致大部分青年菁英型律師不願意浪費時間接這樣的工作，或者就算接了，就掛個名，平時隨便派個什麼也不懂的實習律師過來裝裝樣子晃一圈拍幾張照片，上律所官網發個新聞稿，然後就走人，形式大於實質……

傅崢說的寧婉不會不明白，她正確的做法，應該利用在社區駐紮的時機，盡可能挖掘社區裡代理費高的糾紛，諸如帶房產分割的婚姻糾紛、遺產糾紛等等，如果能做出亮眼的收入成績，自然更容易回到總部，甚至說不定能被要進個不錯的團隊。只是……

「你說的道理我都懂，可我要是不幫他們代理，他們還能找誰啊？」寧婉嘆了口氣，「社區這樣的基層有很多收入一般的族群，這些人法制觀念淡薄，更沒什麼錢支付昂貴的法律服務，可難道人家就不配得到法律援助嗎？」

「當然了，你可能會覺得，現代商業社會，沒那個錢就不要找律師了，這話聽起來好像是沒錯，可深想下，內裡的邏輯不就和網路上叫囂的『窮還生孩子』一樣嗎？很多貧困家庭，生了孩子遭遇了困難向社會求助求捐款，結果還可能被網友品頭論足：都這麼窮了，兩個人打打工都快養不起自己了，怎麼還好意思生孩子？」

「崇尚仰慕強者是正常的，這才能讓社會進步，但對弱者的真實生存狀態和微弱吶喊完全視而不見，何不食肉糜地批判弱者，也不見得多對啊。畢竟要是按照有錢才能做什麼事才配得到什麼服務的邏輯，這些窮人一輩子不可能達到所謂能生孩子的條件，那就不配生，讓人家就地滅絕嗎？陸峰這案子是沒錢還麻煩，但也就因為他沒錢，就讓他真的遭遇這種事，讓他好不容易想要在容市安家的計畫全部泡湯，被迫逃跑……」

寧婉深吸了一口氣：「要是我不知道這事也就算了，但既然知道了，總不能視而不見，總不能真的變成社會達爾文主義者，窮的就讓人家自生自滅吧？畢竟這個理論下，如果一開始決定讓窮的人滅絕，那再之後就是老弱，然後病殘，說不定什麼時候炮火都瞄準自己了。」

寧婉一想起這，就有些苦巴巴的：「畢竟說實話，我也真的挺窮的，可能也在需要滅絕的邊緣了。」

她至今在正元所裡沒有跟團隊，除了少的可憐的底薪，就靠自己單打獨鬥收入的分紅過日子，可大半時間都耗費在社區裡了，接的都是援助價的案子，窮確實是很窮……

「據我所知，每個所派駐社區的律師應該是輪換的，為什麼一直是妳在這裡？」

「好問題。」傅崢這個問題又讓寧婉傷神了，「社區律師就是窮忙，越忙越窮，越窮越忙，所裡一開始確實說是輪換的，我一週來兩天就行，可最後，另外那三天該別人來的時候，他們都不來，就多送點小禮給社區裡負責檢查的人就行了，節省下來的時間辦別的案子賺多了，回頭只要臨到年底社區要考核的時候，回來補諮詢紀錄就行了，別看這個諮詢紀錄我和你天天認認真真記，但對別人而言都是形式，一天之內就給你補出全本來，案子全是假的，隨便編的，交到社區，再向所裡提交一份，要是造假的案子數量不夠，還能退回來讓你補……」

寧婉無奈道：「你看就安排這種人和我輪崗，我能不來嗎？我要是不來，這一週裡剩下的三天，社區裡的法律諮詢就沒人幹，我看不下去，所以最後就變成一週五天都是我來了。」

她想了想，精神勝利道：「不過律師工作本來也有點自由職業的味道，寫法律文書資料在哪都行，空起來社區也沒什麼事，完全可以做所裡接來的別的案子，其實就是換個地方辦公而已，也沒什麼影響，但我沒什麼大案，所以還是穩定的窮……」

自己跟傅崢解釋了一頓內情，結果傅崢皺了皺眉，問的問題很另闢蹊徑：「另外三天輪流的是誰？」

寧婉有些意外：「我說了這麼多，你就對這個感興趣啊？」

傅崢很堅持：「哪幾個人，名字。」

寧婉想了想，覺得告訴他也沒事：「就李悅和胡康啊，本來李悅負責兩天，胡康負責一天，結果就剛開始出現了下，後面直接不來了。」

「他們的直屬老闆不管嗎？」

「不管。」

寧婉沒想到傅崢還打破砂鍋問到底了：「為什麼會不管？」

「他們是同一個團隊的，跟的是個中級合夥人沈玉婷，女老闆，他們呢，都是男的，還挺年輕，長得還行，嘴巴又甜，把沈玉婷哄得高高興興的，外加又會獻殷勤又能拉幫結派打擊異己，把社區這邊另一個主任都搞定了，季主任也不好說什麼，而他們不用分心來社區，這樣節省下來的時間還能幫忙處理自己老闆安排的來錢的活，沈玉婷心裡知道，也睜一隻眼閉一隻眼，何樂不為呢？」

寧婉頓了頓：「何況沈玉婷本身自己路子就很野，好幾個案子，她都偷偷轉走私帳了。」

傅崢皺了皺眉：「轉走私帳？這什麼意思？」

「就我們所正常接客戶，都有一個所裡的收費標準，所裡也要抽成對吧？像沈玉婷這種接私活走私帳呢，就會在所裡收費標準和正常自己走律所到手的錢裡選一個中間值，這樣對客戶來說，出的錢比走律所少，而對沈玉婷來說，拿到的錢又比被律所抽成的多，對他們而言是雙贏，何況不少審合約出合約之類的活，走個人對個人的私帳，都不用繳稅……」

「但這是違規的，雖然走律所收費對客戶而言相對高，可都有非常完整的代理合約，一旦出現糾紛也有救濟方式，走私人帳，要是出了問題，私人客戶怎麼玩得過專業律師？」

寧婉嘆了口氣：「可私人客戶很多時候只看錢啊，走私帳錢少，誰能想到後面還會有糾紛？不過可能沈玉婷私活做的都還行吧，我是不太清楚鬧出過什麼糾紛。」

寧婉只是隨口一說，沒想到傅崢卻對這個話題非常在意：「沈玉婷的事，妳向所裡檢舉過嗎？」

「檢舉？」寧婉瞥了傅崢一眼，「我說傅崢你是不是美國的大米吃多了，你以為什麼不公的事情都可以正常走檢舉就搞定啊？拜託，沈玉婷好歹是個中級合夥人，有固定團隊有固定收入，想要撼動她最起碼也要有兩個以上高級合夥人徹查，可我只是個在社區蹲著的基層律師，何況她這些事，雖然知道她就是這麼搞的，但我也沒有物證，怎麼坐實？檢舉這件事，可能出師未捷就身先死了，而且就算檢舉到高級合夥人了，人家也會掂量得失而視而不見的……」

寧婉嘆了口氣：「職場哪有你想的這麼非黑即白啊。」

寧婉確實是真心實意好心才提點傅崢的，他看起來秉承了樸素的正義觀，覺得做錯事就該受到處罰，是個真正的傻白甜，然而職場哪裡是這樣的啊，寧婉覺得自己要是不多提點提點他，他遲早要在工作裡碰壁到懷疑人生。

然而傻白甜本人對寧婉的好言相勸卻一點 get 不到，他抿了抿唇：「妳都沒試過檢舉，怎麼知道所有高級合夥人不會處理？怎麼就預設了結局？」

「你以為我以前見到所裡不公平的事沒反映過嗎？」

「那為什麼不再試一次？」傅崢看向她，「這次肯定會成功的，我可以保證。」

得了，還保證呢，生活又不是靠相信努力會有回報、相信社會真善美這樣的雞湯就可以繼續過下去的，寧婉對這個話題有些牴觸也有些疲乏。

見傅崢還想問，她趕緊打斷了他：「行了行了，到此為止，我告訴你這兩人的名字和沈玉婷的事，是希望以後你要是回總所了，當心點這兩個人，別深交，都不踏實，很會糊弄，業務能力很一般，但勝在會拍馬屁，沈玉婷的團隊你也不要進，她也不是很專業，路子又野，喜歡嘴甜的員工多於幹實事的……好了，我們還是少聊八卦，專注業務，走了走了，去調查陸峰的事。」

傅崢抿了抿唇，像是用力記下了這幾個人的名字，然後終於被寧婉的話拽回了當下，他皺起眉看向寧婉：「可陸峰和王麗英的事，各執一詞，又沒有目擊證人，我們還能去哪裡調查？」

「當然不直接找兩個當事人調查！」寧婉笑笑，「目前的情況，我個人更傾向相信陸峰的版本，但老太太為什麼撒謊，我們去找老太太對峙，也是沒效果的，她既然選擇了這條路，就破釜沉舟心裡有計較了，那我們從她身邊入手就行了。」

「她連自己子女都不想見。」

寧婉打了個響指：「所以我們要接近她的閨密！」

「郭建紅說了，王阿姨化療前喜歡跳廣場舞，和領舞的肖阿姨關係很好，說實話，很多私人感情方面的事，父母未必好意思和子女說，但人嘛，總是需要傾訴對象的嘛，不方便和子女講的話，說不定會和閨密說呢？」

說幹就幹，寧婉和傅崢分頭行動各自打聽，然後碰頭交換了下資訊，終於拼湊出了肖阿姨的大致情況。

肖阿姨全名肖美，退休前是一名舞蹈老師，如今也保養得當風姿綽約，幾年前老公去世了，至今都是喪偶獨居，唯一的兒子遠在美國定居，但肖阿姨也不寂寞，她如今是社區廣場舞隊的靈魂人物，社區裡喪偶獨居老頭的夢中情人，老年社交圈裡的知名交際花和社會活動家。

資訊收集得七七八八，但新的問題來了……

肖阿姨活潑外向愛好社交，因此常年不在家，左鄰右舍都不知道她白天在哪活動，只知道晚上七點半一定會去空地領舞廣場舞。

如此一來，就得加班了。

寧婉看了傅崢一眼：「等等下班你就回家吧，晚上我來等，本來接近廣場舞老阿姨這種事，也是我這個女生比較合適。」寧婉頓了頓，有些不好意思，「就是抱歉啊，本來想今晚請你去我家吃飯的，這下你這頓晚飯只能自己解決了。時間有點緊，我來不及回家做好飯再趕回來了。」

傅崢一聽見寧婉說要請自己吃晚飯，一顆心都懸了起來，聽到她說讓自己解決，一顆心才終於放了回去。

他用很乖巧的模樣笑了一下：「沒關係，那今晚辛苦妳了，我自己解決晚飯就行。」

昨晚陪著寧婉去生日宴因為全場海鮮都不夠新鮮，幾乎沒怎麼吃，之後又被拉去大排檔，也還是沒怎麼吃，如今傅崢鬆了口氣，今晚總算可以吃頓好的了。

寧婉不知他心裡所想，滿臉寫著愧疚：「不過沒關係，明晚開始你都到我家來吃飯就行了。」

「……」

寧婉朝傅崢笑道：「為了報答你生日宴上幫我，我決定做飯報答你，本來只想管你一週晚飯的，現在我宣布，你這半年的晚飯，我都承包了！」

「……」

「…………」

「……………」

傅崢覺得這一秒自己即將窒息：「妳太客氣了吧……半年真的太久了，太麻煩辛苦妳了……」

寧婉的飯真的不算特別好吃……自己還是吃飯店的西餐比較習慣……

可惜寧婉根本不懂傅崢的內心，她大度道：「沒事啦！我又不是買多貴的食材，也就家常菜很普通的啦，你好好幹，就當我是投資你半年了，半年後你可要飛黃騰達啊！」寧婉說到這裡，調皮地朝傅崢擠了擠眼睛，「以後要是有案源，一定要帶我！」

「……」

大概是見傅崢沉默，寧婉忍不住開起了玩笑：「怎麼啦？你還不答應呀？」

傅崢掙扎了一下，最終放棄了抵抗，乾巴巴地吐出個「好」字。

寧婉得到了滿意的回答，興高采烈地朝傅崢揮揮手，然後走了，只留下傅崢一個人站在原地懷疑人生。

他從沒想過有朝一日別人投餵半年晚飯竟然就可以分到自己的案源。

傅崢這輩子從沒想過，原來自己竟可以如此廉價……

——《勸你趁早喜歡我01》完——

高寶書版集團
goboOKs.com.tw

YH 207
勸你趁早喜歡我（01）

作　　者　葉斐然
封面繪圖　單　宇
封面設計　單　宇
責任編輯　楊宜臻
內頁排版　賴姵均
企　　劃　何嘉雯

發 行 人　朱凱蕾
出　　版　英屬維京群島商高寶國際有限公司台灣分公司
　　　　　Global Group Holdings, Ltd.
地　　址　台北市內湖區洲子街88號3樓
網　　址　goboOKs.com.tw
電　　話　(02) 27992788
電　　郵　readers@goboOKs.com.tw（讀者服務部）
傳　　真　出版部(02) 27990909　行銷部 (02) 27993088
郵政劃撥　19394552
戶　　名　英屬維京群島商高寶國際有限公司台灣分公司
發　　行　英屬維京群島商高寶國際有限公司台灣分公司
法律顧問　永然聯合法律事務所
初版日期　2025年07月

原著書名：《勸你趁早喜歡我》由北京晉江原創網絡科技有限公司授權出版。

國家圖書館出版品預行編目(CIP)資料

勸你趁早喜歡我 / 葉斐然著. -- 初版. -- 臺北市：
英屬維京群島商高寶國際有限公司臺灣分公司,
2025.07
　冊；　公分. --

ISBN 978-626-402-289-7(第1冊：平裝)

857.7　　114007849